오후에게 묻다

이후에게 묻다

김희진 소설집

폭스코너

차례

오후에게 묻다	7
헤어지는 중	53
어떤 외출	87
거슬림	131
같은 일요일	179
그들의 고전주의	211
늦은 밤	261
방은 모든 것을 기억한다	299

해설

이해할 수 없는 힘에 대하여 | 허희(문학평론가) 340

작가의 말 352

오후에게 묻다

○ ●

 수갑은 차가웠다. 그러나 손목에 바짝 휘어 감긴 그것은 숨막히게 답답했고, 무거웠으며, 아프기까지 했다. 틈이라곤 찾아볼 수 없는 수갑과 손목 사이, 그 사이에 땀이 들어차기 시작하면서 쇳덩이와 맞닿은 살갗에 물집이 생겨났다.
 이제 수갑으로부터 손목을 빼보려는 노력 따윈 관둔 상태였다. 벗어나려고 손을 움직이면 움직일수록 다치는 건 내 손목뿐이라는 걸 알아버렸기 때문이다. 처음엔 수갑의 양 고리를 잇는 사슬 모양의 이음매 쪽을 공략했었다. 수차례 잡아당기고 비틀다 보면 어떻게든 떨어져 나오겠거니 싶어 이를 악물고 덤벼들었지만 결과는 성과 없음이었다. 수많은 악질범을 상대해온 도구답게 수갑은 생각 이상으로 단단하고 견고했다. 하긴, 이런 걸 그렇게 허술하게 만들어놨을 리 없었다.

수갑이란 가장 기본적인 구속 장치임과 동시에 제일 먼저 범죄자에게 가해져야 할 당연하고도 응당한 법적 조치였다. 범죄자 구속의 일등 공신인 그 수갑일진대 성인 남자의 완력 하나에 망가지게끔 만들어놨다면 그거야말로 쇠고랑을 채워야 할 일이었다.

그런데 지금 내 문제는 수갑의 제 역할에 감탄할 때가 아니라는 사실이다. 나는 수갑에게 내 한쪽 손목을 저당 잡힐 만한 나쁜 짓을 저지르지 않았고, 범죄자는 물론 범법자도 아니었다. 그러니까 내 과거는 한 점의 얼룩도 찾아볼 수 없을 만큼 당당하다는 얘기였다. 그런 내 몸에 수갑이라니! 각종 살인에 강간과 사기를 일삼아온 작자들의 체취가 묻었을 수갑이 도대체 나한테 왜? 이건 번지수를 잘못 찾아도 한참 잘못 찾은 수갑의 만행이 분명했다. 오해와 착각에서 비롯된 운 나쁜 나의 하루인 것이다.

내 오른쪽 손목을 움켜쥔 수갑은 어느 단독주택 차고 앞에 채워져 있었다. 스테인리스로 된, 눈부시게 반짝거리는 자바라 문이었다. 아코디언의 주름처럼 접었다 폈다 할 수 있는, 내 허리 높이의 자바라 문은 현재 쫙 펴진 상태로 닫혀 있었다. 문 너머 차고 안에 주차된 차는 없었다. 온 가족이 자가용을 타고 여름휴가를 떠난 듯, 빨간 벽돌집은 드나드는 사람 하나 없이 조용하기만 했다. 팔월 초입이었다. 태양은 뜨거웠고 그 태양을 피해 모두들 휴가를 떠나버렸는지 거리도 동네도 온통 조용하긴 마찬가지였다. 아니, 동네는 마치 멸망 직후에 찾아오는 폐허의 고독처럼 쓸쓸하다 못해 쌀쌀맞기까지 했다. 그 냉정한 분위기에 동조라도 하듯 거리에는 지나가는 사람 하나 없었다. 누구라도 붙잡고 도움을 좀 청해볼까 했지만 그마저도 기회가 생기지 않아 답답한 상황이었다. 도와달라고 소리쳐봐도 휴가를 떠난 집들은 모두 다 묵묵부답이었다. 남의 집 자바라 문에 묶인 지 벌써 반의 반나절. 나는 점점 지쳐가고 있었다.

참다못한 나는 다리가 아파 그 자리에 털썩 주저앉았다. 수갑은 아래까지 따라 내려오지 못하고 중간쯤에 걸려버렸다. 때문에 마치 나는 질문을 하기 위해 한쪽 팔을 번쩍 들고 있는 사람처럼 보였다. 아닌 게 아니라 정말로 나는 누군가에게 손을 들어 질문을 던지고 싶었다. 이렇게 말이다. "한여름 대낮에 전 지금 뭘 하고 있는 거죠?" "대체 뭔 잘못을 저질렀다고 저한테 이러는 건가요?" "제발 이 상황 좀 납득시켜달라니까요?" 그러나 어슬렁어슬렁 돌아다니는 길고양이 말고는 내 물음에 답을 해줄 사람은 여전히 나타나지 않고 있었다.

누구라도 붙잡고 하소연하고 싶은 마음에 나는 지나가는 길고양이를 향해 한마디 던졌다. "좀 설명해달라니까!"

놀란 고양이가 꼬리를 치켜들고는 줄행랑을 쳤다.

공허한 내 목소리만이 길바닥을 맴돌다 허공으로 사라졌다. 이어 내 입에서 터져 나오는 건 절망 섞인 긴 한숨뿐이었다. "하아, 미치겠네, 진짜."

시멘트 바닥이 뜨거워서 그런지 주저앉힌 엉덩이가 덩달아 뜨거워졌다. 팔월의 뙤약볕이 모든 걸 팔팔 달구고 있었다. 그런데 앉아 있다 보니 번쩍 들린 팔이 아파오기 시작했다. 벌을 서고 있는 거나 마찬가지이니 당연했다. 앉아 있을 수도, 그렇다고 서 있을 수도 없는 상황에 몸을 뒤척대자 자바라 문에 팔이 닿고 만다.

"앗, 뜨거워!" 나도 모르게 비명이 터져 나왔다.

뜨겁게 달궈진 자바라 문에 팔을 덴 것이다. 불볕더위에 온몸이 타들어가는 중이라 더 짜증이 났다. 나는 수갑에 묶인 팔을 자바라 문에서 얼른 떼어냈다. 그 바람에 손목 둘레에 아슬아슬 잡혀 있던 물집들이 한꺼번에 터져버린다. 노란 진물이 팔뚝 쪽으로 찐득하게 흘러내리는 걸 보고 있자니 또다시 화가 났다.

"에이, 씨발! 좆같네!" 나는 연거푸 욕을 싸지르는 것으로 치밀어오른 분노를 간신히 억눌렀다.

스물아홉 해를 살아오는 동안 부모님과 형이 보고 싶어지기는 오늘이 처음이었다. 그나저나 저 빨간 벽돌집에는 정말 아무도 없는 걸까. 베란다 창문 아래에 설치된 에어컨 실외기가 돌아가지 않는 걸로 봐서는 비어 있는 집이 맞는 것도 같았다. 팔월 삼복더위에 문이란 문을 죄다 잠가놓고 지낼 수는 없는 노릇이었다. 그러니까 지금 내가 할 수 있는 일은 빨리 누구 하나 이 거리를 지나가주기를, 나의 구원자가 나타나주기를 바라는 수밖에 없었다. 안타깝고 불행하게도 그랬다.

구름 한 점 없는 하늘의 뙤약볕이 직통으로 내리쬤다. 정수리가 뜨거워진 탓에 잠깐 현기증이 났다. 이러다 일사병으로 쓰러지는 거 아닌가 하는 걱정이 밀려들자 더럭 겁이 나기 시작했다. 살고자 하는 몸부림은 본능적으로 내 옆에 놓인 검은 비닐봉지 쪽으로 향했다. 그 봉지 안에는 캔맥주 하나와 컵라면 하나 그리고 나무젓가락과 내 지갑이 들어 있었다.

나는 봉지로 손을 뻗어 맥주를 집어 들었다. 편의점에서 사 들고 나올 때만 해도 한겨울 새벽녘 같았던 맥주는 그새 봄날의 공기처럼 변해 있었다. 뜨뜻미지근하게 식어버린 맥주를 보자 또다시 화가 치밀었다. 이 캔맥주는 시원하게 돌아가는 선풍기 앞에 앉아 컵라면과 함께 먹으려고 사온 것이었다. 남은 라면 국물에다 열무김치를 넣고 찬밥을 말아 먹으면 그것만큼 행복한 게 없었다. 나는 라면과 맥주로 배를 채운 다음, 두둑한 포만감이 가져다줄 식곤증을 빌미로 새벽까지 미뤄

뒀던 잠을 내내 청할 계획이었다. 그러니까 이 컵라면과 캔맥주는 오늘의 내 일용할 양식이었던 것이다. 그렇다면 나는 빼앗긴 이 소소한 즐거움을 누구한테 보상받아야 할까. 아까 내 뒤를 앞서 달려온 두 작자에게? 아니면 그 두 작자의 뒤를 쫓아온, 형사인지 뭔지 모를 또 다른 두 작자에게? 그것도 아니면 하필 그때 라면과 맥주를 사러 나간 내 시간과 행동에게? 모르겠다. 일단 목부터 축이고 보자. 작열하는 태양이 내 몸속 수분을 몽땅 증발시켜버리기 전에 수분 보충을 해줘야 했다. 마른오징어가 될 수는 없었다.

캔맥주 따개를 땄다. 단숨에 미지근한 맥주를 들이켰다. 예상대로 맛은 밍밍했다. 역시 맥주 맛의 절반은 그 차가움에 있었다. 빈속에 맛도 없는 맥주를 꾸역꾸역 쑤셔 넣은 탓에 바로 딸꾹질이 올라왔다. 얼굴이 불콰해지자 괜히 마셨나 하는 후회가 들었다. 당연한 말이지만 술은 역시 물을 대신할 수 없었다.

"젠장, 이럴 줄 알았으면 아까 편의점에서 생수도 한 병 사오는 건데……." 내 입에서는 하등 쓸모없는 자책이 흘러나왔.

하지만 그 누가 알았겠는가. 털레털레 라면과 맥주를 사 들고 집으로 향하는 내게 형사인지 뭔지 모를 작자들이 달려들 거라는 걸. 게다가 묻지도 따지지도 않고 내 손목에 수갑이 채워질 거라는 걸 그 누가 상상이나 했겠난 말이다. 창살 없는 감옥신세란 바로 이런 걸 두고 하는 말이지 싶었다.

딸꾹질은 쉬 멈출 생각이 없어 보였다. 그런데 그 딸꾹질이 쉰 번을 넘어갈 즈음이었다. 저만치에서 누군가가 또각또각 걸어오고 있었다. 그렇게 바라 마지않던 일이 드디어 벌어진 것이다. 여자였다. 갑자기 등장한 걸 보니 여자는 저쪽 모퉁이에서 튀어나온 게 분명했다. 나는 얼른 자리에서 일어났다. 일사병의 전조인지 아니면 방금 마신 맥주 탓인지 눈앞에 현기증이 몽글거렸다. 여자는 노란색 원피스에 발가락이 다 드러난 굽 높은 샌들을 신고 사뿐히 걸어오는 중이었다.

혹여 놓칠세라 여자에게 소리쳤다. "저기, 여기요! 저 좀 도와주세요! 딸꾹."

멀찌감치 멈춰 선 여자가 한 발짝 뒤로 물러났다. 여자는 경계하는 눈빛으로 나를 쳐다봤다. 어쩌면 여자의 눈에 나는 대낮부터 길바닥에 앉아 술이나 처먹고 있는 한심한 부랑자처럼 보일 테다.

저런 여자에게 자초지종을 설명한들 귀담아들어줄 것 같지도 않아서 나는 다짜고짜 이렇게 말했다. "이 수갑 좀 풀어달라고 누구한테 얘기 좀 해주세요! 딸꾹."

"네?" 여자의 표정이 혐오스레 일그러졌다.

"이 수갑이요! 딸꾹." 나는 손을 움직여 달그락, 하고 자바라 문과 수갑 사이의 마찰음을 만들어냈다.

그 소리를 듣고 내 손목에 채워진 수갑을 발견한 여자가

"어머머머"라고 말했다. 내 딱한 처지를 이해한다는 의미의 추임새인 걸까. 그런데 그게 아니었다. 여자는 수갑에 묶여 옴짝달싹 못 하는 나를 두려워하고 있는 듯했다. 여자의 눈빛과 표정이 그래 보였다. 아니나 다를까 여자가 어깨에 메고 있던 자신의 핸드백을 가슴 쪽으로 끌어안더니 슬금슬금 내 앞을 지나쳐갔다. 혹여 내가 다리라도 뻗어 자신을 공격할지 모른다는 염려가 낳은 경계의 행동이었다. 그렇다고 저대로 여자를 보낼 수는 없었다.

나는 다시 한번 소리쳤다. "그럼 경찰에 신고라도 해주세요! 딸꾹."

"제가 좀 바빠서……." 여자가 내 시선을 피했다.

"저기요! 딸꾹." 어떻게든 여자를 붙잡아야 한다는 생각에 나는 있는 힘껏 팔을 뻗었다.

그러나 여자는 핑계 아닌 핑계를 대고는 뒤도 돌아보지 않고 잰걸음으로 사라져갔다. 나는 마치 '개 조심'이라고 써 붙인 집의 사나운 셰퍼드가 된 기분이 들었다. 씨발, 수갑이 채워진 나란 사람은 여자에게 그냥 범죄자일 뿐인 건가……. 설마 이런 식으로 '묻지 마 나쁜 놈'이 되어버리는 건 아니겠지……. 괜한 걱정이 앞섰다. 그사이 딸꾹질은 멈춰 있었다. 다리에 힘이 풀리면서 나는 다시 자리에 털썩 주저앉고 만다. 그런데 몸을 과하게 움직인 탓일까. 물집이 터졌던 손목 부위가 쓰라리게 아파왔다.

"이 씨, 이놈의 수갑!" 만만한 게 수갑이라 나는 또 수갑에다 화풀이를 했다.

이건 낯선 동네의 횡포라고밖에는 생각되지 않았다. 새 동네로의 입성을 위한 혹독한 신고식 같은 거 말이다. 아니, 어쩌면 이것은 십 년마다 한 번씩 내 인생에 꼭 끼어들고 마는 그 아홉수의 저주인지도 몰랐다. 스물아홉 살의 저주가 고작 이거라면 나는 기꺼이 받아들일 용의가 있었다. 왜냐하면 그 전에 일어난 두 번의 저주에 비하면 오늘 이 상황은 정말 아무것도 아니기 때문이다. 지금 생각해봐도 내 아홉 살은 조금 끔찍했었다. 부모님 전언에 따르면 갑자기 찾아온 심한 열병으로 사경을 헤맸다고 했다. 물론 죽음을 넘나들었던 뚜렷한 기억은 나에게 없었다. 그 심각했을 분위기 또한 기억나지 않았다. 몸에서 약간 열이 났었고, 병원 침대에 누워 있는 나를 내려다보며 어머니가 오래오래 울었다는 것 말고는 그랬다. 다만 그때 당시 위태로웠던 정황을 짐작케 해주는 게 있었는데 그것은 바로 지금의 내 귀였다. 정상 청력의 절반 이하 수준으로 떨어져 있는 내 한쪽 귀. 그게 아슬아슬하게 남아 있는 내 첫 번째 아홉수의 후유증이었다.

내 아홉 살이 끔찍했었다면 내 열아홉 살은 재수가 없었다.

수학능력시험이 치러지던 날이었다. 시험장까지 태워다 주겠다는 출근길 옆집 아저씨의 친절을 뿌리치지 못한 게 화근이었다. 초행길인 데다 길을 잘못 드는 바람에 옆집 아저씨가 길바닥에 소비해버린 시간은 무려 사십 분이었다. 당시에는 내비게이션 보급률이 높지 않았던 때라 충분히 일어날 수 있는 일이었다. 뒤늦게야 불길함을 느낀 나는 옆집 아저씨의 친절한 차에서 내려야만 했다. 그리고 뒤따라오던 택시를 잡아타고 시험장으로 내처 달렸다. 내가 시험장에 도착한 시각은 정해진 입실 시간을 십 초 정도 남겨둔 시점이었다. 하마터면 시험 자체를 치르지 못할 뻔한 것이다. 하지만 가라앉지 않은 긴장과 자책으로 당연히 시험은 보기 좋게 망쳐버렸고, 그 점수로 갈 수 있는 대학과 학과를 선택하다 보니 엉뚱하게도 나는 불어불문학 전공자가 돼 있었다. '봉주르'와 '메르씨 보꾸'밖에 모르던 내가 말이다. 아무튼 그 여파는 내 대학 생활 전반으로까지 파고들었는데, 왜냐하면 전공 수업을 제때 따라갈 수 없었던 나는 학과 동기들 몰래 불어 학원에 다녀야 했기 때문이다. 사교육을 받아야 하는 대학 생활이란 참으로 재미없는 것이었다. 그래서 나는 고3처럼 지내야만 했던, 내 반낭만적인 대학 생활을 생각하면 지금도 옆집 아저씨가 원망스러웠다. 물론 어머니는 공부 좀 한다는 아들이 어쩌다 시험을 망쳐 삼류 대학에 가게 됐는지 그 내막은 모르고 있었다. 당연하게도 아버지 역시 친절한 옆집 아저씨가 당신 아들 인생에 어떤 짓을 저질렀는지 모르긴 마찬가지였다. 그 사실을 알 리 없는 아버지는 출퇴근길에 마주치는 옆집 아저씨에게 여전히 반가운 눈인사를 건네는 모양이었다. 그래도 한쪽 청력을 떨어뜨리고, 원하는 대학에 지원조차 못 하게 했던 두 번의 저주에 비하면 스물아홉 살의 이 저주는 그냥 조금 황당할 뿐이었다. 내 몸과 내 인생에 결정적인 영향력을 미칠 만한 것으로는 안 보이기에 그나마 다행스러운 아홉수의 저주였다.

무심하게 사라져버린 여자, 그리고 해소된 갈증 뒤에 찾아온 것은 배고픔이었다. 어제, 아침 겸 점심으로 토스트 두 장에 사과 반쪽을 챙겨 먹고, 다음 날 새벽 다섯 시까지 마감에 쫓긴 원고를 번역해내느라 아무것도 먹지 못했으니 꼬박 하루를 굶주린 셈이었다. 나는 입술을 달싹이며 비닐봉지 속 컵라면을 내려다봤다. 분말수프를 뿌려 생라면이라도 부숴 먹을까 하고 라면을 만지작대고 있는데 어디에선가 대문 열리는 소리가 났다. 비어 있는 빨간 벽돌집과 이웃한 집이었다. 고맙게도 모두가 흥청망청 여름휴가를 떠난 건 아니었다. 다시 찾아온 기회가 '지나가는 사람'이 아니라 다행이었다.

대문을 열고 나온 사람은 오십 대 후반으로 보이는 한 아주머니였다. 손에는 미어터질 듯한 쓰레기봉투가 들려 있었다.

한차례 찢어졌었는지 쓰레기봉투 몸통에는 노란색 박스 테이프가 덕지덕지 붙어 있었다. 미처 여미지 못한 봉투 입구 쪽에도 테이프가 십자 모양으로 붙어 있었다. 아주머니가 늘어지게 하품을 해대며 담벼락 아래에 쓰레기를 내려놓았다. 그런데 나를 발견하지 못한 아주머니가 그대로 등을 돌려버리는 게 아닌가.

나는 앉은자리에서 대문 안으로 사라지려는 아주머니를 얼른 붙잡았다. "아주머니, 잠깐만요!"

놀란 아주머니가 "어머, 깜짝이야!"라고 하고는 뒤돌아 나를 쳐다봤다. 좀 도와달라는 말에 아주머니가 슬리퍼를 끄집으며 내 쪽으로 의문스레 걸어왔다. 내 손목에 채워진 수갑을 발견한 아주머니가 나를 향해 왜 그러고 있느냐고 물었다. 그것은 내가 묻고 싶은 말이었다. 그래서 나는 아주머니에게 나도 모르겠다고, 그냥 뛰었을 뿐인데 이렇게 됐다고 했다. 분명 그랬었다. 뒤에서 다급하게 쫓아오던 누군가가 나에게 "뛰어!"라고 소리쳤고 나는 그자가 시키는 대로 뛴 죄밖에 없었다. 그러다 다른 누군가에 의해 뒷덜미가 붙잡혔다. 찌든 땀내 투성이의 사내였는데 그자가 거친 숨을 몰아쉬더니 다짜고짜 내 한쪽 손목에 수갑을 채웠다. 그리고 악문 입으로 나에게 말했다. "너 이 새끼, 넌 이따가 보자." 그렇게 땀내투성이의 사내는 나를 이 차고 앞에 묶어두고는 달아난 다른 자들을 뒤쫓아 사라져갔다. 그러나 이따가 보자던 그 사내는 아직까지 나타나지 않고 있었다. 아무래도 날 잊어버린 게 분명했다.

자초지종에 대한 설명을 끝낸 나는 아주머니에게 넌지시 덧붙였다. "그래서 말인데요, 혹시 댁에 절단기 같은 거 있으면 좀 빌려주실래요?"

볼트 클리퍼라면 더 좋겠다고 했더니 아주머니의 눈빛이 의심스럽게 변했다.

아주머니가 나에게 물었다. "그거 경찰 아저씨가 그리 해놓은 거 아니에요?"

"방금 설명드렸잖아요. 뛰라고 해서 뛰었을 뿐인데 이렇게 됐다고요." 나는 절망감과 함께 조금 답답해졌다.

아주머니가 난처한 표정을 하고는 목덜미를 긁적였다. "근네 그걸 내 맘대로 했다가 탈이라도 나면 어쩐대요?" 아주머니 입장에서는 그렇게 생각할 수 있었다.

그래서 나는 아주머니에게 이렇게 말했다. "그 새끼들, 경찰도 뭣도 아니었는지도 몰라요. 그냥 저한테 장난친 건지도 모른다니까요?"

아주머니의 눈빛은 더욱 의심스럽게 변해갔다. 아무래도 나를 거짓말쟁이로 생각하는 것 같았다. 방금 그 말은 하지 말았어야 했다.

안 되겠기에 그럼 경찰서에 신고라도 해달랬더니 아주머니가 고개를 절레절레 흔들며 한다는 말은 이랬다. "나는 모르는 일이에요. 아이고, 몰라, 몰라."

자기는 나를 못 본 걸로 하겠다는 뜻이었다. 괜히 남의 일에 끼어들었다가 곤란해지고 싶지 않은 것이다. 그러더니 아주머니가 혼내듯 나에게 쏴붙였다. "죄를 지었으면 벌을 받아야지!"

나는 나름의 항변을 했다. "죄를 지은 게 아니라면요?"

"아무리 애먼 사람을 그리 해놨을까. 잘 생각해봐요, 젊은이." 팔짱을 낀 아주머니가 나를 의심스러운 눈초리로 내려다봤다.

"네?" 어이가 없었다.

무슨 이런 개 같은 동네가 다 있는지 모르겠다. 왜 사람 말을 믿어주지 않는 걸까. 빌어먹게 조용하고 지나치게 의심스러운 것으로도 모자라 상식 밖으로 매정하기까지 한 동네였다. 결국 저 아주머니도 나를 구원해줄 만한 사람은 아니란 생각이 들었다. 그렇다고 저대로 그냥 돌려보낼 수는 없었다. 다른 도움이라도 청해봐야 했다.

나는 돌아가려는 아주머니에게 부탁 조로 말했다. "알았어요. 이거 풀어달라고 안 할게요. 대신에……"

"대신?" 귀찮은 일에서 벗어날 수 있겠다 싶었는지 아주머니의 표정이 조금 호의적으로 바뀌었다.

"뜨거운 물 좀 갖다주시면……."

"물?"

나는 비닐봉지에 든 컵라면을 번쩍 들어 올려 아주머니에게 내보였다. 하루 종일 굶어 배가 고프다고 했더니 아주머니가 관찰하듯 나를 빤히 쳐다봤다. 정말 굶주린 사람처럼 보이는지 확인이라도 하려는 행동 같았다. 그런데 아주머니의 눈에도 그렇게 보인 걸까. 아주머니가 한숨 섞인 말로 "에휴, 알았어요"라고 하고는 자기 집으로 들어갔다.

아주머니가 사라지자 내 입에서는 연거푸 욕지거리가 튀어나왔다. "아, 좆같네. 씨발!" 거리 동냥치가 된 기분이 아주 엿같았다.

그래도 살아야 하기에 컵라면 비닐 포장을 뜯었다. 라면을 다리 사이에 끼워 고정시킨 다음 뚜껑을 개봉했다. 그리고 이빨로 라면 수프를 뜯어서 뿌렸다. 손에 묻은 수프 가루를 혀로 핥았더니 매콤한 것이 좋았다. 나는 한 끼 식사가 줄 즐거움을 상상하며 아주머니가 돌아오기만을 기다렸다. 그사이 어디에선가 개 짖는 소리가 들려왔고, 아까 내 호통에 놀라 달아났던 길고양이가 다시 내 주변을 어슬렁댔다. 개와 고양이만이 휴가철에 남아 이 동네를 지키고 있는 것 같았다. 그러고 보니 이 동네로 이사 온 지도 벌써 한 달이 넘어가고 있었다. 다 큰

아들놈과 한집에 사는 걸 늘 마뜩잖아하던 아버지는 결국 나에게 독립을 강요했다. 어머니는 장가갈 때까지 두 아들을 옆에 두고 싶어 했지만 아버지는 달랐다. 모름지기 남자란 밥벌이 유무와 상관없이 서른 살이 되기 전에 둥지를 떠나야 한다는 게 아버지의 생각이었다. 그런 아버지의 고집으로 형은 스물여덟에 독립을 해야만 했다. 그리고 내 차례였다. 형에 비하면 일 년 정도 봐준 셈이지만 나라고 해서 집안 분위기를 피해갈 수는 없었다. 아무튼 아버지에 의해 등 떠밀려 나온, 스물아홉 살의 독립은 그렇게 시작되었다. 형한테도 그랬듯이 아버지는 나를 둥지에서 떠나보내는 대가로 전세금의 상당 부분을 마련해주었다. 앞으로 그걸 밑천 삼아 살아가라고 하면서 아버지가 빼놓지 않고 한 말은 이것이었다. "나중에 꼭 갚아야 한다." 아버지의 그 말이 농담이 아니었던 게, 실제로 형은 독립한 지 사 년 만에 그 돈을 에누리 없이 갚았고 아버지는 당연하다는 듯 그 돈을 에누리 없이 받아 챙겼다.

 아직은 아버지의 것이라 할 수 있는, 방 두 개짜리 연립주택은 저 오른쪽 모퉁이를 돌아 다시 왼쪽 모퉁이로 꺾어들어가면 있었다. 나는 그 전셋집에서 프랑스 문학을 번역했다. 열아홉 살, 친절한 옆집 아저씨가 내 인생에 걸어온 태클은 결국나를 불문학 애호가로 만들었다. 대학 졸업과 동시에 통번역대학원에 진학하게 되면서 자연스레 번역가의 길로 들어서게 된 나. 그런 나를 보고 있으면 인생은 알다가도 모를 일이며, 종국엔 운명으로 흘러들어가는 게 인간의 숙명이자 절차라는 생각이 들었다. 그러니까 열아홉 살의 저주는 나에게 운명이었던 것이다. 대학원에 진학하게 된 계기도 그 바탕엔 점점 흥미를 느끼기 시작한 불문학에 있었다. 흥미는 당연히 열정으로 이어질 수밖에 없었고, 학원 수업을 병행하며 대학 생활을 해왔던 터라 졸업 무렵의 나는 과 수석을 도맡아 하는 모범 학부생이 돼 있었다. 더불어 교수님들 눈에 띄는 훌륭한 제자가 되어버린 나는 계속 공부를 해보라는 지도교수의 권유와 협박(?)에 시달려야 했다. 어찌 됐든 자의 반 타의 반이긴 하지만, 들어가기도 힘들고 나오기도 힘들다는 그 통번역 대학원 과정을 무리 없이 마친 사람이 바로 나란 사실이다. 지금 자기 자랑이 너무 과한 거 아니냐며 눈살을 찌푸리는 사람이 있을지도 모르겠다. 하지만 내가 굳이 이런 얘기를 꺼낸 이유는 나를 자랑거리로 삼으려는 게 아니다. 나는 그저 번역가일—물론 아직은 초년병에 불과하지만—뿐이며, 아버지에게 빚을 지고 있다는 것 말고는 남에게 피해를 주며 살아오지 않았다는 걸 강조하고 싶어서다. 아까 잘 생각해보라던 아주머니의 말마따나 잘 생각해봐도 역시 이 수갑을 찰 만한 일은 떠오르지 않았다. 그래서 내린 결론은 이건 누군가의 장난질이 분명하다는 사실이다. 결국 나는 쫓고 쫓기는 상황 연출에 걸려든 바보였던 것이고, 내 뒤를 쫓아오던 자들은 그저 익살꾼에 지나지 않았던 것이다. 그렇다면 "너 이 새끼, 넌 이따가 보자"던 아까 그 말의 위엄성은 어떻게 설명해야 할까. 땀내 나는 그 사내의 한마디는 '진짜 형사'의 말처럼 위압적인 데다 고압적이었기에 누군가의 장난질일지 모른다는 내 추측은 다시 고개를 떨구고 만다.

그사이 대문이 열렸다. 기다리던 아주머니가 모습을 드러냈다. 아주머니의 한쪽 손에는 주전자가 다른 쪽 손에는 작은 페트병이 들려 있었다. 페트병에는 탱탱하게 얼린 연갈색 보리차가 들어 있었다. 얼음물을 가져다줄 줄은 몰랐기에 괜스레 핑, 눈물이 돌았다. 등산 갈 때 챙겨가려고 냉동실에 얼려둔 거라면서 아주머니가 내 앞으로 페트병을 내밀었다. 아주머니는 나를 못 본 걸로 하겠다던 아까 그 미안한 마음을 이 물로 보상하고 싶었던 모양이다. 고맙다는 말과 함께 페트병을 받아 들자마자 나는 그것을 목덜미와 얼굴에 갖다 댔다. 시원했다. 아니, 엄청나게 시원했다. 높은 바깥 온도 탓에 그새 녹기 시작한 보리차는 페트병 속에서 달그락거리고 있었다. 태어나 얼음덩어리가 이렇게 먹음직스러워 보이긴 처음이었다.

쪼그려 앉은 아주머니가 컵라면 용기에 뜨거운 물을 부어주며 말했다. "나중에 좋게 좋게 풀려나려면 말썽 부리지 말고 얌전히 있어요."

글쎄, 그런 게 아니라고 말하려다가 관둔 나는 그냥 "네"라고 짧게 대답해버린다.

아주머니가 자신의 한쪽 무릎을 손으로 짚으며 자리에서 일어났다. "그럼 난 이만 들어가볼게요."

"네, 고맙습니다. 안녕히 가세요." 라면으로 배를 채울 생각에 내 목소리는 한결 가벼워졌다. 아니, 경쾌해지기까지 했다.

나는 손과 입으로 나무젓가락을 가르고는 빨리 라면이 익기를 기다렸다.

오른손잡이에게 허락된 왼손은 불편함 그 자체였다. 하지만 라면은 어느 손으로 먹든 맛은 그대로였다. 어찌나 허겁지겁 먹어댔는지 젓가락으로 휘감아 올린 면발은 서너 번 만에 없어져버렸다. 젓가락을 내려놓고 국물을 들이켜자 몸에서 땀이 났다. 땀에 젖은 티셔츠가 등짝에 달라붙어 끈적거렸고, 콧잔등을 타고 흘러내린 땀방울이 라면 국물 속으로 뚝뚝 떨어졌다. 급하게 들이켠 라면 국물에 입천장을 데었지만 물은 이따가 마시기로 했다. 최상의 행복은 조금 뒤로 미뤄두자는 생각에서였다. 바닥을 드러낸 라면 국물 아래에는 면발 부스러기와 함께 분말수프가 농도 짙게 가라앉아 있었다. 라면의 총체적인 맛을 함축해놓은 그 한 줌의 찌꺼기. 나는 그것까지 몽땅 먹어 치우기 위해 용기를 한쪽으로 기울여 남아 있는 라면 국물을 살살 구슬렸다. 그리고 요령껏 한입에 털어 넣었다. 성공이었다. 비록 어머니가 담가다 준 열무김치도 없고 찬밥도 없었지만 라면은 그 어떤 것보다, 그리고 그 누구보다 정직하게 나를 대해주었다.

 목구멍을 타고 여유로운 트림이 꺼억 올라왔다. 포만감으로 행복해진 위장과 혀가 본능적으로 물을 찾았다. 드디어 물을 마실 차례였다. 페트병 속 얼음덩어리는 벌써 절반 가까이 녹아 있었다. 뚜껑을 비틀어 열자 억눌려 있던 물이 기포와 함께 새어 나왔다. 한 방울이라도 버려질세라 나는 병 입구에 얼른 입을 갖다 댔다. 참아온 보람이 있었는지 얼음물은 머리에 두통을 일으킬 정도로 짜릿하고 시원했다. 맵고 짠 라면 맛의 뒤끝과 더위와 갈증, 그리고 지연의 인내가 보태져 나온 보상의 맛이었다. 별천지를 만난다면 아마 이런 기분일 테지? 너무 행복해서 웃음이 터질 정도였다. 그런데 그렇게 정신없이 물을 들이켜고 있을 때였다.

 등 뒤에서 걸걸한 남자 목소리 하나가 들려왔다. "거기 앉아 뭐 하는 거요?" 손에 바나나를 든 중년의 남자가 나를 한심한 눈으로 내려다보고 있었다. 남자가 바나나 껍질을 세 번에 나눠 벗겨 속살을 베어 먹더니 나에게 또 물었다. 이번엔 반말투였다. "남의 집 앞에서 뭐 하는 거냐니까? 이 쓰레기들은 또 뭐야!"

휴가 가고 없는 이 빨간 벽돌집의 주인인 모양이었다. 그래서 나는 조심스레 물었다. "아, 이 집 주인이세요?"

중년 남자가 실실 웃음을 쪼개며 대답했다. "아니."

열이 받쳤다. 씨발, 아니면서 왜 지랄이야! 그리고 언제 봤다고 반말지거린데, 라는 말로 대들고 싶은 걸, 묶여 있는 처지를 생각해 겨우 참아냈다. 내 손목에 채워진 수갑을 발견한 중년 남자가 "요것 봐라?" 하면서 가까이 다가왔다. 그러더니 내 뒤통수를 기분 나쁘게 두어 대 치는 것이었다.

남자가 말했다. 역시나 반말투였다. "야, 이 새끼야, 뭔 짓을 저질렀기에 이러고 있나?"

화가 난 내가 소리쳤다. "아니거든요!"

"계집년한테 달려들었지? 그치?" 중년 남자의 확신에 가까운 물음이었다.

"아니라니까요!"

"어디 나쁜 새끼들이 나 나쁜 새끼요, 하든? 그럼 죽인 거냐 훔친 거냐?" 여전히 실실 웃음을 쪼개는 남자였다.

나는 입을 앙다물었다.

중년 남자가 재차 물었다. "어느 쪽이냐니까?"

그러자 이번엔 왜 대답을 하지 않느냐면서 남자가 내 옆구리를 발로 찼다. 갑자기 숨이 턱, 막히더니 손에 들고 있던 페트병이 바닥으로 떨어지고 만다. 아까운 물이 쏟아지는 걸 보고 있자니 두 눈이 뒤집혔다. 얼른 손을 뻗어 페트병을 주우려는데 남자가 물병을 발로 세게 걷어찼다. 절반도 채 마시지 못한 물이 내 손이 미치지 못한 곳으로 처박히기까지 한다. 화가 났다. 무슨 억하심정으로 나한테 이러는지 모를 일이었다.

그래서 나는 이렇게 소리쳤다. "사람 살려! 여기 사람 살려요!"

움찔한 중년 남자가 주위를 두리번거리며 나한테서 멀찌감치 떨어졌다. 내친김에 나는 자리에서 일어났다. 자바라 문을 지지대 삼아—손에 닿은 자바라 문은 여전히 뜨거웠다—허공을 향해 한쪽 다리를 마구 휘둘렀다. 발끝이 남자 몸에 가닿지는 못했지만 조금이나마 남자에게 위협을 준 것 같았다. 살려달라는 내 말에 누군가 나타날 거란 우려가 들었는지 남자가 조금씩 뒷걸음질 치기 시작했다.

그렇다고 그냥 돌아가자니 좀 억울한 생각이 든 모양이다. 남자가 들고 있던 바나나 껍질을 내 얼굴을 향해 던지며 말했다. "아나, 이거나 처먹어라, 원숭이 새끼야!"

바나나 껍질이 내 얼굴에 맞고 바닥으로 떨어졌다. 힘없이 떨궈진 내 고개와 시선이 바나나 껍질에 잠깐 머물렀다가 저 멀리 처박힌 페트병으로 옮겨갔다. 절반밖에 마시지 못한 물이 미치도록 아까웠다.

유일한 행복을 빼앗기고 말았다는 사실에 분노가 치민 나는, 사라지고 없는 중년 남자를 향해 부질없는 욕을 퍼부었다.
"씹새끼! 개새끼! 쌍놈새끼!"

대체 내가 뭘 그리 잘못한 걸까. 왜 나는 지척에 집을 두고도 돌아가지 못하는 걸까. 수갑 하나 때문에 린치를 당하고 오해를 뒤집어쓰고 범죄자 취급을 당하는 내가 바보인 것인지, 아니면 그런 짓을 가하는 저들이 바보인 것인지 알 수 없었다.

이제 시간은 정오를 지나 오후로 접어들고 있었다. 하늘 높은 줄 모르고 높이 솟아만 가던 태양이 조금씩 고집을 꺾고 지상으로 내려오려는 중이었다.

오줌이 마려웠다. 신장으로 걸러질 만한 수분은 땀으로 몽땅 배출돼 없을 거라 생각했는데 그게 아니었다. 지퍼를 내리고 페니스를 꺼내어 시원하게 오줌을 싼다 한들 보는 사람은 없을 것이다. 싸 갈긴 오줌은 금방 증발하고 말 테니 걱정 말고 쌀까 싶다가도 막상 지퍼 쪽으로 올라간 손은 움직여지지 않았다. 그래, 이깟 오줌은 집에서 해결하는 게 좋았다. 나는 노상 방뇨나 일삼는 사람이 아니었다. 배울 만큼 배운 지성인이었다. 허튼 행동을 했다가 또 무슨 봉변을 당할지 알 수 없기에 일단 참는 데까지 참아보기로 했다. 무엇보다 나는, 내 눈에 보이지는 않지만 어딘가 숨어 있을지 모를 감시카메라에 내 것을 노출시키고 싶지 않았다. 그런데 집을 떠올림과 동시에 갑자기 밀려들기 시작하는 뭔지 모를 이 께름칙함은 뭘까. 아찔한 불안감 그리고 철렁 내려앉는 가슴. 그것은 맥주와 라면을 사러 현관문을 나선 뒤에 남겨졌을 '내 집'에 대한 염려였다.

  선풍기를 켜놓고 나온 것만은 분명했다. 아침부터 푹푹 찌는 날씨가 심상찮아 큰마음 먹고 에어컨을 켤까 말까 망설이다 결국은 쩨쩨한 선풍기를 선택했었기 때문이다. 날이 얼마나 더웠는지 현관문을 나설 때면 늘 따라 나오던 녀석이—내 칠 년 지기 반려견인 포메라니안 '마요'—오늘은 선풍기 앞에 누워 꼼짝도 하지 않을 정도였다. 무더위가 칠 년간의 예의를 앗아갔다면서 나는 편의점으로 향하는 길을 못내 서운해하며 걸었던 걸로 기억한다. 그리고 그 선풍기와 함께 켜놓고 나온 것은 번역 작업 중이던 낡은 노트북이었다. 노트북이야 절전 모드로 돌아가 있을 테니 신경 쓸 건 없었다. 선풍기 또한 하루 종일 돌아간다고 해서 과열로 폭발한다거나 하지는 않을 것이다. 다년간의 경험에 비춰봤을 때 그럴 가능성은 미미했다. 그보다 문제는 가스레인지였다. 지갑을 들고 집을 나서기 전에 가스레인지 위에 물 주전자를 올려둔 기억은 선명한데 가스 불을 켰었는지에 대한 기억이 불분명했다. 그런데 나는 가스 불을 켜지 않았다!, 라고 감히 장담할 수 없었다. 그것은 평소 내가 갖고 있던, 좋다고도 할 수 없고 나쁘다고도 할 수 없는 어떤 습관 때문이었다. 나는 봉지라면이든 컵라면이든 라면을 사 들고 집에 돌아왔을 때 물이 막 끓고 있는 상태를 좋아했다. 그래야 바로 라면을 끓여 먹을 수 있기 때문이기도 하지만, 그보다 나는 라면 물이 끓는점에 도달해가는 과정을 지켜보는 걸 굉장히 지루해했다. 해서 라면을 사러 나갈 때면 대개 가스 불을 약하게 해놓고 나가는 편이었다. 그 오랜 습관대로라면 나는 가스 불을 켜둔 채 집을 나섰을 가능성이 컸다. 순간 가슴이 철렁 내려앉았다. 아찔한 뭔가가 온몸으로 파고드는 느낌이었다. 어쩐다, 어쩐다. 안절부절못한 마음에 나는 일단 자리에서 일어났다. 명확하지 않은 기억은 자꾸만 더 안 좋은 쪽으로 기울더니 종국엔 서늘한 공포가 되어 내 뒤통수를 때렸다. 물 주전자 아래에 파란 불꽃이 있었던가 없었던가. 파란 불꽃이 있었다면 물은 이미 닳아 없어졌을 테고, 주전자는 그을음과 함께 새까맣게 타들어가는 중일 것이다. 주전자를 태우다 태우다 지치고 만 가스 불꽃이 다른 데로 옮겨 붙기라도 한다면 어떻게 되는 걸까. 내 집도 아닌 전셋집이 불에 타고, 내 번역 원고가 불에 타고, 포메라니안 마요가 그 불에 타 죽는 광경이 옥수수 팝콘처럼 과장돼 터지고 있었다. 그 불이 내 집에만 머무르지 않고 연립주택 전체로 퍼져 나간다면 그땐 또 어떻게 되는 걸까. 나는 발을 동동 구르기 시작했다. 그전에 비하면 지금의 저주는 그나마 다행스러운 아홉수의 저주라 여겨왔는데 그게 아닐지도 모른다는 두려움이 또 한 번 내 뒤통수를 휘갈겼다. 그때 핸드폰만 들고 나왔어도 일이 이 지경으로까지 확대되고 지속되진 않았을 거라는 후회가 내 발등을 찍었다. "잠깐 나갔다 올 건데 뭘." 그러면서 챙기지 못한 핸드폰이 이렇게 원망스러울 줄은 몰랐다.

이제 저 수갑으로부터 구출해내야 하는 것은 내 몸뚱이가 아니라 내 '집'이었다. 나는 빨리 누구 하나 나타나주기를 바라며 불안에 떠는 발을 계속해서 동동 굴렀다.

한 시간가량이 흐른 지금, 겨우 내 앞에 나타난 사람은 낡은 유모차를 지팡이 삼아 끌고 가는 노구의 할머니였다. 거동이 불편한 어르신에게 내 부탁이 잘 전달될까 싶었는데 역시나 무리였다.

나는 소용없을 줄 알면서도 어르신을 향해 재차 말했다. "그러니까 저 오른쪽 모퉁이를 돌아 다시 왼쪽 모퉁이로 꺾어 들어가면 ○○연립주택이 나오거든요."

"잉? 그래서?" 그래도 귀를 기울여주는 할머니의 노력은 가상했다.

"제가 거기 303호에 사는데요…… 그보다 어르신, 혹시 번호 키 누를 줄 아세요?" 내 목소리는 그 어느 때보다 간절했다.

"무슨 키?"

"아, 아닙니다……." 나는 그쯤에서 그만 포기하고 만다.

설령 저 어르신이 내 집을 찾아가준다 하더라도 엘리베이터도 없는 삼 층까지 올라갈 수 있을지 의문이었다. 게다가 그런 수고를 저 늙고 불편한 다리에 맡긴다는 것도 안 될 말이었다. 그렇게 허무하게 어르신을 보내고 난 뒤였다. 신이 결코 나를 버리지 않았는지 고등학생으로 보이는 세 명의 남자아이들이 시끄럽게 떠들어대며 걸어오고 있었다. 자바라 문에 바짝 붙어 선 나는 수갑 찬 손을 허리춤으로 감추고는 아이들을 불러 세웠다. 다소 불량기가 있어 보이는 아이들이라 망설여지긴 했지만 그래도 살살 구슬려볼 참이다. 남학생들이 가던 길을 멈추고 동시에 나를 쏘아봤다.

나는 그들에게 말했다. "얘들아, 잠깐, 내 부탁 좀 들어줄래?"

"뭔데요?" 남학생 중에 뿔테 안경을 낀 아이가 가장 먼저 나에게 관심을 보였다.

나는 아까 할머니에게 했던 말을 그대로 반복했다. "내가 사정이 생겨 그러는데, 저기 오른쪽 모퉁이를 돌아 다시 왼쪽 모퉁이로 꺾어들어가면 ○○연립주택이 나오거든?"

무슨 부탁인지 궁금하다는 듯 그들은 서로의 얼굴을 번갈아 쳐다봤다.

그들이 궁금해하는 것 같아 나는 계속 말을 이어가보기로 했다. "거기가 내 집인데, 그 집에 좀 가줄 수 있겠니?"

뿔테 안경을 낀 남자애가 의아해하는 표정을 지으며 말했다. "아저씨가 직접 가면 되잖아요."

"그게, 나도 그러고 싶은데……." 나는 말을 하다 말고 남학생들의 표정부터 살폈다.

내 부탁이 이상하게 느껴졌는지 남학생들의 눈빛이 금세 의심스레 변해갔다. 하긴, 길가에 멀쩡하게 서서 자기 집에 좀 가봐달라고 하니 당연히 이상하게 여길 수밖에 없었다. 거기다 움직이지 않고 가만히 서 있는 내 행동과, 허리춤으로 감춰진 내 한쪽 손이 저들 눈엔 의심을 넘어 호기심이 된 듯했다. 아니나 다를까 그중에 가장 키가 큰 남학생이 내 쪽으로 다가오더니 내 허리춤을 파고들었다. 자바라와 연결된 손목 수갑을 발견하고 만 그 남학생이 "와, 수갑이다!"라고 외치며 나머지 두 학생을 내 곁으로 불러들였다. 실제로 수갑을 본 적이 없는 사내애들이 각자의 방식대로 웅성대기 시작했다. 그러면서 자기들끼리 대화를 주고받는 것이다.

키가 큰 남학생이 말했다. "이 아저씨 뭐냐?"

"그러게. 완전 미쳤다." 뿔테 안경을 낀 남학생이 말했다.

키가 큰 남학생이 물었다. "근데 그거, 진짜 수갑 맞냐?"

"짝퉁 같진 않은데?" 뿔테 안경을 낀 남학생의 눈이 휘둥그레졌다.

이때 여드름투성이 남학생이 확신하는 어조로 말했다. "이 아저씨, 졸라 나쁜 짓 저질렀나 봐." 그러고는 히죽히죽 웃었다.

내 귓구멍이 뚫렸다는 건 알고들 있는지 모르겠다. 좀 낯설다 싶은 이 상황이 마냥 어리둥절했던 걸까. 뿔테 안경을 낀 남학생이 지금 영화 찍고 있는 거 아니냐는 듯 나에게 물어왔다.

아니라고 했더니 이번엔 여드름투성이 남학생이 또 물었다. "이거 혹시, 양심 테스트 같은 거 아니에요?"

"테스트?" 저건 또 무슨 뚱딴지같은 소린가 싶었다.

"왜 친절 테스트 같은 거 있잖아요. 방송국에서 시민들 상대로 하는 거요. 카메라 숨겨놓고 하는 몰래카메라!"

어이없고 황당한 나머지 나는 신경질적으로 소리쳤다. "아니거든!" 지금 나는 저 녀석들과 노닥거릴 시간이 없었다.

"맞나 보네. 아저씨, 그럼 우리한테 들킨 거예요? 그죠? 맞죠?" 여드름투성이 남학생이 아까보다 더 크게 히죽거렸다.

나는 애써 화를 억누르고는 차분히 말했다. "난 뭔 소린지 모르겠고, 내 집에 좀 가봐달라니까. ○○연립주택 303호야. 비밀번호는 9436. 구구단이라 외우기도 쉬워."

"싫다면요?" 키가 큰 남학생이 장난스러운 말투로 말했다.

"가스 불만 확인해주면 되니까……."

"싫어요!"

순간 나는 꼭지가 돌았다. 그래서 물었다. "왜 싫은데? 왜 싫은 거냐고! 왜! 왜!"

"왜 성질이세요? 그냥 싫어요! 싫어!" 그 목소리에서는 그 나이 특유의 반항기가 느껴졌다.

다소 신경질적인 반응을 보이던 키가 큰 남학생이 자기 친구들을 향해 "야, 가자!"라고 했다. 나에게서 등을 돌린 그들은 어디엔가 숨어 있을지 모를 카메라를 찾아 주위를 두리번거리고는 차츰 멀어져갔다.

하는 수 없이 나는 간절한 목소리로 그들을 다시 불러 세웠다. "얘들아, 잠깐만!"

키가 큰 남학생이 뒤돌아 쳐다보더니 나를 향해 가운뎃손가락을 치켜올려 빽큐(fuck you)를 날렸다. 그리고 나에게 물었다. "착한 사람 나쁜 사람 가려서 뭐 하게요?"

"그런 거 아니라니까!"

"가자! 저 아저씨 사기꾼이야."

결국 남학생들은 자초지종을 설명해주겠다는 내 말 따윈 아예 들으려고도 하지 않은 채 모퉁이로 사라지고 만다. 씨발! 수갑이 나를 옭아매고 있는 게 아니라 이 상황 자체가 수갑인 것만 같았다.

짙고 깊어진 오후의 하늘에는 먹구름이 층층이 쌓였다. 오후와 먹구름에 가려 팔월의 폭염은 이제 좀 수그러든 상태였다. 나를 조롱하는 대상이 하나 정도는 줄어든 셈이다.

극심한 피로감으로 몸이 쇳덩이처럼 느껴졌다. 자바라 문에 기대어 앉은 나는 양쪽 무릎을 굽혀 세웠다. 그리고 무릎 사이에 얼굴을 파묻고는 두 눈을 감았다. 슬며시 들려던 잠은 매번 까치 울음소리에 놀라 달아나곤 했다. 하지만 그러기에 더 달콤하게 느껴지는 길바닥 오후의 잠이었다. 그래도 여름이라 다행이었다. 한겨울에 이런 봉변을 당했더라면 나는 이미 얼어 죽고 말았을 테니 이마저도 감사할 일이었다. 그래서 나는 집에 대한 불안한 망상에 그만 빠져들기로 했다. 불이 날 상황이라면 진작에 났었어야 했다. 이 시간까지 소방차 사이렌 소리 하나 들려오지 않은 걸 보면 나는 가스 불을 켜지 않았던 게 분명했다. 그렇게 생각하자 마음은 이내 편안해졌고 편안해진 마음은 다시 잠에 가까워졌다.

무릎 사이에 설핏 파고든 잠 속으로 그자들의 얼굴이 끼어들었다. 내 뒤를 쫓아오던 두 사내, 그리고 그 사내들을 쫓던, 형사로 추정되는 두 명의 남자들. 그나저나 나에게 "뛰어!"라고 외친 그자들은 대체 무슨 짓을 저질렀던 걸까. 혹 휴가철을 노린 빈집털이범은 아니었을까. 여하튼 그 바람에 영문도 모른 채 그자들과 공범이 되어버린 나. 그러게 왜 뛰었냐고 누군가가 나에게 물어온다면 나는 뭐라 대답할 말이 없었다. 그건 그냥 몸의 반사적인 움직임이었을 뿐 아무것도 아니었다.

잠과 뒤섞인 현실은 차츰 몽롱해져갔다. 내가 지금 자고 있는 곳이 길바닥인지, 아니면 내 방인지 잠시 혼동이 일었다. 그러다 놀라 깨면 어김없이 시멘트 바닥이 눈으로 들어왔다. 그렇게 몇 차례 비몽사몽의 순간들을 넘나들 때였다. 내 어깨를 흔드는 누군가의 조심스러운 손길이 느껴졌다. 무릎 사이에 파묻은 얼굴을 쳐들고 눈을 떴다. 웬 꼬마가 나를 애처롭게 쳐다보고 있었다.

남자아이가 나에게 물었다. "아저씨, 어디 아프세요?"

"아니……." 나는 힘없이 고개를 가로저었다.

"근데 왜 길에서 주무세요?" 아이는 이상하다는 듯 머리를 갸우뚱거렸다.

나는 체념 섞인 목소리로 말했다. "그냥, 그렇게 됐단다……."

"아저씨 노숙자예요?" 그 물음과 함께 아이가 내 주변을 살폈다.

"아니. 근데 너, 노숙자가 뭔지는 아니?"

"길에서 잠자는 사람이잖아요."

나는 손을 바깥쪽으로 휘휘 내저으며 말했다. "귀찮으니까 좀 가줄래?" 그러다 불현듯 저 아이가 도움이 될지 모른다는 생각에 냉큼 아이에게 물었다. "아, 잠깐잠깐. 너 혹시 핸드폰 있니?"

"아니요." 아이가 고개를 가로저었다.

그럼 그렇지, 도움은 무슨. "그럼 됐다. 가봐라."

아이가 신나 하는 목소리로 말했다. "근데 곧 생길 거예요. 다음번 시험에 일등 하면 사주겠다고 엄마가 약속했거든요."

"진작에 일등 좀 하지 그랬니……." 나도 모르게 깊은 한숨이 새어 나왔다.

천진난만한 아이가 배시시 웃었다. 그런 아이의 눈과 귀로 반짝이고 찰랑거리는 내 손목 수갑이 들어갔다.

꼬맹이가 눈을 동그랗게 뜨며 말했다. "와, 수갑이다! 아저씨 나쁜 사람이에요?"

나는 힘없이 대답했다. "아니."

"수갑은 나쁜 사람이 차는 거라고 우리 아빠가 그랬는데……." 아이의 양미간이 심각하게 찌푸려졌다.

"다 그렇진 않아." 나는 소용없는 말을 소용없이 뱉어냈다.

그만 가라는 말에도 남자아이는 계속해서 내 앞을 얼쩡댔다. 초등학교 2학년인 아이는 지금 학원에 가는 길이라고 했다. 등에는 책가방을 멨고, 발에는 노란색 장화를 신었으며, 손에는 정갈하게 접힌 파란색 우산을 든 상태였다. 아이의 차림새는 필시 큰비를 예고하는 것이었다. 오후 들어 몰려들기 시작한 저 먹구름이 얼마나 많은 양의 비를 뿌릴 예정인지 짐작게 했다. 재차 가라는 말에 남자아이는 그러기는커녕 오히려 나에게로 쭈뼛쭈뼛 다가왔다. 잠깐 우물쭈물하더니 아이가 수갑 한번 만져봐도 되냐고 물었다. 아이는 수갑의 질감이 몹시도 궁금한 모양이었다. 그게 내 앞을 얼쩡댄 아이의 이유였다. 그러자 번뜩, 이 수갑을 미끼로 아까 여러 사람에게 거부당했던 부탁을 저 아이에게 해보는 것도 나쁘지 않겠다는 생각이 들었다.

나는 꼬맹이에게 말했다. "좋아. 맘껏 만져봐. 대신 아저씨 부탁 하나만 들어줄래?"

아이는 "뭔데요?" 하면서 자바라 문에 채워진 수갑을 계속해서 만지작댔다. 수갑의 구조와 모양새를 관찰하는 아이의 손길은 꽤 진지했다. 물집이 터져 생긴 상처 부위를 아이가 건드리는 바람에 쓰리고 아팠지만 꾹 참아냈다.

나는 잔뜩 웅그린 얼굴로 아이에게 말했다. "저 오른쪽 모퉁이를 돌아 다시 왼쪽 모퉁이로 꺾어들어가면 ○○연립주택이 나오거든?" 그러나 내가 듣기에 내 목소리에는 어떤 기대도 느껴지지 않았다. "그보다 너, 번호키는 열 줄 아니?"

"네." 아이가 자신 있게 고개를 끄덕였다. "우리 집도 번호키예요."

"좋아, 좋아. 거기 303호야. 비밀번호는 9436. 구구단인데 외우기 쉽지?"

"네."

아이의 다부진 대답에 일말의 기대와 희망을 느낀 나는 생각나는 대로 말을 마구 쏟아냈다. "그 집에 들어가면 아마 선풍기하고 노트북이 켜져 있을 거야. 그거 플러그만 뽑아주면 돼. 그리고 강아지 한 마리가 있는데 아저씨 대신 사료하고 물 좀 챙겨주고 올래? 순한 놈이니까 물지는 않을 거야. 아, 사료는 냉장고에 있어. 그리고 이게 제일 중요한데……." 나는 잠깐 숨을 고르고는 다시 말을 이었다. "너 혹시, 가스 불 끌 줄 아니?"

"네."

아이의 세 번째 "네" 소리를 듣는 순간 나는 저 아이가 내 유일한 구원자일지 모른다는 생각이 들었다.

나는 신이 나서 계속 말을 이었다. "어쩌면 그 가스 불에 주전자가 타고 있을지도 몰라."

"저, 가스 불 끄는 거 많이 해봤어요." 아이가 자랑하듯 말했다.

"오, 그래그래, 좋아. 대신 주전자는 절대로 만지면 안 된다. 알았지? 절대로!"

"네."

"또 뭐였더라……." 갑자기 머릿속이 하얘진 나는 앞니로 손톱을 마구 깨물었다.

걱정되고 흥분된 탓이었을까. 중요한 뭔가가 빠진 것 같긴 한데 그게 뭔지는 잘 떠오르지 않았다.

그때 수갑을 실컷 만지고 난 남자아이가 손가락을 꼽아가며 "선풍기, 노트북, 강아지, 가스 불, 주전자는 만지면 안 되고"라고 정확히 되뇌었다. 아이가 확인차 나에게 물었다. "맞죠?"

"응. 너 아주 똑똑하구나."

고마운 마음에 나는 검정 비닐봉지 안에 있는 지갑을 열었다. 오천 원짜리 지폐 한 장을 꺼내어 아이에게 건넸다. 만 원짜리가 있었으면 나는 만 원을 아이 손에 쥐여줬을 것이다. 지폐를 건네받은 아이의 얼굴빛은 이내 환해졌고 아이는 고민할 필요도 없다는 듯 냅다 내 집을 향해 달리기 시작했다. 그런 아이에게 나는 이름을 묻지 않았다는 걸 깨달았다. 그리고 아이가 모퉁이로 사라지고 난 뒤에야 핸드폰 좀 갖다 달라는 부탁 역시 빠뜨렸음을 깨달았다. 아이 이름을 몰라 "꼬마야! 꼬마야!"라고 몇 차례 불러봤지만 절망스럽게도 아이가 모퉁이에서 고개를 내미는 일은 일어나지 않았다. 바보! 멍청이! 하필이면 그걸 잊어버릴 게 뭐냐면서 안타까운 마음에 나는 주먹으로 자바라 문을 치고 또 쳤다.

뭐가 잘못되기라도 한 걸까. 돌아올 시간이 한참 지났는데도 아이는 아직 나타나지 않고 있었다. 그사이 먹구름으로 뒤

덮인 하늘에서는 빗방울이 하나둘 떨어지는 중이었다. 혹, 절대 만지지 말라던 주전자에 손을 데었나? 아니면 순한 놈이라고 철석같이 믿고 있었던 마요에게 물리기라도 한 걸까. 젠장! 꼬마에게 그런 일을 시키는 게 아니었다. 나는 아까보다 더 발을 동동 구르며 아이가 사라진 모퉁이를 계속 쳐다봤다. 정말로 다친 거면 어떡하지? 그 아이 부모에게는 또 뭐라 변명해야 할까. 앞질러 간 생각은 엉뚱한 방향으로 흐르더니 끄트머리에 가서는 진짜 말도 안 되는 쪽으로 흐르고 만다. 그건 이런 거다. 혹시 나는 그 아이를 다치게 할 사람으로 예정돼 있었던 건 아닐까. 그러니까 이 수갑은 그 처벌의 대가인 것이고, 그 처벌에 상응하는 죄는 그보다 나중인 지금에서야 짓고 있다는 가정 말이다.

"말, 말도 안 돼. 그게 가능하다고 생각해?" 내 생각을 부정하고 싶은 마음에 나는 이내 고개를 가로저었다.

그래, 그건 말도 안 되는 소리였다. 순서가 뒤바뀐 인과관계란 영화나 소설에서나 있을 법한 얘기였다. 지금은 지금이고, 아이는 가스 불을 많이 꺼본 경험자가 확실했다. 똑똑한 아이니까 괜찮을지 모른다는 생각은, 그러나 아이이기 때문에 안 괜찮을지 모른다는 생각에 자꾸 밀려났다. 그리고 아이에 대한 불안과 걱정이 손톱을 깨무는 행동으로 이어질 즈음이다. 파란색 우산을 쓴 꼬마가 갑자기 모퉁이에서 튀어나왔다. 파란색 우산 아래로 보인 노란색 장화는 분명 아이의 것이었다. 신나게 뛰어오는 아이를 보자 내 입에서는 절로 안도의 한숨이 새어 나왔다. 다행스럽게도 아이는 겉보기에 다친 데는 없어 보였다.

아이가 거친 숨을 몰아쉬며 나에게 말했다. "아저씨가 시킨 거 다 했어요."

"오, 고맙다. 근데 왜 이렇게 늦었니? 걱정했잖아." 순간 나도 모르게 핑, 눈물이 돌았다.

"모퉁이를 잘못 돌아서요."

"아, 그랬구나……." 나는 서둘러 물었다. "주전자는?"

"차갑던데요."

"정말?"

"불은 꺼져 있었어요."

"하아, 그랬구나……." 허탈감에 몸에 힘이 풀린 나는 쪼그려 앉은 자리에서 털썩 주저앉고 만다.

그러니까 나는 가스 불을 켜놓고 나온 게 아니었던 것이다. 기억과 의식의 지배에서 자유로운 습관이 어떤 허무맹랑한 상상과 걱정으로 치달을 수 있는지 깨닫게 된 순간이었다.

그래도 나는 아이 몸을 구석구석 살피며 녀석에게 물었다. "다친 덴? 다친 데는 없지?"

"네."

후유, 어찌 됐든 다행이었다. 그제야 내 입가에는 안도의 미소가 지어졌다. 아이가 "이제 가도 되죠?"라고 묻고는 손목에 찬 초록색 손목시계를 들여다봤다.

"아니, 잠깐만!" 나는 가버릴세라 꼬마를 붙들었다.

아이가 돌리려던 등을 멈칫하고 세웠다.

난감하고 미안했지만 말을 해야 했다. "저기, 미안한데⋯⋯ 아저씨 집에 한 번만 더 갔다 와주면 안 되겠니? 아저씨 핸드폰 좀⋯⋯."

말을 채 끝맺기도 전에 아이가 끼어들었다. "저 학원 늦었어요. 학원에 늦으면 엄마한테 혼나요."

"그, 그래." 나는 최대한 아이 앞으로 다가가 마지막 부탁을 건넸다. "그럼 학원 끝나고 집에 가면 엄마한테 얘기 좀 해줄래?"

"무슨 얘기요?"

"어떤 아저씨가 빨간 벽돌집 앞에 묶여 있다고 말이야. 그러니까 도와줘야 한다고."

아이가 흔쾌히 알았다고 했다. 아이의 그 대답에 나는 또 한 번 눈물이 핑, 돌고 만다.

나는 재차 아이에게 단단히 일렀다. "꼭 말해야 한다? 착하고 불쌍한 아지씨니까 도와줘야 한다고. 알았지!"

"네."

늦은 학원 시간을 만회하기 위함인지 남자아이가 우산을 쓴 채로 신나게 달렸다. 미처 묻지 못한 아이의 이름은 여전히 모르는 상태였고, 비에 젖은 내 몸은 으스스 떨려오기 시작했다. 잿빛 하늘의 눈물은 점점 굵어지고 거세지려 하고 있었다.

거리에는 나 혼자였다. 아까는 폭염이 동네 사람들의 외출을 막아섰다면 이번엔 세차게 몰아치는 비가 그 역할을 맡았다.
남자아이의 차림새가 예고한 대로 비는 우산과 장화가 필요할 만큼 거칠게 쏟아졌다. 그칠 줄 모르는 비는 팬티 속까지 침범해 나를 그냥 '물' 자체로 만들어버렸다. 나는 이 유리한 상황을 틈타 그동안 참아왔던 오줌을 시원하게 싸 갈겼다. 굳이 지퍼를 내리고 페니스를 꺼낼 필요는 없었다. 그냥 편하게 선 채로 아랫배의 힘을 뺐다. 그러자 온몸이 부르르 떨리더니 사타구니 사이로 뜨뜻미지근한 오줌이 새어 나왔다. 아래쪽이 따뜻해지는 느낌이 그리 나쁘지 않았다. 초등학교 1학년 때 바지에 오줌을 싼 이래로 처음 있는 일이었다. 그때의 일은 손을 들고 선생님에게 화장실에 다녀오겠다는 말을 못 해서 생긴, 그러니까 아직 형성되지 않은 자신감의 결여로 생긴 '어린 날'의 불상사였다. 그렇다면 지금 이 일은 무엇의 결여로 생긴 '어른 날'의 불상사인 걸까. 나는 누군가에게 묻고 싶었다. 하지만 내 물음에 답을 해줄 사람은 그 어디에도 없었다.

그래서 나는 쏟아지는 비에게 물었다. "뭣 때문이지?"

그러나 비에게서 대답은 없었다. 비의 침묵과 상관없이 오줌은 허벅지와 종아리를 타고 발목까지 흘러내렸다. 그리고 오줌은 이내 빗물과 섞여 사라져갔다. 비가 내 수치를 보호했다. 비와 나만이 아는 비밀이 방금 생겨난 것이다. 나는, 비에게서 돌아오지 않은 대답을 찾기 위해 주변을 두리번거렸다. 내 눈에 보이는 건 사람이 아닌, 어스름한 어둠을 몰고 내 앞에 서 있는 오후란 녀석이었다.

그래서 이번엔 그 오후에게 물어보기로 했다. "무슨 결여로 생긴 불상사지?"

절묘하게도 그때 천둥이 쳤다. "콰광!"

저게 오후의 대답인 걸까. 불어라면 통역이 가능했을 그 말이 오후의 말이라 알아들을 수 없었다. 그럼에도 나는 계속해서 오후에게 물었다. 모두 다 "왜?"라는 문장으로 시작되는 물음이었고 그럴 때마다 오후는 "콰광!" "콰광!" 하고 여전히 알아들을 수 없는 대답만을 해왔다.

그럼에도 나는 꿋꿋하게 소리쳐 물었다. "왜 나한테 이러는 거지?"

"콰광!"

"왜 아무도 날 도와주지 않는 거지?"

"콰광!"

오후의 성실한 대답에 빗줄기는 더욱 거세게 몰아칠 뿐이었다. 그리고 그 사이로 가로등이 하나둘씩 켜지기 시작했다. 어두워질 뻔한 거리가 가로등에 비쳐 환하게 빛나는 가운데 나는 계속해서 비밀스러운 오줌을 찔끔찔끔 쌌다. 정확히 말하면 '쌌다'라기보다는 그냥 '싸졌다'라는 표현이 더 맞을 듯 싶었다. 그래도 마음껏 할 수 있는 일이 하나라도 있어서 다행이었다. 아니, 내가 할 수 있는 일은 한 가지가 더 있었다. 그것은 기다리는 거였다. 나는 "너 이 새끼, 넌 이따가 보자"던 그 땀내투성이의 사내와, 학원에서 돌아올 아이에게서 내 얘기를 듣게 될 꼬마의 엄마를 기다릴 작정이었다. 그리고 그들의 귀에 내 목소리가 전달될 수 있도록 적은 노력이나마 기울여 볼 생각이었다.

이렇게 말이다. "거기 누구 없어요?"

"콰광!"

"내 목소리 안 들려요?"

"콰광!"

하지만 오후의 대답인 천둥소리에 가려 내 목소리는 제대로 살아나지 못하고 있었다. "거기 누구 없냐고요……."

지친 나는 잿빛 하늘을 향해 고개를 쳐들었다. 굵은 빗방울이 내 뺨을 사정없이 때렸다. 비에게서 뺨을 얻어맞은 것 같아 기분이 나빠진 나는 입을 벌려 빗물을 받아 마셨다. 오줌을 싸고 두 사람을 기다리는 것 말고는 내가 할 수 있는 일은 아무 것도 없다고 생각했는데 또 있었다.

그건 그렇고 월간 문예지에 실을 번역 원고를 모레까지 넘겨줘야 하는데 큰일이었다. 내가 좋아하는 프랑스 작가의 경장편 소설이었다. 결말이 어떻게 될지 궁금해서 새벽녘까지 파고든, 원고지 400매 분량의 번역 작업이었다. 나는 윗입술에 방울져 맺혀 있는 빗물을 혀로 핥으며 생각했다. 그 '릴리'라는 여자 주인공은 결국 어떻게 되는 걸까. 자백을 하게 될까, 자살을 하게 될까. 그렇다면 나는? 모르겠다. 하지만 분명한 건 있었다. 나는 스물아홉 살 오줌싸개일 뿐이며, 지금은 오후를 지나 저녁이 돼가고 있다는 사실이다.

빨리 집으로 돌아가 그 결말 부분을 번역하고 싶었다.

헤어지는 중

○ ●

 그와의 첫 만남을 떠올릴 때면 그의 몸에서 풍겨 나오던 비누 향이 생각났다. 삼 년이 지난 지금도 그의 몸에서는 여전히 그 비누 향이 나고 있었다. 하지만 분명 같은 향임에도 지금의 비누 향과 그때 그 비누 향은 미묘하게 달랐다. 첫 만남 때의 비누 향이 바람 부는 봄날처럼 느껴졌다면 지금은 비 내리는 가을처럼 느껴졌다. 무엇이 변해 그런 걸까. 그가 변한 걸까 내가 변한 걸까. 아니면 그를 향한 내 감정이 변한 걸까. 그때나 지금이나 그는, 아니 내 입에서 헤어지자는 말이 나오기 전까지의 그는 변한 게 딱히 없었으니 아무래도 변한 건 내 쪽이지 싶다.
 첫 만남 때 그의 몸에서 비누 향이 아닌 향수 냄새가 났더라면 나는 아마 그와 결혼하는 일은 없었을 것이다. 그만큼 나는 남자 몸에서 풍기는 향수 냄새를 별로 좋아하지 않았다. 그것은 나에게 있어 취향의 문제라기보다는 신뢰의 문제였다. 향수는 왠지 위장을 위한 장치 같아서 거부감이 들었다. 내가 비누를 '향'이라 부르고 향수를 '냄새'라 칭하는 것도 비슷한 맥락이었다. 비누든 향수든 둘 다 인위적이고 인공적인 것임에도 비누 향은 향수보다는 자연스러웠다. 덜 자극적이고 덜 인위적인 데다 작정의 낌새도 덜했다.

사실 향수를 '냄새'라는 말로 폄하하는 데에는 지난날의 내 경험이 뒷받침해주고 있었다. 결혼 전에 사귄 남자들 중에 향수를 뿌리고 다닌 남자는 두 명 있었는데 공교롭게도 나는 그 두 남자로부터 뒤통수를 맞았다. 물론 절대 일반화할 수 없고 그 오류 또한 인정하지만 내 경험의 테두리에서만큼은 성립 가능한 일반화였다.

그의 몸에서 풍기는 비누 향에 이끌려 그의 여자이자 아내로 살아보고 싶었던 나. 그런데 이상했다. 그와의 결혼을 결심하게 만든 그 비누 향이 언제부터인지 모르게 다르게 느껴지기 시작했다. 변하지 않은 대상을 다르게 인식하고 수용하는 건 무슨 이유일까. 시간과 상황의 문제인 걸까. 아니면 변해버린 나의 문제인 걸까. 녀석이 나타나기 전까지의 그는 별로 변한 게 없었으니 결국은 녀석이 문제였던 걸까.

우리의 식탁 위에는 아침 겸 점심이 차려져 있었다. 브런치

메뉴는 오리엔탈 드레싱을 뿌린 토마토 양상추 샐러드와 오므라이스였다. 반찬으로는 깍두기가 전부였다. 부부로서 갖는 마지막 식사라고 하기엔 너무 단출한 것 같았다.

나는 젖은 머리를 고무 밴드로 대충 묶으며 식탁 앞에 앉았다. 그가 유리컵에 생수 두 잔을 따라 각자의 자리에 내려놓았다. 수저를 들기 전에 물을 한 모금 마셔주는 버릇이 있는 나는 컵에 입부터 갖다 댔다.

식탁에 마주 앉은 그가 포크로 토마토 한 조각을 찍어 먹었다. 샐러드 접시에 고개를 박고 있던 그가 치켜뜬 눈으로 나를 힐끔 한 번 쳐다보고는 말했다. "냄새나니까 머리는 다 말린 다음에 묶으랬잖아."

"마지막 날까지 잔소리지." 나는 살짝 찌푸린 양미간을 그에게 내보이며 유리컵을 소리 나게 내려놓았다.

그런데 곰곰이 생각해보니 그때나 지금이나 그는 변한 게 없었던 게 아니었다. 너무 점진적인 변화라 그 변화의 정도가 한눈에 드러나지 않았을 뿐이지 그도 나처럼 변해오고 있었다. 방금과 같은 사소한 잔소리만 해도 그랬다. 그렇다면 그의 잔소리가 생겨난 건 언제부터였을까. 그가 나에게 했던 최초의 잔소리는 무엇이었을까. 하지만 아무리 떠올려보려 해도 생각나지 않았다. 나는 개미 걸음만큼의 점진적인 변화란 얼마나 앙큼하고 무서운 것인지 새삼 느끼며 숟가락으로 오므라이스의 가운데를 갈랐다.

두터운 계란옷 사이로 오므라이스의 속살이 보였다. 감자와 양파와 당근, 그리고 색색의 파프리카와 표고버섯이 자잘하게 들어가 있었다.

나는 불만 가득한 목소리로 말했다. "표고버섯도 넣었어?"

"응." 그가 뭐가 문제냐는 듯한 표정을 지었다.

나는 된장국에 들어간 표고버섯은 좋아하지만 오므라이스에 들어간 표고버섯은 그 양과 상관없이 싫어했다. 왜냐하면 오므라이스 속 표고는 향이 강하게 살아남아 맛의 균형을 깨뜨리기 때문이었다. 그걸 모를 리 없는 그였다.

짜증이 난 내가 쏘붙였다. "왜 넣었어? 나 오므라이스에 들어간 표고 싫어하는 거 잘 알면서 왜?"

"남아 있는 음식 재료는 다 써야 할 거 아냐." 그가 포크를 숟가락으로 바꿔 들고는 나처럼 오므라이스의 가운데를 갈랐다.

나는 숟가락으로 오므라이스의 가장자리를 한입 크기로 떼어내며 볼멘소리를 이어나갔다. "계란옷은 왜 또 이렇게 두꺼워?"

"남은 계란도 몽땅 써야 했어. 계란까지 나눠 가질 순 없잖아. 잔말 말고 그만 먹지?" 이번엔 그의 양미간이 미세하게 찌푸려졌다.

"그럼 계란국을 끓이면 됐잖아." 나는 끝까지 지지 않고 말했다.

 당신이야말로 마지막 날까지 다툴 거냐면서 그가 차갑고 쓸쓸한 눈빛을 나에게 보냈다. 나는 일단 불만을 접어두고 한 입 크기로 떼어낸 오므라이스를 입으로 가져갔다. 역시나 가장 먼저 표고 향이 강하게 느껴졌다. 버섯 혼자서 독재를 부리는 듯한 맛이었다. 그래도 그의 수고를 생각해 버섯 향을 꾹꾹 참아내며 식사를 이어나갔다. 그리고 보름달 모양의 오므라이스가 반달 모양이 되어갈 즈음이다. 이물감과 함께 내 어금니 사이에서 자그락 소리가 났다. 나는 곧장 식탁에서 일어나 개수대로 갔다. 씹던 음식물을 개수대에 뱉어내자 그 사이에 새끼손톱만 한 계란 껍질이 보였다.

 등 뒤의 그가 왜 그러냐고 묻자 나는 물로 입안을 헹구고는 그에게 거칠게 쏴붙였다. "마지막까지 나 골탕 먹이고 싶었나 보지!"

 "뭔데? 돌멩이라도 돼?" 그가 나를 향해 귀찮아하는 표정을 지어 보였다.

 나는 잔뜩 화가 난 목소리로 소리쳤다. "계란 껍질!"

 "난 또 뭐라고. 실수인 거 알면서 또 저러지." 그가 진절머리 난다는 듯 고개를 절레절레 흔들었다.

 예전의 그는 이럴 때 다치지 않았느냐는 물음과 함께 나에게 미안하다고 말해주던 사람이었다. 곧 남남이 될 상대에게 그가 어떤 태도 변화를 보이는지 조금씩 확인하게 되는 요즘이었다.

우리는 삼 년 전, 오늘과 같은 봄날에 만났다. 소개로 만난 자리였고, 나는 만나기로 한 약속 시간을 사십 분이나 넘겨버린 상황이었다. 서른 평생 시간 약속만큼은 칼같이 지키며 살아온 내가 약속 장소에 늦게 나타난 데에는 나름의 사정이 있었다. 아니, 솔직히 말하면 그날 나는 조금 늦을 심산이긴 했었다. 연애 고수인 친구의 말마따나 약속 장소에 너무 일찍 나가 앉아 있는 것도 보기에 별로일 수 있겠다는 수긍에서였다. 친구는 그걸 '안달 난 이미지'라는 말로 표현하긴 했지만, 그 정도까지는 아니더라도 내가 먼저 가 앉아 있으면 왠지 밀고 당기는 첫 심리전에서 일 점을 내어준 듯한 기분이 들 것 같았다. 그래서 그날 나는 태어나 처음으로, 누구를 만나든 약속 시간 십오 분 전에 미리 가 있곤 하던 관성을 버리고 딱 오 분만, 더도 덜도 아닌 오 분만 늦을 계획이었다.

지하철에서 내린 나는 사거리 횡단보도를 향해 바삐 걸어갔다. 그런데 횡단보도를 건너려던 순간이 하필 신호등이 빨간색으로 바뀌기 삼 초 전인 것이다. 이번에 건너야만 내가 목표로 하는 시각, 그러니까 딱 오 분 늦게 약속 장소에 당도할 수 있을 터였다. 십 분 이상 늦어버리면 예의에 어긋난다는 생각에 나는 삼 초 남겨둔 횡단보도를 죽어라 뛰기 시작했다. 뜀박질 속도에 꽃무늬 플레어 원피스 자락이 흩날렸고, 드라이를 해 힘 있게 찰랑거리는 머리카락이 헝클어지듯 나부꼈다. 그리고 내 몸이 횡단보도 중간쯤에 이르렀을 때였다. 갑자기 오른쪽 발목이 꺾이는가 싶더니 하이힐 굽이 딸깍 내려앉는 게 아닌가. 횡단보도 한복판에서 떨어져 나간 하이힐 굽을 확인하고 난 순간 내 입에서는 복선처럼 이 말이 튀어나왔다. "그 남자는 내 인연이 아니려나……." 그랬다. 지금 와서 생각해보면 그때 그 말이 아주 틀린 예감은 아니었다. 삼 년이 지난 오늘의 이혼이 그걸 말해주고 있으니 말이다.

아무튼, 하이힐 굽이 부러지는 바람에 딱 오 분만 늦으려던 내 계획에는 차질이 생기고 말았다. 첫인상을 절뚝이로 남기고 싶지 않았던 나는 서둘러 신발 가게를 찾아야 하는 데다, 꽃무늬 원피스에 어울릴 만한 새 구두를 골라야 했기 때문이다. 하지만 나는 오 분만 늦겠다던 계획이 사십 분으로 길어진 불상사를 합리화하기 위해 애써 이렇게 말했다. "그래, 이왕 이렇게 된 거, 시간 약속에 늦은 여자를 어떻게 대하는지 알아보는 것도 나쁘지 않겠어. 하나를 보면 열을 안다잖아?" 위기는 때로 기회이기도 하다는 말을 곱씹으며 나는 새로 사 신은 구두와 함께 약속 장소인 카페 베네치아로 들어갔다.

봄날의 토요일이라 그랬는지 카페는 만석이었다. 그럼에도 나는 그를 한눈에 알아볼 수 있었다. 음악과 독서를 좋아한다더니 창가 쪽에 앉아 있던 그는 카페 손님 중에 유일하게 책을 읽고 있었기 때문이다. 양쪽 귀에 꽂은 에어팟에서 어떤 장르의 음악이 흘러나오는지 알 수 없었지만, 그는 꼬아 올린 한쪽 발끝을 일정한 간격으로 계속 까닥대고 있었다. 다행히 그의 표정에는, 약속 시간을 사십 분이나 어긴 상대방, 그러니까 나에 대한 불만이나 짜증 같은 건 없어 보였다.

많이 늦어버린 탓에 나는 어떤 태도로 그에게 다가가야 하나 고민하며 얼른 카페 창가 쪽으로 걸어갔다. 급하게 골라서인지 새로 사 신은 하이힐은 어딘지 좀 불편했다. 그리고 인사를 건네기 위해 책과 음악에 빠져 있는 그 사람 곁으로 바짝 다가갔을 때 그의 몸에서 기분 좋은 비누 향이 났다. 그것은 바람 부는 봄날과도 같은 향이었다.

우리의 마지막 식사가 끝나가고 있었다. 나는 깨끗이 비워진 샐러드 접시와 오므라이스 접시를 개수대로 가져가 바로 설거지를 했다. 일을 집에서 하는 사람인 데다 워낙 요리하는 걸 좋아해서 결혼 이후 식사 준비는 줄곧 그가 해왔다. 부엌과의 접근성이 나보다 나아 그가 요리를 맡게 되자 자연스레 설거지는 내 차지가 된 것이다. 그렇게 우리는 신혼 초부터 조금씩 가사 분담을 해나갔는데, 가령 그가 청소기를 돌리면 나는 세탁기를 돌렸고, 내가 욕실 청소를 하면 그는 냉장고 청소를 하는 식이었다. 우리는 각자 맡은 역할에 불만을 드러낸 적이 없었다. 자기가 담당하는 일에 게으름을 부린다거나 요령을 피운 적도 없었고, 상대방에게 지나친 참견이나 간섭도 하지 않았다. 그래서 다툴 일이 별로 없었는지도 몰랐다. 분명 그 녀석이 나타나기 전까지는 그랬었다. 그러니까 우리 앞에 그 녀석이 나타나고 내 입에서 헤어지자는 말이 나오면서부터 그에게 변화가 시작됐던 것 같다. 개미 걸음만큼의 그 점진적인 변화가.

설거지를 끝내고 냉장고를 열었다. 냉장실은 서로를 향한 우리 두 사람의 마음처럼 텅 비어 있었다. 나눠 가질 수도 있었을 계란까지 모두 먹어 치운 터라 냉장실에는 희멀건 불빛만이 허허롭게 남아 있었다. 이번엔 냉동실을 열었다. 냉동실에 있던 것들은 어제와 그제 이틀에 걸쳐 쪄 먹고 볶아 먹고 삶아 먹고 해버려서 거기도 끝을 예고하기는 마찬가지였다. 이제 냉동실에 남아 있는 건 떠먹는 아이스크림 한 통뿐이었다. 다행히 우리 둘 다 좋아하는 바닐라 맛이었다.

나는 싱크대 선반에서 디저트 볼 두 개를 꺼내며 그에게 말했다. 아까 계란 껍질 때문에 화를 낸 게 미안해서 이번엔 조금 부드럽게 말을 건넸다. "후식으로 아이스크림 먹을까? 자기 말마따나 아이스크림까지 나눠 가질 순 없잖아."

식탁에서 일어나려던 그가 다시 의자에 앉았다. 아이스크림은 한 번에 다 먹어 없애기에는 양이 좀 많았다. 하지만 나는 디저트볼에 아이스크림을 절반으로 공평하게 나눠 담았다. 나누는 일은 오늘 우리가 지겹도록 해야 하는 일이었다.

우리는 디저트볼에 코를 박은 채 말없이 아이스크림을 떠먹기 시작했다. 떠먹을 때마다 각자의 스푼이 디저트볼에 부딪혀 딸그락 소리를 냈다. 길게 이어지는 침묵 때문인지 그 소리가 돋아져 들렸다.

나는 아까 고무 밴드로 묶었던 젖은 머리를 풀어 헤치고는 말했다. "우리 이제 이렇게 마주 앉아 뭐 먹을 일 없겠다. 그지?"

"그러겠지." 그가 무덤덤하게 대답했다.

"자긴 나랑 헤어지고 나면 뭐 할 거야?" 나는 젖어 뭉쳐 있는 머리카락을 손가락빗으로 훑어 내렸다.

"음악 공부를 좀 더 해볼까 해. 당신은?"

"나는…… 그러게, 뭘 하지? 아, 질리도록 여행이나 다녀볼까? 우리 신혼여행 말고는 같이 여행 한 번 못 가봤잖아."

결혼 전까지만 해도 나에게 결혼이란 나와 같이 여행을 떠나줄 '여행 동반자'를 얻는 일이라고 생각했다. 주말이 되면 교외로 드라이브를 가고, 최소한 한 달에 한 번은 도시락을 싸 들고 피크닉을 가줄 사람. 굳이 같이 가달라고 물어보거나 조르지 않아도 어디를 가든 수저 세트처럼 나를 따라와 줄 짝을 얻는 일. 나는 그게 결혼인 줄 알았다. 그런데 결혼 생활이라는 게 뭐 그리 바쁜지 같이 사는 내내 여행을 가달라고 물어보거나 조르는 일조차 생겨나지 않았다. 금요일까지 일에 치여 있다 보면 주말에는 정말 아무것도 하고 싶지 않아서였다. 운전도 일이었고, 어디를 갈지 고민하고 준비하는 것도 일이었다. 결혼 전에는 여행이 그냥 말 그대로 여행이고 휴식이었던 것이 결혼 후에는 일의 연장선처럼 느껴진 것이다. 특히 나는 프리랜서라는 그의 직업이 결혼 전의 내 욕망을 충족시켜 줄 중요한 기제라고 생각했다. 마음만 먹으면 언제든 나와 같이 떠나줄 수 있는 자유와 여유를 가진 직업군. 그런데 일을 하고 안 하고의 경계가 없다 보니 그는 정시 출퇴근자인 나보다 일을 더 많이 했다. 자칫, 남들 다 놀 때 일을 하고 돈을 번다는 뿌듯한 관념에 매몰되다 보면 프리랜서는 오히려 주말이 더 바빠지는 구조적 모순에 빠지게 되는 것이었다. 결국엔 일에 더 얽매이고 마는 셈인데 그가 바로 그러했다. 그런 식으로 그가 쉴 때 내가 일하게 되고, 내가 쉴 때 그가 일하게 되는 엇갈림은 자가당착에 빠진 프리랜서의 모순처럼 반복되어갈 뿐이었다. 뭐든 함께하려고, 아니 함께하고 싶어서 한 결혼인데, 어느 날 뒤돌아보니 그도 나도 각자 따로따로 움직이고 있었다. 한 식탁에 앉아 같이 밥을 먹는 일 말고는 그랬다.

먹는 속도에 비해 양이 많아 그런지 아이스크림의 녹는 층이 점점 넓어지고 있었다. 나는 부재했던 우리의 여행에 대해 그가 미안했다고 말해주길 바랐지만, 그는 그저 말없이 아이스크림만 떠먹을 뿐이다. 금세 또 그렇게 어디론가 증발해버리고 만 우리의 대화. 그게 안타까웠을까. 방금 막 잠에서 깬 그 녀석이 식탁을 향해 저만치에서 걸어오고 있었다. 그나마 우리 둘 사이에 저 녀석이 끼어들면 얘깃거리가 생겨나곤 했으니 녀석은 나나 그에게 고마운 존재임에는 틀림없었다. 하지만 여전히 나는 저 녀석이 별로였고 그래서 저 녀석은 오늘 우리가 나누어 가지게 될 것 중에 가장 분쟁 없이 나누어질 대상이었다. 당연히 저 녀석은 그가 차지하게 될 터였다. 그럴 리는 단 일 퍼센트도 없지만 설령 그가 나에게 저 녀석을 양보한다 해도 내가 사양할 심산이었다.

녀석의 발소리에 그가 아이스크림을 먹다 말고 냉큼 식탁에서 일어났다. 녀석이 다가오자 내내 침울해 있던 그의 표정이 비로소 밝아지기 시작했다. 나는 녀석으로 인한 그의 표정 변화를 볼 때면 애초에 저 녀석을 받아들이지 말았어야 했다는 생각이 들었다. 저 녀석이 우리 집에 온 첫날에도 느꼈다시피 그는 나보다 저 녀석을 더 사랑하는 것 같았다.

카페 베네치아에서 첫눈에 그를 좋아할 수밖에 없었던 이유는 그의 몸에서 풍겨 나오던 비누 향도 향이지만 그의 이 말 한마디 때문이었다. "무슨 일 생긴 줄 알고 걱정했습니다. 괜찮은 거죠?"

 카페 창가에 마주 보고 앉아 "안녕하세요, 한수정이라고 합니다"라고 했을 때 그가 나한테 처음으로 건넨 말은 바로 저것이었다. 그의 그 말에는 내가 사십 분이나 늦은 데에는 그만한 이유가 있었을 거라는 이해가 담겨 있었다. 늦은 이유를 알지는 못했지만 그 이유가 내 안위를 해쳤을지 모른다는 걱정에서 나온 말 같아서 만나자마자 나는 그에게 호감이 일었다. 오래 알고 지내온 사람한테서나 들을 법한 말투에다, 시간 약속에 사십 분이나 늦은 내 태도를 예의 없게 바라보기는커녕 오히려 나를 걱정해주는 사람이라니……. 그래서 곧바로 나는 그에게 늦은 이유를 주저리주저리 털어놓았다. 빨강 신호등으로 바뀌기 삼 초 전의 횡단보도와 뜀박질, 그리고 망가진 구두 굽과 신발 가게를 찾아 헤매야 했던 그 시간들에 대해. 그런데 내 얘기를 다 듣고 난 다음 그가 취한 행동은 허리와 고개를 숙여 테이블 밑의 내 발을 확인하는 것이었다.

 그가 걱정스러운 표정으로 물었다. "발목은요? 발목은 안 다쳤어요?"

 "다행히……." 너무 걱정해주는 바람에 나는 발목이 멀쩡한 게 오히려 미안해질 정도였다.

멀쩡한 내 발목에 안도를 느꼈는지 그가 새로 사 신은 내 구두에 대해 이렇게 말했다. "구두 예쁘네요. 급하게 고른 거 같지 않아요. 수정 씨 원피스하고도 잘 어울리고요."

"그래요? 오늘 여러모로 다행이네요."

아마 그때 우리는 서로를 쳐다보며 처음으로 웃었을 것이다. 그리고 웃는 동안 나는 계속 만나고 싶은 사람이 생겼음을 직감했다. 적어도 저 사람은 내가 기침만 해도 나를 걱정해줄 사람이라는 생각이 들었다. 게다가 상대방의 기분을 달래주기 위해 빈말도 할 줄 아는 사람이라면 다툰 후에 먼저 사과를 해올지도 몰랐다. 잘잘못이 누구에게 있든지 간에 내가 세상에서 가장 어려워하는 일은 다툼을 벌인 상대에게 먼저 사과를 하는 것이었다. 상대방이 먼저 사과해오길 기다리다 끝내 어긋나버린 관계를 몇 차례 가져본 나로서는 그와 같은 부류의 사람이 필요했다. 나보다 일 초만 먼저 손을 내밀어줄 수 있는 남자. 그런데 왠지 그가 그런 사람일 것 같았다.

호감으로 시작된 그와의 만남은 자연스레 깊은 대화로 이어졌다. 그와는 모든 게 처음이었지만 이상하게 처음이라는 느낌이 들지 않았다. 말을 할수록 전해지는 익숙한 편안함은 내 수다 본능을 끄집어냈고, 우리는 아주 오래전에 만나온 사람들처럼 대화의 호흡을 만들어나갔다. 서로의 나이와 직업을 얘기하고 취미와 습관과 기호와 취향들을 교환하고 나니,

그가 나와 닮은 구석이 많다는 걸 알게 되었다. 닮은 부분이 많다는 건 공유할 게 많다는 뜻이었고, 같이 영화를 보고 밥을 먹고 물건을 고를 때 의견 충돌을 최소화할 수 있다는 뜻이기도 했다. 그러니까 고양이보다 개를 좋아하는 우리에겐 고양이와 개를 같이 키울 일은 없을 터였고, 드라마보다 예능을 좋아하는 우리에겐 텔레비전 채널을 놓고 다툴 일은 없을 거라는 얘기였다. 거기까지도 만족스러운 조건이었는데 작곡가인 그는 곡 작업이 잘 안 풀리거나 스트레스를 받으면 부엌에 들어가 요리를 한다고 했다. 그 말을 들었을 때 나는 그에게 정말이냐고 되물었다. 왜냐하면 요리를 즐길 줄 아는 남자는 내가 가장 이상으로 꼽는 사람이기 때문이었다.

그가 재차 강조해 대답했다. "정말이에요. 부엌에서 양파를 다듬고 파를 썰고 있으면 복잡했던 머릿속이 단순해지거든요. 마음이 차분해지기도 하고요. 예전엔 저도 잘 몰랐는데 저는 어떤 과정을 거쳐 뭔가가 완성되어가는 걸 좋아하는 거 같아요."

나는 곧장 그에게 호감의 눈빛을 보냈다. 그리고 그쪽이 마음에 든다는 말 대신 이렇게 에둘러 말했다. "저는 요리를 즐길 줄 아는 남자가 좋더라고요."

기대에 찬 표정의 그가 의자를 바짝 끌어당겨 자리를 고쳐 앉더니 나에게 "왜요?"라고 물었다. 그와의 거리가 한 뼘만큼 좁혀지자 그 좋았던 비누 향도 한 뼘만큼 가까워지고 짙어졌다.
나는 빨대로 망고 스무디 한 모금을 빨아 먹으며 대답했다. "그런 남자라면 부엌에서도 같이 있을 수 있잖아요."
내 말에 그가 수줍게 웃었다. 나는 그의 그 수줍은 웃음을 통해 우리가 무언가가 될 것임을 예감했다.

식탁 밑으로 다가온 녀석이 그를 올려다봤다. 언제나처럼 오늘도 녀석은 안아달라는 듯 그를 향해 칭얼댔다. 그러자 그는 군말 없이 녀석을 끌어안고는 다시 식탁 앞에 앉았다. 그의 무릎 위에 배를 깔고 앉은 녀석이 꼬리를 살랑살랑 흔들어 자기 기분을 드러냈다. 그는 녀석의 등을 어루만지며 먹다 중단한 아이스크림을 마저 먹기 시작했다.
괜한 심통에 나는 남아 있는 아이스크림을 몽땅 입에 넣고는 그를 재촉했다. "녹아 없어지기 전에 빨리빨리 먹어. 빨리 먹고 이제 물건 나눠야지." 나는 빈 디저트볼을 개수대로 가져가 물로 대충 헹군 다음 그에게 덧붙여 물었다. "로이는 자기가 데려갈 거지?"
"아무래도 당신보단 날 더 따랐으니까······." 그가 잠깐 내 눈치를 살피더니 흐린 말끝을 이렇게 이었다. "정 원한다면 당신이 데려가도 난 상관없어······ 정말이야." 하지만 말과 달리 그의 표정은 상관없어 보이지 않았다.

나는 그의 저런 면이 싫었다. 말과 다르게 드러나는 저 얼굴색도 싫었고 마음에도 없이 지껄이는 저 빈말도 싫었다. 그런데 그는 왜 내가 로이를 데려가고 싶어 할 거라고 생각하는 걸까. 내가 녀석을 좋아했다고 착각하는 그 마음이 무심의 발로 같아 나는 살짝 짜증이 났다.

그래서 그에게 이렇게 쏴붙였다. "설마 내가 원할까! 자기가 사 들고 왔을 때부터 로이는 자기 거였어!"

로이가 우리 집에 온 건 일 년 전, 결혼 기념 이 주년이 되던 날이었다. 결혼 삼 년 차에 접어들 무렵 우리는 결혼 생활에 변화가 필요하다는 걸 느꼈다. 대화가 줄어들고 웃음이 사라지고 있어서 내가 먼저 그에게 "우리, 강아지 한 마리 키워볼까?" 하고 제안을 했다. 그도 나와 같은 생각을 품고 있었는지 동의는 금방 이루어졌다. 그런데 합의에 이른 지점에서 이견이 생겼다. 나는 체구가 작은 요크셔테리어나 몰티즈 종을 키우고 싶었지만, 그는 유한한 생명체는 키우고 싶지 않다고 했다. 키우던 강아지를 떠나보낸 적이 있던 그에게 상실은 두 번 다시 겪고 싶지 않은 감정 중 하나였다. 언젠가 떠나버리고 말 것들을 끌어안고 사는 것은 예고된 상실과 예고된 우울을 끌어안고 사는 거와 마찬가지라며 그는 피할 수만 있다면 피하고 싶다고 했다.

나는 그때 아마 그에게 이렇게 말했을 것이다. "그건 누구도 피할 수 없어. 소멸과 상실은 옵션도 아니고 선택도 아니야. 그냥 숙명인 거지. 인간은 죽을 때까지 만나고 헤어지다가 죽어. 그게 삶의 본류라고."

"그래도 살아 있는 생명체를 키우지 않는다면 나한테 예고된 상실 하나를 덜 갖게 되는 거잖아. 난 그저 상실의 가짓수만이라도 줄이고 싶을 뿐이야." 끝내 그는 자기 생각과 고집을 굽히지 않았다.

괜스레 오기가 발동한 나는 그럼 나랑 결혼은 왜 한 거냐고 그에게 다그쳐 물었다. "어떤 형식으로든 언젠가 나하고도 헤어질 텐데, 왜?"

울먹일 듯한 목소리로 그가 대답했다. "그걸 감수할 만큼의 행복을 가져보고 싶었으니까……."

그 대답에 나는 잠깐 침묵할 수밖에 없었다. 찰나적으로 밀려든 반성의 감정 때문이었다. 솔직히 결혼 이 주년이 될 때까지 나는 '나는 행복한가?'라는 질문은 해보았어도 '그는 행복한가?'라는 질문은 해본 적이 없었다. 결혼이라는 건 같이 행복하자고 한 것인데 이기적이게도 나는 내 행복만 염려하고 점검하고 있었던 것이다. 뒤늦은 깨달음이 부끄러워진 나는 이번만큼은 그가 하자는 대로 해주고 싶었다.

그래서 그에게 이렇게 물었다. "유한한 생명체가 싫으면 뭘 키우겠다는 건데?"

그가 주저주저 대답했다. "그게 있잖아…… 애완로봇. 우리 그거 키우자. 키우다 보면 진짜 강아지처럼 느껴진대."

잠깐 고민이 되었지만 나는 그를 위해 가만히 고개를 끄덕여 긍정의 뜻을 내비쳤다. "근데 그 애완로봇이라는 것도 언젠가 망가지다 사라지고 말 거야. 세상에 영원한 건 없어."

그가 내 부정적인 생각을 반박했다. "그렇지 않아. 로봇은 영원할 수 있어. 고장나면 부품만 교체해주면 돼. 아프지도 늙지도 않을 테니까 슬프지도 않을 거라고."

나만 양보하면 모두가 좋아지는 일이라 나는 지난한 갈등 없이 그러자고 했다. 그리고 그는 우리의 결혼 기념 이 주년이 되던 날 내가 좋아하는 시폰 케이크와 함께 로이를 사 들고 들어왔다. 녀석은 'RO-294759'라는 일련번호를 가졌는데, '로이'라는 이름은 그 일련번호에서 영감을 얻어 짓게 된 것이었다.

영리한 로이는 착하고 사랑스러웠다. 무엇보다 간편하고 조용한 데다가 깔끔했다. 일반 강아지처럼 밥을 챙겨줘야 한다거나 대소변을 치워줘야 할 일이 없으니 당연했다. 거기다 털갈이를 하지 않아서 집 안을 더럽히지도 않을뿐더러 시끄럽게 짖어대는 일조차 없었다. 목욕이나 의무적인 산책에 내 시간을 쓰지 않아도 되는 녀석이라 바빠졌다는 느낌 또한 없었다. 한동안 줄어들었던 대화와 웃음이 녀석으로 인해 되살

아나고, 녀석을 매개로 한 둘러앉음이 잦아진 것도 좋은 변화 중 하나였다.

그런데 어느 날 정신을 차리고 보니 그의 관심이 온통 로이에게 쏠려 있다는 걸 알게 되었다. 외출 준비를 하거나 외출에서 돌아오면 그는 로이에게 먼저 인사를 했다. 곡 작업을 하지 않는 시간에는 항상 로이와 함께 있었고, 산책이 필요 없는 애완로봇이었음에도 그는 매일 한 시간씩 녀석과 산책을 나갔다. 마치 로이가 옆에 없으면 불안감이라도 느끼는 사람처럼 침대에 누울 때나 소파에 앉을 때나 그는 녀석을 끼고돌았다. 심지어는 무릎 위에 로이를 앉힌 채로 밥을 먹는 경우도 다반사였다. 그와의 눈 마주침과 대화의 정도가 예전으로 돌아가자 나는 다시 권태로워지기 시작했다. 내가 차츰 투명해지고 있다는 걸 느끼는 순간 우울감이 스쳐 지나갔다. 가장자리에 혼자 남겨진 기분. 외롭지 않게 해주겠다던 신혼 첫날밤의 약속은 온데간데없이 사라지고 그는 나를 내팽개치고 만 것이다. 결국, 한때 대화와 웃음의 중심이 되어주던 로이는 다툼과 갈등의 이유가 되어가고 있었다.

아마 그즈음이었을 것이다. 같이 저녁을 먹다 무심코 내가 말했다. "우리 그만 헤어질까?"

그때도 그는 로이를 무릎 위에 앉힌 채 밥을 먹고 있었다. 제대로 듣지 못했는지 그가 "응?" 하고 되물었다.

내가 다시 말했다. "우리 그만 헤어지자고."

"왜?" 그제야 그의 수저질이 멈추었다.

"분명 같이 있는데 혼자 있는 거 같아서."

내 입에서 헤어지자는 말이 나오면서부터 그는 로이에게 더 집착을 부렸고, 동시에 나는 그로부터 더욱더 멀리 내버려지고 말았다. 나는 저깟 로봇 따위에 후순위로 밀려난 나 자신에게 화가 났다. 그러면서 정말로 그가 미워지기 시작했다.

봄에 처음 만난 우리는 이듬해 봄에 결혼식을 올렸다. 식을 올리기 전까지 우리는 거의 매일 틈나는 대로 만나 둘만의 서사를 만들어나갔다. 그는 나와 만나고 헤어질 때마다 "안녕", "잘 가", "내일 봐"라는 인사말 대신 항상 "사랑해"라고 말해주었다. 다소 습관적으로 한다 싶은 말이었지만 그의 사랑한다는 말에서 진정성이 느껴져 나는 그 말의 진의를 의심해본 적은 없었다. 단 세 글자에 불과한 말임에도 그가 말하는 '사랑해'는 높낮이와 악센트와 목소리 톤에 따라 다 다르게 들려왔다. 그래서 그와 만나고 헤어질 때마다 나는 오늘은 어떤 뉘앙스로 사랑한다고 말해주려나 기다려질 정도였다.

그런데 참 이상했다. 거의 매일 만나다시피 하는데도 연애 시절에는 둘이 뭐 그렇게 할 게 많았는지 몰랐다. 우리는 맛집을 찾아 돌아다니고, 캠핑을 가고, 간혹 멀리 여행을 떠나기도 했다. 취향이 비슷해서 같이 쇼핑을 하고, 카페에 앉아 수다를 떠는 것만으로도 마냥 즐거웠다. 연애의 매뉴얼이라는 게 있다면 우리는 그 매뉴얼 속 모범 사례에 해당될 만큼 연애의 본질대로 움직였던 것 같았다. 그래서 한편으로 이런 자책도 들었다. 결혼 전에 하고 싶은 걸 몽땅 해버려서 오히려 결혼 생활이 무미건조하게 느껴진 게 아닌가 하는 책망 말이다. 아껴두지 못해서 생긴 부작용, 그게 바로 권태였다. 권태란 소진된 계획과, 잃어버린 긴장감과, 의미를 찾을 수 없는 일상으로부터 생겨나는 곰팡이 같은 것이었다. 어쩌면 환상이 끝나버린 시간, 그게 바로 권태인지도 몰랐다.

아무튼, 거의 매일 만나다 보니 우리는 매일매일 헤어져야만 했다. 어쩌다 서로에게 다른 일이 생겨 만나지 못하는 날에는 뭔지 모를 공허감과 허전함이 밀려들었다.

그리고 그가 나에게 '헤어지고 싶지 않은 사람'이 되어갈 즈음 내가 먼저 참지 못하고 그에게 고백해버렸다. "우리 결혼할래요? 누가 그러던데, 헤어지는 게 싫어지면 결혼해야 한대요."

그는 프러포즈나 마찬가지인 내 말에 그저 말없이 웃을 뿐이었다.

나는 답답해서 그에게 다시 말했다. "방금 제가 한 말, 그쪽한테 하는 프러포즈인데 못 알아챘어요?"

"수정 씨야말로 정말 바보네요." 그가 화가 난 듯 퉁명스레 대답했다.

"네?" 바보라니……. 저게 무슨 뜻인가 싶어 나는 여러 번 눈을 깜빡거렸다.

여전히 퉁명한 목소리로 그가 말을 이었다. "진짜 바보라고요, 수정 씨. 일 년 내내 만나고 헤어질 때마다 해온 제 프러포즈를 알아채지 못한 건 수정 씨잖아요." 그가 수줍게 웃고는 덧붙였다. "제가 얼마나 답답했을지 이제 알겠어요?"

그의 사랑스러운 타박 조의 말에 나는 온몸이 행복해지는 걸 느꼈다. 헤어지고 싶지 않은 남자와 헤어지지 않고 사는 일. 요리하는 걸 좋아해서 부엌에서도 같이 있을 수 있는 남자와 사는 일. 프러포즈를 하듯 매일 다른 뉘앙스로 사랑한다고 말해주는 남자와 사는 일. 그게 결혼일 거라는 환상에 나는 그와의 결혼을 결심해버렸다. 그리고 카페 베네치아에서 처음 만났던 날을 기념하기 위해 우리는 진짜 베네치아로 신혼여행을 떠났다.

지금도 나는 아드리아해가 내려다보이는 이탈리아 호텔 방에서 오래오래 사랑을 나누고 났을 때 그가 했던 약속의 말을 기억했다. "외롭지 않게 해줄게."

그것은 '사랑해'라는 말 다음으로 그가 나에게 한 두 번째 반말이었다. 하지만 우리, 아니 나는 외로워지고 말았다. 그때는 왜 모든 게 변하지 않을 거라고 생각했었는지 모르겠다.

 후식으로 아이스크림까지 먹고 난 우리는 물건을 나누기 시작했다. 어떤 물건을 누가 가져갈 것인지는 의외로 쉽게 분류되고 정리되었다. 헤어지기로 한 다음부터 서로의 감정이 무 자르듯 잘려 나갔듯이 우리가 사용했던 물건들도 같은 태도와 같은 감정을 드러냈다. 나는 분쟁이 생길 법한 물건들이 너무 없어서 우리가 한집에서 한 이불을 덮고 살아온 사람들이 맞나 하는 의문이 들었다. 모르고 있었는데 내 것은 내 것으로, 네 것은 네 것으로 살아온 삶은 아니었는지, 그래서 이렇게 쉽게 어그러져버린 건 아닌지 하는 반성도 함께 들었다.
 우리는 마지막으로 욕실로 들어가 각자가 사용하던 것들을 챙겼다. 나는 목욕가운과 칫솔과 헤어밴드를 시작으로 목욕용품을 상자에 쓸어 담았다. 욕실에서 쓰던 물건 중에 오분의 사는 내 것인 것 같았다.
 그가 면도기와 칫솔을 꺼내 들고 욕실을 나갔다. 로이는 아까부터 그의 뒤만 졸졸 따라다니는 중이었다. 마치 자기를 놔두고 그가 어디 멀리 가버리기라도 할까 봐 걱정하는 진짜 강아지처럼 굴었다. 아닌 게 아니라 녀석은 어떨 땐 진짜 강아지처럼 느껴지기도 했다. 나를 쳐다보는 녀석의 눈동자, 저 눈동자를 들여다보고 있으면 왠지 그런 생각이 들었다.

로이는 '올-에이아이(ALL-AI)' 사가 내놓은 제품 중에 가장 하등한 인공지능이 장착된 애완로봇이었다. 그럼에도 녀석은 꽤 스마트한 교감 능력을 지니고 있었다. 인간의 언어와 표정과 행동들을 인지했고, 인간의 여러 감정 중에 다섯 가지 정도를 읽어낼 줄도 알았다. 그래서 나는 로이가 그와 나만의 공간 — 특히 침실 — 에 들어와 있으면 신경이 곤두섰다. 녀석은 유독 침대 위에서 벌이는 그와 나의 행위를 빤히 쳐다보곤 했는데 그럴 때마다 나는 로이를 침실 밖으로 쫓아내기에 바빴다. 그러면 그는 관계를 하다 말고 침대에서 일어나 녀석을 달래러 쪼르르 따라 나갔다. 그는 로이가 옆에 있어야만 잠자리에 집중할 수 있는 사람처럼 녀석을 다시 침실로 데리고 들어왔다. 그때부터 그와 나 사이에 말다툼이 벌어지는 거였다.

그가 로이의 등을 쓰다듬으며 짜증 섞인 목소리로 큰 소리를 냈다. "왜 자꾸 로이를 밀어내는 건데!"

절정의 순간을 망쳐버린 게 화가 난 터라 나 역시 물러서지 않았다. "난 저 녀석 눈동자가 맘에 안 들어! 처음부터 그랬어!"

정말로 그랬다. 나는 로이의 눈동자가 그냥 눈동자가 아니라 감시 카메라처럼 느껴져 기분이 늘 별로였다. 괜한 걱정인지 모르지만, 저 녀석이 쳐다보는 곳곳이 실시간으로 영상화되어 어딘가로 전송되고 있을 것만 같아 자꾸 불안하고 께름

직했다. 하등한 제품군에 해당한다고 해서 녀석의 기능을 간과해서는 안 되었다. 우리도 모르는 기능이 로이의 몸속 어딘가에 숨어 있을지 알 게 뭔가.

하지만 그는 얼토당토않은 망상이라며 나를 히스테릭 환자 대하듯 했다. "올-에이아이 사 제품이야. 그 회사가 얼마나 투명한 곳인지는 당신이 더 잘 알잖아?"

"아무튼, 앞으로 우리 둘만의 공간에는 저 녀석 안 들이면 좋겠어!" 나는 단호하게 말했다.

그가 물러서지 않겠다는 기세로 고개를 절레절레 흔들고는 응수했다. "너무 예민하게 구는 거 아니야? 로이는 그냥 로봇이야! 로이의 시선은 그냥 시선일 뿐이라고!"

나는 그를 향해 콧방귀를 날렸다. "참나, 가만 보면 자기도 참 순진해."

"뭐?" 그가 씩씩거렸다.

"그게 뭐든 내가 싫다면 싫은 거야! 그러니까 앞으로 저 녀석, 내 눈에 안 띄게 해줬으면 좋겠어!"

그렇게 부탁을 했건만 그는 내 부탁을 들어주지 않았다. 반항기에 접어든 사춘기 아이처럼 되레 로이를 더 감싸고 돌 뿐이었다. 그는 마치 내가 로이를 미워하는 만큼 로이를 사랑해 주기로 작정한 사람 같았다. 그때 나는 처음으로 우리의 유효 기간이 다 끝났음을 깨달았다.

삼 년간 우리와 함께했던 살림들은 별다른 다툼 없이 잘 나뉘었다. 이제 잘 헤어지는 일만 남았다.

그는 거실 벽에 등을 기대고 앉아 베란다 창밖을 바라보고 있었다. 그의 허벅지 위에는 로이가 배를 깔고 앉아 꼬리를 살랑살랑 흔들고 있었다. 그의 곁으로 다가간 나는 그처럼 벽에 등을 기대고 앉았다. 그의 몸에서는 여전히 비누 향이 났다.

나는 그에게 물었다. "무슨 생각해?"

"그냥 이것저것……." 그가 잠깐 고개를 들어 나를 한 번 쳐다보고는 다시 베란다 창밖으로 눈을 돌렸다. 그리고 나에게 되물었다. "당신은 어땠어? 나하고 사는 동안?"

내가 대답했다. "그냥 그랬지, 뭐. 결혼 생활이라는 건 역시 어려운 거였어. 그지?"

그가 로이의 등을 쓰다듬으며 말했다. "그래, 만만한 일은 아니야. 근데 우린 어쩌다 이렇게 된 걸까? 시작은 참 좋았는데……." 그의 입가에 회한 섞인 미소가 잠깐 나타났다가 사라졌다.

"그냥 서로 지겨워진 것뿐이야. 그러고 보면 시작과 같은 끝도 없고, 끝과 같은 시작도 없는 거 같아." 나는 내 말에 최대한 감정을 섞지 않으려고 애를 썼다.

다시 그가 말했다. "맞아. 당신은 또 결혼하겠지? 괜히 나 때문에 결혼에 대한 안 좋은 인식만 생긴 거 아닌지 모르겠다." 그가 미안해하는 표정을 지었다.

"그래도 결혼이란 거 한 번 해봤으니까 앞으로 독신으로 산다 해도 후회할 일은 없지 않을까? 그런 측면에서 생각하면 자기한테 고마워. 좋았든 안 좋았든 경험 자체는 다 좋은 거니까." 나는 그를 향해 씁쓸한 웃음을 지어 보였다. 그리고 덧붙여 그에게 물었다. "자기는 나 잊어버리겠지?"

"아니, 안 잊어." 그러면서 그가 고개를 가로저었다.

"아니, 잊을 거야. 다 지워질 테니까······." 나는 베란다 창 밖으로 보이는 벚나무를 바라보며 말을 이었다. "그러고 보니 우리 처음 만난 날도 봄이었잖아. 결혼한 날도 봄이더니 헤어지는 오늘도 그러네. 봄은 개인의 역사를 만들기에 좋은 계절인가 봐. 그지?"

"응······." 그가 힘없이 대답했다.

벚나무에서 멀어진 내 눈은 그의 얼굴로 옮겨왔다. 그의 머리카락과 그의 어깨를 거쳐 팔을 따라 내려온 내 시선은 그의 손가락 끝에 머물렀다. 그는 여전히 로이의 등을 쓰다듬고 있었다.

나는 로이를 쳐다보며 의문 조로 그에게 물었다. "근데 올-에이아이 사는 왜 저런 하등한 인공지능을 만들었을까? 자기처럼 고등한 인공지능을 만들어낼 줄 아는 회사가?"

그가 잠깐 생각해보고는 대답했다. "인간의 형편과 선택은 다양하고 폭이 넓으니까. 제품이라는 건 변별력과 등급을 가져야 가격 차등을 둘 수 있는 거고, 그래야 모든 소비층을 끌어들일 수 있으니까. 결국 자본주의 논리 아니겠어? 수요와 공급의 차원이기도 하고."

그리고 그때였다. 내 핸드폰으로 문자 수신음이 들어왔다. 나는 바지 뒷주머니에서 핸드폰을 꺼내어 발신자를 확인했다. 올-에이아이 사에서 보내온 메시지였다. 아이콘을 눌러 메시지창을 열었다. 십 분 후면 그의 모든 기능이 정지할 거라는 예고 문자였다. 그리고 문자 말미에는 이 문구가 덧붙여 쓰여 있었다.

앞으로도 저희 ALL-AI社는 다채롭고 완벽한 시뮬레이션을 위해 최선을 다하겠습니다.
혹 엄마 아빠가 필요하십니까?
형제자매가 필요하십니까?
친구나 애인이 필요하십니까?
그렇다면 저희 ALL-AI社를 방문해주십시오.
인생에도 연습이 가능해진 시대, 그 시대를 저희 ALL-AI社가 이끌어가겠습니다.
감사합니다.

나는 핸드폰을 닫고 그를 바라봤다. 십 분 후에 그의 모든 기능이 멈추고 나면 그는 다른 직업과 다른 성향과 다른 성격을 가진 또 다른 그로 재설정될 것이다. 그의 몸에서는 더 이상 비누 향이 나지 않을 것이고, 목소리도 걸음걸이도 달라질 것이다. 어쩌면 다음번엔 요리하는 걸 별로 좋아하지 않거나, 상실에 대한 두려움을 가져본 적이 없는 그가 될지도 몰랐다.

나는 마지막으로 그의 손을 한 번 잡아주고는 말했다. "이제 진짜 헤어져야 할 시간이야. 그동안 고마웠어. 잊지 못할 거야."

그가 입가에 잔잔한 미소를 지으며 나에게 마지막 인사를 건넸다. "나도 잊지 못할 거야. 사랑했어……."

그 말을 끝으로 그의 동공이 풀리기 시작했다. 로이의 등을 쓰다듬던 그의 손길이 서서히 둔해져갔다. 마침내 멈춰버린 그의 손길……. 하지만 그의 멈춰버린 손길 안에서 로이는 여전히 꼬리를 살랑살랑 흔들고 있었다. 마치 주인이 죽은 줄도 모르고 옆에서 계속 애교를 부리는 진짜 강아지 같았다. 녀석의 그런 모습이 안쓰러워진 나는 로이의 등을 한번 쓰다듬어주었다. 그러고는 자리에서 그만 일어나려는데 핸드폰이 울렸다. 나랑 동갑내기 친구인 보람이었다. 나는 통화 버튼을 눌렀다.

─끝났겠네?

―응, 방금.

―기분은 좀 어때?

―시원섭섭해. 누구와 헤어지든 헤어지는 건 다 쓸쓸한 거니까.

―촌평을 내린다면?

―내 이상형과 사는데도 자꾸 삐걱댄다는 거지. 권태롭고 외롭고 지겨웠어. 정말 그놈의 결혼이라는 거, 해야 하는 거니 말아야 하는 거니?

―그러게. 결혼은 영원한 숙제인 거 같다. 같이 저녁이나 먹게 나와라. 자세한 얘긴 만나서 하자.

―응.

나는 고개를 떨군 그의 머리를 마지막으로 한 번 쓰다듬어 주고는 자리에서 일어났다. 봄바람이 불어대는 모양인지 베란다 밖 벚꽃잎들이 눈꽃처럼 떨어지고 있었다. 봄은 누군가를 만나기에 좋은 계절이지만 누군가와 헤어지기에도 나쁜 계절은 아닌 것 같았다. 그건 그렇고 나는 다시 사랑이란 걸 할 수 있을까. 결혼은? 그런데 왜 나는 다음에 그가 만나게 될 사람이 궁금해지는 걸까.

현관으로 나가 신발을 꿰어 신으려던 나는 뒤돌아 가만히 그를 쳐다봤다. 힘없이 떨궈진 그의 고개가 나를 향해 잘 다녀오라며 인사를 하고 있는 것만 같았다.

어떤 외출

○ ●

　현관 입구에 쪼그리고 앉아 운동화 끈을 맨다. 매듭을 풀었다가 고쳐 매는 데 삼십 분이 흐른다. 방에서 나와 거실과 복도를 지나 현관으로 나오기까지 꼬박 십 년이 걸렸으니 사실 지금의 삼십 분은 아무것도 아니었다. 오히려 삼십 분이란 시간은 운동화를 신는 것마저 낯선 행위가 되어버린 그에게, 그리고 그런 그를 불안한 눈초리로 지켜보고 서 있는 그의 늙은 어머니에게 너무 짧게만 느껴질 뿐이다. 그러기에 그의 꾸물거림은 누구의 불만도 야기할 수 없었다. 그 자신은 물론, 늙은 어머니와 아디다스 운동화와 벽시계까지도 그렇다. 그저 이 순간을 숨죽여 지켜보는 것만이 의무의 전부라는 듯 모두가 그러는 데에는 나름의 이유가 있었다. 왜냐하면 이것은 뜻밖의 사건이기 때문이었다.

현관 센서등이 삼십 분째 켜졌다 꺼지기를 반복한다. 센서등의 센서티브함은 그의 꾸물거림에 불만을 표시하는 유일한 그 무엇처럼 보인다.

드디어 그가 자리에서 일어난다. 운동화의 균형 잡힌 나비매듭이 그는 꽤 만족스럽다. 스물다섯 살에 신었던 아디다스 운동화가 서른다섯 살에도 맞는다는 게 신기해 그는 제자리에서 몇 발짝 걸어본다. 순간, 더 이상 발이 성장할 수 없는 '어른의 나이'를 살아가고 있었다는 사실과 그 뒤늦은 깨달음에 놀란 그는 뒤돌아 어머니의 어깨 너머를 쳐다본다. 굳게 닫힌 그의 방. 저 방에게 빼앗긴 가장 젊은 날의 청춘. 그리고 닫힌 방문 앞에서 매일 숨죽여 울어왔을 어머니의 늙어가는 나이들. 울컥하는 마음에 서른다섯 살의 그는 스물다섯 살의 그에게 묻고 싶어진다. 너 왜 그랬니? 왜 저 방에다 네 십 년을 처박아버린 거니? 도대체 왜? 대답을 찾지 못한 그는 스스로 고개를 떨구고 만다.

어머니가 그런 그를 걱정스럽게 바라보며 묻는다. "두려워진 거냐?"

그는 생각해본다. 지금 한쪽 가슴에 느껴지는 이 감정이 두려움인 걸까. 잘 모르겠다. 그것조차 가늠할 수 없는 그는 말없이 입술을 달싹일 뿐이다.

"꼭 오늘이 아니어도 된다. 차근차근해도 돼." 어머니의 초조한 눈빛이 그의 아디다스 운동화에 가 머문다. "넌 현관으로 나와 신발까지 신었어. 그걸로도 충분해. 오늘 몫은……." 어머니가 애써 밝게 웃어 보인다.

그가 떨군 고개를 들어 올리며 어머니를 향해 고개를 가로 젓는다. 여기서 멈춘다면 그는 저 방과 저 방이 가둔 시간에게 다시 무릎을 꿇고 마는 것이다. 마음을 다잡은 그가 현관문 손잡이를 잡아 비튼다. 어느 방향으로 돌려야 두 개의 잠금장치가 풀리는지 잘 기억나지 않는다.

"둘 다 왼쪽으로 돌려야 한다." 허둥대는 그의 등에다 대고 어머니가 차분하게 말한다.

"아, 왼쪽……."

그가 어머니의 조언으로 두 개의 잠금장치를 풀어낸다. 그러자 현관문에 가느다란 틈 하나가 생긴다. 그 틈새로 눈부신 팔월이 비집고 들어온다. 현관문을 밀어낼수록 틈의 간격은 차츰 넓어지고 그의 몸에 와닿는 밝은 빛 또한 많아진다. 우려했던 대로 숨이 막히려고 한다. 현관문 너머의 여름은 그가 생각했던 것보다 훨씬 후텁지근하고 폭력적이었다. 그렇다면 십년 전의 여름은 어땠을까. 그 역시 하나도 기억나지 않는다.

그가 현관문 문고리를 잡고 서서 잠깐 숨을 고른다. 파르르 떨리는 눈 밑을 손으로 꼬집어봐도 긴장 상태는 잠잠해지지 않는다.

이때 현관까지 맨발로 따라 나온 어머니가 그의 반바지 주머니에 지폐 두 장을 넣어준다. 어머니가 떨리는 목소리로 말한다. "필요할 거다. 죽을 만큼 힘들다 싶으면 바로 택시 타고 와. 알았지?"

매일 만두를 빚어 만든 어머니의 돈이 그 어떤 쇳덩이보다 무겁게 느껴진다. 그러니 나가야 한다. 어머니의 돈값을 해내기 위해서라도 그래야 한다. 그는 속으로 하나, 둘, 셋을 외치며 현관문을 밀어젖힌다. 맹렬한 빛 덩어리가 그의 몸을 덮친다. 갑자기 숨이 막힌다. 호흡이 거칠어지고 심장 박동수가 빨라진다. 눈이 부셔 앞이 보이지 않는다. 그냥 온통 하얗다. 그런데 불쑥 등 뒤에서 띠리릭 소리가 나더니 현관문이 스스로 잠겨버린다. 그는 당혹스러운 눈빛으로 닫힌 현관문을 바라본다. 문을 두드려도 어머니는 문을 열어주지 않을 테다. 그래서 다행이란 생각이 들었다. 현관 비밀번호를 몰라서 다행이었고, 한 번도 비밀번호로 문을 열고 들어가본 적이 없어서 다행이었다.

불안한 마음을 달래기 위해 그는 자신에게 말을 걸어본다. "다, 다행인 거야, 이건…… 다행인 거라고. 그지?"

결국, 오 년 전에 바꿔 단 생소한 번호키는 그에게 어쩔 수 없음이 되고, 그 어쩔 수 없음은 자기 방으로의 회귀를 스스로 포기하게끔 한다. 그러니까 그는 지금 집 밖으로 나오고 만 것이다.

"정, 정말 나와버렸어. 정말로……."

삼십 분째 그는 아파트 복도에 우두커니 서 있다. 그가 오래 됐지만 하나도 낡지 못한 자신의 아디다스 운동화를 내려다본다. 고작 현관문을 벗어났을 뿐인데도 벌써 길을 잃어버린 듯한 느낌이다. 움켜쥔 양손을 펴본다. 흥건하게 밴 땀에 의해 손바닥 손금이 선명히 드러난다. 유독 길게 뻗어 있는 생명선이 그를 위로한다. 적어도 지금 여기에서 이대로 죽지 않을 거라는 허황된 믿음. 이것은 보통의 외출이자 행위이기에 죽음처럼 특별한 사건은 보통의 하루를 위협하지 않을 거라는 허무맹랑한 확신. 하지만 이내 그의 머릿속에는 아버지의 죽음에 관한 장면들이 파고든다. 말로만 전해 들었기에 어쩔 수 없이 상상하게 되는 아버지의 죽음은 팔 년 전, 어머니와 함께 만두를 빚던 어느 평범한 오후에 일어났다. 심장마비였고 오늘과 같은 팔월이었다. 왼쪽 가슴을 움켜쥔 채 쓰러진 아버지의 손에는 빚다 만 만두가 쥐어져 있었다고 했다. 어머니는 그날 하염없이 울먹이며 아버지의 죽음에 대해 얘기했다. 굳게 닫힌 그의 방문 앞에서 설명된 아버지의 죽음은 조금 과장처럼, 혹은 변명처럼 들렸고, 그래서 그는 어머니가 자기에게 거짓말을 하고 있다고 생각했다. 그것은 어제와 같은 오늘과도, 오늘과 같은 내일과 모레와도 별로 어울리지 않는 일이었다. 누구보다 건강한 아버지였기에 그랬다. 아버지의 죽음을 신뢰할 수 없었던 그는 그날 멍하니 방 안에 앉아 이렇게 중얼거렸다. "이건 엄마의 계략임이 분명해." 자신을 이 방에서 끌어내기 위한 어머니의 술수에 속아 넘어가지 않으리라 다짐한 그는 어머니가 전한 아버지의 부고에 이렇게 대답했다. "사람이 어떻게 만두를 빚다 죽을 수가 있지?" 영혼과 감정이 빠져나간 그의 메마른 말투에 멈춰버린 건 죽은 아버지를 향한 어머니의 그 울먹임이었다. 그가 기억하기에 어머니는 그날 이후로 눈물을 흘린 적이 없었다. 아니, 정확하게는 없었을 거라고 그는 생각했다.

  삼일장으로 치러진 아버지의 장례식은 어머니의 멈춰버린 울먹임과 함께했다. 군 복무 중이던 네 살 터울의 남동생이 그가 해야 할 역할을 도맡아 하는 동안 그는 자기 방에 갇혀 지내며 모략일지도 모르는 아버지의 장례식을 상상했다. 그런데 상상하면 할수록 그의 머릿속에는 죽음이 어떤 수단으로 이용된다는 것에 대한 비상식적인 상념들이 하나둘 기어 나오기 시작했다. 그리고 아버지의 죽음이 그를 이 방에서 끌어내기 위한 어머니의 술책이 아닌 진짜일지 모른다는 쪽으로 생각이 기울고 나서야 어머니는 아버지의 장례를 마치고 집으로 돌아왔다. 문틈으로 몰래 내다본, 검은색 한복 차림의 어머니는 기운이 없어 보였다. 어머니의 상복은 아버지의 죽음을 명백히 증명해냈고, 결국 그는 불효자가 되고 만 셈이었다. 초췌한 몰골로 집으로 돌아온 어머니는 냉장고부터 열었다. 목이 말랐는지 어머니가 물병을 꺼내 물을 벌컥벌컥 들이켰다. 그러고는 그의 방에다 대고 말했다. "사람들이 수군대더라. 장남이 왜 안 보이냐고." "……." "언제까지 그럴래!" "……." "이젠 이유를 좀 알아야겠다. 왜 이러니, 도대체 왜!" 거친 어머니의 목소리에는 그간의 답답함과 화가 담겨 있었다. 남편을 잃은 슬픈 날이었기에 그는 어머니의 물음에 무슨 응답이든 해줘야 했다. 그래서 그는 이렇게 말했다. 그것은 그가 방에 숨어 사는 동안 어머니와 나눈 최초의 대화였고, 동시에 최후의 대화이기도 했다. "방의 인력(引力) 때문이야……." "뭐?" "이 방이 자꾸 날 끌어당긴다고……." 그의 대답을 이해하지 못한 어머니는 무슨 헛소리냐면서 들고 있던 물병을 그의 방문을 향해 힘껏 내던졌다. 태어나 처음으로 맞닥뜨린 어머니의 난폭한 행동에 그는 방 깊숙이 더 숨어들고 말았다. 하지만 그는 그때 그 방에서 나왔어야 했다. 화난 어머니를 이해시키고 달래기 위해서라도 그래야 했다. 그랬더라면 고작 이 년으로 끝나고 말았을 그의 은둔이었다.

문밖 세상은 생각보다 환해서 눈이 부셨다. 복도 난간에 걸쳐진 빛무리가 그의 움직임에 훼방을 놓았다. 발걸음을 뗄 엄두가 나지 않자 그는 닫혀버린 현관문 너머의 어머니를 생각해본다. 어머니는 지금 인터폰 모니터를 통해 자신을 지켜보고 있을 것이다. 어느새 서른다섯 살이 되어버린 아들과 그 아들의 뜻밖의 외출을 지켜봐야 하는 어머니의 심정은 어떨까. 모든 게 십 년만큼 늦어져버린 아들. 그는 성장이 멈춘 자신의 사회적 나이를 어디서 훔쳐와야 할지 아직 잘 몰랐다. 자신의 잊어버린, 혹은 잃어버린 삶의 온갖 행적들은 또 어디서 찾아내야 할까. 태양을 올려다보는 것마저 낯설고 부끄러운 일이 되어버리다니…….

어머니의 꾸지람 소리가 들려오는 것만 같아 그는 일단 발걸음을 떼보기로 한다. 눈앞에 길게 뻗어 있는 아파트 복도가 계곡의 흔들다리처럼 휘청거린다. 그의 몸이 흔들리는 것인지 지면이 흔들리는 것인지는 분간이 가지 않는다. 지진이 일어날 리 없으니 분명 그의 몸이 흔들리는 것일 테다. 그는 몸이 느끼는 모든 기분 나쁜 감각을 대수롭지 않게 이해해보려고 노력한다. 십 년 만의 외출이 하루 만의 외출처럼 느껴진다면 그거야말로 정상이 아닐 거라는 생각과 함께 말이다.

그는 깊은 심호흡으로 눈앞의 어지럼증을 물리친다. 손으로 벽을 짚고 한 걸음씩 내디딘다. 그의 쌓여가는 발걸음은 결국 그를 아파트 복도에서 벗어나게끔 한다. 꾸물거리는 뱀의 몸통을 지나온 듯 그의 몸은 그새 땀으로 범벅이다.

이제 엘리베이터와 십이 층 계단 중에 선택을 해야 했다. 갑작스러운 중력과 속도감이 몸에 어떤 변화를 일으킬지 몰라 그는 계단 쪽으로 방향을 튼다. 난간에 바짝 몸을 기대어 계단을 하나하나 밟아 내려간다. 빨라지는 심장박동이 느껴진다. 팔 년 전의 아버지처럼 자신도 심장마비로 어떻게 될지 모른다는 공포에 그는 엘리베이터를 거부한 자신의 선택을 바로 후회한다.

"도, 돌아갈까…… 엘리베이터로……." 그가 자신의 질문에 고개를 가로저으며 대답한다. "아, 아니야……."

그는 죽음에 대한 망상을 떨쳐내고자 계단 수를 세어보기로 한다. 한 층이 갖고 있는 계단은 층계참을 포함해 모두 열다섯 개였다. 그런데 층마다 계단 수가 다 다르다. 어떤 층은 열여섯 개의 계단을, 또 어떤 층은 열일곱 개의 계단을 가졌다. 아파트라는 건물은 모든 걸 다 똑같이 공평하게 나눠 가졌을 거라고 생각했는데 그게 아니었다. 그는 이러한 발견이 왠지 놀랍고 새로웠다. 게다가 모두 같은 줄로만 알았던 아파트의 계단 수가 층마다 다르다는 사실은 그를 엉뚱한 생각에 빠뜨리기까지 한다. 혹시 나를 십 년간 방 안에 처박아둔 이유가 이런 사실을 알게 하기 위함은 아니었을까, 라는 말도 안 되는 비약. 어찌 됐든, 만약 그런 거라면 십 년 만의 외출로 하나는 얻은 셈이니 그는 마냥 억울해할 필요는 없겠다는 생각이 들었다. 일평생을 살아도 아무것도 깨닫지 못하고 가는 사람들도 많았다. 한때 유행했던 어느 유행가 가사처럼 알몸으로 태어나 옷 한 벌 건진 것으로도 모자라 아파트의 속임수와 비밀까지 알게 됐으니 말이다.

그가 자신에게 묻는다. "근데 어, 얼마큼 내려온 거지?" 그는 자기 곁에 질문이라도 있어서 다행이라는 표정이었다.

그가 숨을 헐떡이며 엘리베이터 위쪽에 표시된 층수 숫자를 확인한다. 삼 층이었다. 일차 목적지에 다다랐다는 안도감 때문인지 다리에 힘이 풀린다. 그는 층계참에 그대로 주저앉아 자신이 밟아 내려온 계단들을 올려다본다. 누구에게는 고작 계단일지 몰라도 그에게는 이제 계단 이상의 의미체처럼 보인다. 그것은 엘리베이터를 타고 내려왔다면 결코 얻을 수 없었을 뿌듯함이었다. 그는 이런 기분이라면 더 멀리까지도 나가 볼 수 있겠구나 싶어지자 팬스레 핑, 눈물이 돈다. 아직 시작도 못 했는데 벌써부터 질질 짜는 꼴이라니……. 서른다섯 살의 눈물이 창피하고 한심해진 그는 집에서 챙겨온 손수건을 꺼내어 얼른 눈가를 훔친다. 이어 이마와 목덜미의 땀을 닦아낸다. 땀을 얼마나 흘렸는지 손수건은 금세 땀으로 축축해진다.

그는 땀범벅인 손수건을 바지 주머니에 도로 넣기가 뭐해 왼쪽 손목에다 매듭을 지어 묶는다. 그러고는 자리에서 일어나려는데 층계참 바닥에 떨어진 뭔가가 보인다. 꼬깃꼬깃하게 접힌 그것은 아까 어머니가 그의 반바지 주머니에 찔러 넣어준 두 장의 지폐였다. 손수건을 꺼낼 때 같이 딸려 나온 모양인데 하마터면 큰일 날 뻔했다.

그는 다시 자리에 앉아 지폐를 줍는다. 펼쳐보니 지폐에는 '0'이 하나가 더 붙어 있었다. 누리끼리해서 당연히 오천 원짜리인 줄 알았더니 아니었다. 십만 원이다. 십만 원……. 이 돈을 벌려면 어머니는 혼자서 몇 개의 만두를 빚어야 할까. 삼복더위에 찜통 앞에 앉아 만두를 쪄왔을 어머니의 여름들. 그리고 지난 십 년간 그의 방문 앞에 차려진 어머니의 조용한 밥상들. 아, 그동안 나는 어머니에게 무슨 짓을 해온 걸까. 그는 번뜩 정신이 든다. 움직여야 한다. 거기가 어디든 갈 수 있는 데까지 가봐야 한다.

자리에서 일어난 그가 다시 계단 난간을 부여잡는다. 소리 내어 계단 수를 세어가며 아래로 아래로 힘을 다해 내려간다.

그는 어머니를 생각한다. 더 정확하게는 방 안에서 은둔하던 동안의 어머니를 생각한다. 한집에 살면서도 거의 얼굴 한번 마주친 적이 없었기에 어머니는 오직 그에게 목소리로만 존재했다. "이불 빨 때 되지 않았냐? 내놔라." "쌀쌀해져서 그런지 오늘은 제법 만두가 팔렸지 뭐냐. 매일 오늘만 같으면 좀 좋아……." "니 동생, 결혼한댄다. 상견례 하자는데 같이는 못 나가겠지?" "트렁크 팬티 몇 장 사다 놨다. 색깔 맘에 안 들면 말해. 다른 거로 바꿔다 줄 테니까." "옆집 할머니, 돌아가셨다. 평생 외롭게 사시더니 갈 때도 외롭게 간 모양이더라……." 어머니는 매일 그의 방문 앞에서 무슨 얘긴가를 건넸고, 물었고, 던졌다. 그는 전직 대통령과 유명한 여자 배우의 자살 소식을 어머니의 목소리로 들었다. 주소 체계가 지번에서 도로명으로 바뀌었고, 지폐 크기도 아담하게 바뀌었다고 어머니는 말했다. 신사임당의 초상화가 들어간 오만 원권 지폐의 등장을 알려온 것도, 독재자의 딸이 최초의 여성 대통령으로 당선이 되고, 바다에서 일어난 사고와 그 사고로 생겨난 수백 명의 바다 밑 차가운 죽음에 관해 알려온 것도 어머니의 그 목소리였다. "글쎄, 대통령 뒤에 숨어 있던 늙은 여자 하나가 온 국민을 우롱했다지 뭐냐. 화가 난 사람들이 전국에서 촛불을 들고 일어났어." "……." "전직 대통령 두 명이 탄핵과 비리로 감옥에 들어갔단다." "……." 하지만 어머니의 부지런한 입놀림 뒤에는 어머니의 목소리만이 허허롭게 남아 조용히 흩어졌다. 그가 방의 인력을 운운하고, 사람이 어떻게 만두를 빚다 죽을 수 있느냐고 되물었을 때 말고는 어머니의 대화는 연극 독백처럼 쓸쓸했다. 물론 방 안의 그의 침묵도 고독하기는 매한가지였다.

쓸쓸했기에 어머니는 부지런했다. 그것은 게으르게 허비되는 아들의 시간을 당신이 대신 살아내야 한다는 일념 때문일 수도, 아니면 외로움을 견뎌내기 위한 어머니만의 방법일 수도 있었다.

어머니의 하루는 새벽 다섯 시부터 시작되었다. 조촐하게 차린 아침 밥상을 그의 방문 앞에 내려놓고 나면 바로 집을 나섰다. 어머니는 토요일과 일요일에도 쉬지 않고 만둣가게에 나가 만두를 빚었다. 아버지와 나눠서 해오던 일을 혼자 감당해야 했기에 일거리는 배로 많아졌고, 반대로 만두를 빚어내는 속도는 배로 느려졌다. 아버지의 부재로 생긴 틈과 간극들은 오로지 어머니의 시간만을 바라보고 있었기 때문이다. 그래서 어머니는 쓸쓸해질 틈도 여유도 없었다.

어머니가 가게 문을 닫고 집으로 돌아오는 시간은 일정치 않았다. 되도록 그날 쪄낸 만두는 그날 다 팔아야 했기에 하루 장사의 끝은 '저물어가는 시간'이나 '줄어드는 손님'보다는 '남아 있는 만두'에 의해 결정 지어지는 경우가 많았다. 장사가 일찍 끝나든 늦게 끝나든 어머니는 집에 돌아오면 부엌으로 가 저녁 밥상부터 차렸다. 조촐하게 차린 아침 밥상을 그의 방문 앞에 내려놓는 것으로 하루를 시작하던 어머니는, 조촐하게 차린 저녁 밥상을 그의 방문 앞에 내려놓는 것으로 하루를 마쳤다. 아침과는 다르게 그의 저녁 밥상에는 가끔 팔다 남은 만두가 올라오곤 했다. 밥상에 만두가 올라오는 날이면 그는, 오늘은 장사가 잘 안 됐나 보네……, 라고 생각하며 어머니의 지나온 하루를 걱정했다. 그게 미안해서 그는 배가 불러도 저녁상에 올라온 만두는 무조건 다 먹어 치웠다. 그리고 부엌으로 밥상을 들고 나가 조용히 설거지를 했다. 어머니는 종종 그가 해놓은 설거지에 위로를 받았다. 샤워를 하고, 방 청소를 하고, 몰래 자기 속옷을 빠는 그의 모습을 보고 났을 때도 그랬다. 자기 자신을 위해 마땅히 해야 하는 일임에도 어머니는 저 녀석이 온전히 방에만 있는 건 아니라는 사실이, 혹은 아무것도 하지 않고 살아가는 건 아니라는 현실이 조금 위안이 되었다. 늘 깨끗이 비워져 나오는 그의 밥그릇과 만두 접시가 고마운 이유도 그래서였다. 적어도 굶어 죽을 생각 같은 건 하지 않는 아들이 어머니는 다행이라고 생각했다. 그러니까 어머니에게 그는 아직까지 위안이자 위로였던 것이다.

어머니를 생각하며 내려온 계단이 겨우 끝이 났다. 우편함을 지나 유리문 앞에 선다. 눈부시게 환한 세상이 유리문 너머로 보인다. 한 젊은 여자가 유리문을 밀치고 안으로 들어오려고 하자 그는 가장자리로 비켜서서 고개를 떨군다. 우물쭈물하는 그의 행동이 수상쩍어 보였는지 여자는 엘리베이터를 기다리는 내내 뒤돌아 그를 흘겨본다. 처음 만난 타인의 시선이 두려워진 그는 얼떨결에 유리문 밖으로 뛰쳐나가고 만다.

화끈거리는 태양 빛이 온몸에 오롯이 전해진다. 무언가에 둘러싸인 기분이 들자 숨이 거칠어진다. 분명 자신의 방보다 몇만 배는 더 넓은 세상인데 오히려 폐쇄적으로 느껴지는 이 오류가 그는 이상하리만큼 이상했다. 결국 잠잠하던 어지럼증이 다시 스멀스멀 기어올라오나 싶더니 그의 몸이 옆으로 휘청한다. 몸을 지탱해줄 만한 벽도, 계단 난간도 없다는 사실에 그는 아스팔트 바닥에 그대로 주저앉아버린다. 타인의 시선과 휘어지는 듯한 건물이 그의 주변을 어지럽게 맴돈다. 귀를 찢는 날카로운 소음에 귀를 틀어막아보지만 소리는 물러나지 않는다. 십 년 만에 마주한 방 밖은 너무 공격적이어서 이번엔 제대로 나와버렸다는 생각이 든다.

"지, 진짜로 나와버렸어…… 진짜로……." 이제 정말 어찌할 수 없게 되어버렸다는 그의 체념 섞인 목소리였다.

그는 아스팔트 바닥에 주저앉은 채로 아파트를 올려다본다. 그의 눈이 십이 층 언저리에서 멈춘다. 늙은 어머니가 베란다 창가에 서서 그를 내려다보고 있다. 너무 멀어 어머니의 표정을 확인할 수 없지만 그는 자꾸 어머니가 지금도 울고 있을 거란 생각이 든다. 어젯밤 어머니의 감정이 어젯밤만의 특별한 상황에서 나온 게 아니라면 어머니는 매일 매시간 저렇게 울어왔을 게 분명했다. 그러니 지금이라고 해서 울고 있지 않을 이유는 없었다.

그가 어젯밤에 어머니를 본 건 자정이 지날 무렵이었다. 목도 마르고 화장실이 필요해서 조용히 방문을 열고 나갔다. 불이 꺼진 거실을 지나 화장실로 가려는데, 어두운 거실 바닥에 드리워진 긴 빛 그림자 하나가 보였다. 그것은 어머니의 방문 틈새에서 뻗어 나온 형광등 불빛이었다. 어둠은 그 하얀 빛에 의해 양 갈래로 쪼개져 있었다. 어둠이 빛을 말해주고, 빛이 어둠을 말해주는 선명한 경계 앞에 걸음을 멈춰 세운 그는 빛을 따라 고개를 돌렸다. 그리고 방에서 새어 나온 가느다란 빛에 가만히 눈을 갖다 댔다. 어머니의 등과 젖은 머리카락이 보였다. 화투 점이라도 치고 있었는지 어머니 앞에는 화투패가 어지럽게 널브러져 있었다. 그런데 이상하게도 어머니의 양쪽 어깨가 계속 들썩였다. 처음에 그는 어머니가 웃고 있는 줄 알았다. 내일의 운세가 좋게 나와 그런 줄 알았는데 그게 아니었다. 어머니는 울고 있었다. 머리를 말리고 난 수건을 입에 꽉 문 채로 울고 있었다. 울음소리는 틀어막은 수건에 가려 들리지 않았지만 분명 슬퍼하고 있었다. 사람이 어떻게 만두를 빚다 죽을 수 있느냐면서, 영혼과 감정이 빠져나간 자신의 메마른 화답 이후로 어머니의 울먹임 따윈 멈춰버렸다고 생각한 그였다. 그런데 그런 어머니가 세상 고요하게 눈물을 흘리고 있었던 것이다.

어머니의 속임수에 놀란 그는 방문 앞에서 한 발짝 물러났다. 그사이 화투패를 정리하려던 어머니가 손으로 당신의 눈가를 훔쳤다. 어머니의 못생긴 손이 보였다. 뼈마디가 굵어지고 주름진 손이었다. 옆으로 비튼 고개 사이로 어머니의 옆얼굴이 보였다. 역시나 목소리로는 도저히 가늠할 수 없었던 어머니의 주름진 얼굴이었다. 사람이 어떻게 십 년 새에 저렇게 늙어버릴 수 있는 건지 의문이 들었다. 방문 너머로 들려오는 사람의 목소리는 나이와 피부만큼 늙어가지 않는다는 사실에 또 한 번 놀란 그는 자신의 방으로 돌아오자마자 바닥에 털썩 주저앉고 말았다.

그는 'U'자 모양의 형광등을 멍하게 올려다보며 생각했다. 어머니는 매일 밤 저렇게 소리 없이 울어왔던 걸까. 그렇다면 나는 어머니에게 무슨 짓을 저질러버린 걸까. 어쩌다가…… 어쩌다 나는 몸의 움직임이 내 기억에서 멀어져가도록 보고만 있은 걸까. 내 십 년으로도 부족해 어머니의 십 년까지 앗아간 나……. 그러자 그간 무디기만 했던 심장이 처음으로 쿵, 하고 내려앉았다. 마치 나쁜 마법에 걸렸다 깨어난 기분이었다. 무슨 방법이든 찾아내야 했다. 한참 늦었지만 지금 당장 손을 쓰지 않으면 방의 인력에서 영원히 벗어날 수 없을 거란 두려움이 들었다.

숨죽여 우는 어머니를 좀 더 일찍 발견하지 못했다는 그의 게을러빠진 후회는, 뜬눈으로 지새운 그날 밤을 오롯이 지배

했다. 회한의 밤이 지나고 아침이 찾아왔을 때 그는 자신에게 이렇게 묻고 있었다. "이 방…… 방에서 최대한 멀어져보는 건 어떨까……." 문제를 직시하고 보니 그런 해답이 나왔다. 때마침 그의 방문 밖에서는 어머니가 아침 밥상을 차리는 소리가 들려왔다. 그는 주저 없이 방문을 열고 나갔다. 김치냉장고에서 묵은 김치를 꺼내어 썰고 있는 어머니의 투박한 손이 보였다. 천천히 어머니 곁으로 다가간 그가 어머니 등에다 대고 더듬더듬 말했다. "나, 나 오늘…… 바, 밖에 좀 나가보려고……." 김치를 썰던 어머니의 칼질이 순간 멈추었다. 놀란 듯 어머니의 등과 어깨가 미세하게 움찔거렸다. 눈시울이 붉어질까 봐 겁이 난 어머니는 계속 등을 진 채로 다시 김치를 썰기 시작했다. 그러고는 덤덤히 그에게 말했다. "그럴래?" 마치 지금까지 아무 일도 없었다는 듯 무심하리만큼 편안한 어머니의 말투에 그는 적잖이 놀라고 말았다. 한편 그게 자기 어머니이기에 가능한 대답인 것만 같아 울컥, 눈물이 쏟아질 참이었다. 그는 수건 대신 앞니로 입술을 깨물어 간신히 눈물을 이겨냈다. 분명 모두에게 뜻밖의 외출이었지만 어머니의 그 무덤덤한 대답으로 그의 외출은 뜻밖의 외출이 아닌 것처럼 여겨져서 그는 용기가 났고, 미안했고, 아팠다. 그렇게 그는 십 년 만에 제 손으로 운동화 끈을 매고 현관문을 열었다. 그리고 팔월의 낯선 빛을 마주했다.

그가 뜨겁게 달궈진 아스팔트 바닥에서 일어난다. 갑작스러운 외출 선언으로 하루 장사를 망치게 된 어머니였다. 이 뜻밖의 외출이 성공해 돌아온다면 만두를 팔지 못해서 생긴 어머니의 손해에 조금이나마 위로가 될 수 있을까. 그는 어머니의 그깟 하루 장사를 걱정하는 자신의 태도가 위선 같아 보여 역겨웠지만 일단 아파트 단지를 벗어나보기로 한다. 시야에 그가 보이지 않는다면 어머니는 그의 외출을 절반의 성공으로 받아들일지 모른다. 그렇게 되면 어머니는 적어도 입에 수건을 틀어막은 채 숨죽여 울지 않아도 될 것이다. 남편의 죽음을 홀로 슬퍼하지 않아도 되고, 둘째 아들의 결혼을 홀로 축하하지 않아도 될 것이다. 남들처럼 그렇고 그런 평범한 어머니가 되게 하기 위해 그는 다시 일어나 걷고 또 걷는다. 파파라치처럼 따라붙는 태양이 낯선 사람들의 시선보다 고통스럽게 느껴졌다. 챙 모자라도 쓰고 나올걸, 조금 후회가 된다. 아니다. 애초에 모자 같은 건 쓰지 않는 편이 나을지도 모른다. 모자는 또 하나의 '방'이 되어 결국엔 '작은 도피처'로 이어질 게 뻔한 나쁜 물건이었다. 그러니 되도록 사람들을 응시해야 한다. 오해가 생길 정도로 지나가는 사람들을 빤히 쳐다봐야 한다. 그런데 타인들의 시선보다 그를 더 당혹스럽게 만드는 게 있었는데, 그것은 바로 길이었다. 그가 기억하는 길들은 이렇지 않았다. 이상하다. 그 십 년이 뭐라고, 정육점으로 기억하고 있던 가게는 온데간데없이 사라지고 거기에 길이 나 있었다. 길은 또 다른 알 수 없는 길들로 이어져서 그에게 미로가 될 판이었다. 변한 건 길뿐만이 아니었다. 약국이었던 가게는 분식집으로, 작은 슈퍼마켓이었던 가게는 대형마트로 바뀌어 있었다. 신발가게가 세탁소가 되고, 철물점이 미용실이 되어가는 동안 동네 공터였던 자투리땅에는 원룸형 건물들이 빼곡히 들어섰거나 지어지고 있었다. 심지어 옅은 브라운 계열로 기억하고 있던 그가 사는 아파트 색깔도 아이보리로 바뀐 상태였다. 그러고 보니 그때 어머니가 방문 앞에서 했던 말들이 그는 이제야 생각난다. "우리 아파트, 새로 페인트칠할 모양이더라. 그러면 새 아파트처럼 보일 거야. 그지?" "동네가 온통 원룸촌이 돼버렸다니까." "마트 들어선다고 다들 좋아 난리야. 아주 큰 마트란다." "철물점 노인이 풍으로 쓰러졌단다. 그놈의 술이 웬수지." 그러니까 늙어가지 않은 듯한 목소리로 변해가는 것들에 대해 말해주던 어머니의 얘기는 모두 진짜였던 것이다. 결국 이 동네에서 십 년을 무사히 버텨낸 가게는 피아노 학원뿐, 어느 것 하나 그 자리에 그대로 머물러 있는 건 없었다. 모두 늙어가고, 사라지고, 변해가고 있었다. 오로지 그 자신만이 반성 없이 멈춰 서 있었다는 생각에 그는 다시 한번 어머니에게 미안해지려고 했다.

그는 이 외출을 성공시켜야만 하는 이유들을 곱씹으며 복잡해진 동네 길을 더듬어 간다. 어느 쪽 길로 빠져야 지하철역이 나오는지 가늠할 수 없었다. 새로 뚫린 길도 길이지만 곳곳에 생겨난 원룸형 건물들이 길에 대한 그의 기억을 헝클어뜨린다. 우습게도 그는 좁디좁은 동네에서 길을 잃어버릴 상황이었다.

　당황한 나머지 그는 팔월의 후텁지근한 공기에다 대고 이렇게 말한다. "저, 정말 길을 잃은 건가……."

　서른다섯 살 어른인 그. 그는 일부러 자신의 나이를 자각해 본다. 알츠하이머 환자도 아닌데 그럴 리 있을까 싶으면서도 혹시나 길을 잃어버린 자신의 모습을 발견하게 될까 봐 그는 약간 두려워진다. 그래서 중요 지물(地物)의 방향을 알려주는 이정표를 길잡이 삼아 길을 찾아보기로 한다. 교회의 대형 십자가가 보인다. 그러자 교회 옆으로 나 있던 이면도로가 떠오른다. 그 좁은 길을 따라 나가면 큰 도로가 나왔다는 사실이 그를 구원한다. 갑자기 그의 발걸음이 빨라진다. 이내 차 소음과 함께 왕복 육 차선 도로가 나타난다. 그는 길을 잃지 않았다.

　비로소 그의 입가에 옅은 미소가 번져든다. "다, 다행이다……." 더불어 안도의 한숨이 새어 나온다.

　저만치에 지하철 입구가 보인다. 현관에 쪼그리고 앉아 운동화 끈을 매고 있을 때만 해도 오늘 그의 계획은 일단 큰 도로까지만 나가보자는 것이었다. 하지만 그는 더 가보기로 한다.

빠른 발걸음 앞에 지하로 뻗은 수십 개의 계단이 나타난다. 지하로 내려갈수록 땀범벅이던 목덜미가 시원해진다. 은은해서 아늑한 어둠, 그 사이로 시원하게 퍼져 있는 공기층들. 방의 느낌과 닮아 그런지 그는 집 밖에서 마주한 여러 개의 장소 중에 이 지하철 역사(驛舍)가 가장 마음에 든다. 아, 아니다. 집 밖에서 방의 안정감을 찾아낸다거나 거기에서 안도를 받아서는 안 된다. 불편하고 불안한 감정을 몸이 느끼도록 해야 한다. 은둔해온 그에게 가장 필요한 것은 그가 지금 당장 회피하고 싶어 하는 그 모든 것들이다.

그는 반바지 주머니에서 지폐를 꺼내고는 지하철 노선표를 올려다본다. 거미줄처럼 사방으로 얽힌 노선표를 보고 나니 괜히 식은땀이 흐른다. 환승까지는 좀 어려울 것 같아 그는 여기에서 딱 열 정거장만 가보기로 한다. 오만 원짜리 지폐 한 장을 반달 모양으로 뚫린 창구에 들이밀며 역무원을 향해 말한다. 그는 오늘 처음으로 사람다운 사람이 될 참이다.

"여, 여기에서 딱 열 정거장까지만 갈 건데요······." 예상대로 그의 목소리가 떨린다.

사람다운 사람이 된다는 것의 기준이란 무엇일까. 남들 지갑에 하나씩 들어 있다는 이 교통카드를 장만하는 걸까. 그는 종이 승차권이 사라진 줄도 모르고 그걸 사려고 했다. 자신을 마치 구시대의 유물인 양 쳐다보던 창구 직원의 눈빛을 그는 잊을 수가 없었다. 아주 오랜만에 세상에 나왔다는 사실을 그 누구에게도 들키고 싶지 않았는데 결국은 아까 그 역무원에게 들키고 만 것이다. 그래도 창구 직원은 얼굴 한번 찡그리지 않고 종이 승차권이 사라진 이유와 보편화된 교통카드의 체계에 대해 친절히 설명해주었다. 결론은 진정한 사회인이 되려면 지갑에 교통카드 하나쯤은 있어야 한다는 말처럼 들려서 그는 어머니가 준 돈으로 카드를 장만하고 거기에 얼마의 돈을 충전했다.

그는 움직이기 시작하는 지하철의 맨 구석 자리에 앉아 자기만의 소유가 된 빳빳한 교통카드를 만지작댄다. 왠지 모를 뿌듯함이 올라왔다. 교통카드는 그에게 남들처럼 살아보라고 허락해준 무슨 허가증처럼 여겨진다. 이거 한 장만 있으면 도시 곳곳을 마음껏 돌아다닐 수 있는 것이었다. 버스와 지하철을 타고, 약속 장소에서 누군가를 만나 같이 밥을 먹는다. 혼자 혹은 누군가와 짧거나 긴 여행을 떠나고, 누군가의 슬픔을 위로하거나 누군가의 기쁨을 축하하러 나간다. 필요해진 무언가를 사기 위해, 그 필요해진 무언가를 사기 위한 돈을 벌기 위해, 그리고 그를 필요로 하는 누군가를 만나 웃고 떠들기 위해 나간다. 창구 역무원은 분명히 그에게 이렇게 말했다. "이

거 한 장이면 전국 어디든 갈 수 있을 겁니다." 그는 정말로 이 교통카드가 자신을 어디로든 데려가줄 것만 같았다. 만둣가게의 어머니에게, 결혼해 따로 나가 살고 있는 동생에게, 그리고 어느 납골묘에 묻혀 있을 아버지와 내일의 인연들에게. 그는 가만히 눈을 감은 채 가까울 수도 멀 수도 있는 자신의 미래에 대해 생각해본다. 그런데 역설적이게도 그의 머릿속에는 재현 불가능한 미래 대신 그의 지나간 십 년이 되풀이되어 떠오른다. 하지만 그가 자신의 과거에 대해 기억할 수 있는 기억의 양은 얼마 되지 않았다. 그에게 지난 십 년간의 기억은 고작 하루의 기억 양과 비등하기 때문이었다. 그러니까 매일 똑같은 방에서 똑같은 행동으로 살아온 그에게 지난 십 년은 그냥 하루에 불과할 뿐이었다. 오늘에서야 그는 한 인간이 가질 수 있는 기억의 양이란 한 인간이 누비고 다니는 면적과 비례한다는 걸 깨닫는다.

  그는 눈을 감은 상태로 하루나 마찬가지였던 그 방에서의 십 년을 생각한다. 시시때때로 잠이 있었고, 어머니가 차려주는 하루 두 끼의 식사가 있었다. 가끔 기타도 쳤다. 한 곡을 마스터하면 또 다른 곡을 연습하기 시작했다. 더 이상 보고 칠 만한 새로운 악보가 없어지면 쳤던 곡을 계속해서 다시 쳤다. 의도치 않게 외워져버린 음악은 악보 없이도 쉽게 연주되었고, 그래서 기타는 곧 시시해졌다. 그러나 다행히 기타를 쳤던 시간은 책을 읽고 엠피스리에 저장된 음악을 듣는 것으로 대체되었다. 책꽂이에 꽂힌 책이—전공 서적을 비롯한 약간의 소설과 약간의 인문서—몇 권 되지 않아 읽은 책을 또 읽어야 했다. 하지만 책은 몇 번을 읽어도 기타 악보처럼 외워지지 않았다. 왜 이런 문장에다 밑줄을 그어뒀는지 잊어버릴 정도로 그에게 책은 망각을 테스트하기 위한 하나의 도구 같았다. 아무튼 방에서의 굵직한 생활은 그게 전부였다. 소소하게는 가끔 회상과 상상을 하고, 어머니의 일방적인 목소리와 어머니가 일부러 크게 틀어놓은 듯한 텔레비전 소리를 들었다. 이불을 둘러쓰고 종종 마스터베이션을 하기도 했다. 그리고 그 여백은 잠이었다. 오로지 잠.

어쩌다 좁고 어두운 데다 볼품없기까지 한 방을 사랑하게 됐는지에 대한 기억은 뚜렷하지 않았다. 창밖에서 내리쬐는 햇빛이 좀 거슬렸나? 아니면 그 전날 누군가의 시선이 두려웠던가? 어쩌면 그는 스스로 기억하지 못하는 어떤 이로부터 상처를 받아왔는지도 모른다. 자각하지 못한 채 축적돼온 무의식의 상처들. 그것도 아니라면 정말 방의 인력 때문이었나? 어머니에게 변명처럼 늘어놓은 그것이 진짜 이유였던 건 아닐까······.

그가 눈을 뜬다. 하필 맞은편에 앉아 있는 지하철 승객과 눈이 마주친다. 다들 스마트폰만 들여다보느라 눈 마주칠 일은 없겠거니 했는데 그게 또 그렇지가 않았다. 그가 고개를 숙여 시선을 피한다. 어디에 둬야 할지 몰라 갈팡질팡하는 그의 시선이 교통카드로 향한다. 주위를 몰아내기 위해 카드에 쓰인 자잘한 글자를 읽어나간다. 땀이 배어든 손 때문인지 카드가 손에서 자꾸 미끈거린다. 손에 밴 땀을 옷에다 쓱 닦아낸다. 그런데 갑자기 가슴 부위가 답답하게 옥죄어온다. 더럭 겁이 난다. 더 앉아 있기 힘들어지자 그는 냉큼 자리에서 일어나 지하철 구석으로 몸을 파고든다. 마침 정차할 역을 알리는 안내방송이 흘러나온다. 지하철 문이 열리자마자 그가 뛰어내린다. 열 정거장까지 가보기로 한 그는 결국 일곱 번째 정거장에서 하차하고 만다. 작은 실패였다.

목표로 했던 정거장까지 가지 못한 자책감에 그는 일부러 계단을 밟아 지상으로 올라간다. 지하철 역사의 은은한 어둠이 차츰 밝은 땡볕으로 바뀐다. 아스팔트 바닥에서는 아지랑이가 지글지글 피어오르고, 아지랑이 너머로 보이는 사람들이 흐물흐물 녹아내린다. 빨리 방으로 돌아가고 싶었다. 방이 좋아서라기보다는 바깥세상으로부터 전해져오는 어떤 두려움 때문인 것 같았다. 밖을 적(敵)으로 간주해온 시간들. 그게 하루가 되고 이틀이 되어갔다. 일주일이 한 달이 되더니 날들은 더욱 살을 찌워 확장돼나갔다. 순식간이었다. 설명되지 못한 어떤 두려움은 버릇이 되고 일상이 되었다. 그리고 어머니에게는 숨죽여 울어야 하는 눈물이 되었다. 들키지 말아야 할 비밀스러운 눈물.

그가 메마른 입으로 말한다. "그, 그러니까 더 가봐야 해…… 더…….'

그는 당장 집으로 돌려세우고 싶은 발걸음을 다시 앞으로 내디딘다. 어디쯤에 횡단보도가 있는지 모르지만 그는 일단 거기까지 걸어가보기로 한다. 횡단보도가 나타나면 반대편으로 건너가 버스를 잡아탈 계획이었다. 지하철보다 버스가 더 자기 몸을 힘들게 할 거라는 걸 알기에 선택한, 집으로 돌아가는 그의 조금 불편한 길이었다. 걸을수록 몸이 빨갛게 타들어가기 시작한다. 머리카락 끄트머리에 맺힌 땀방울이 그의 어깨 위로 방울져 떨어진다. 어떤 것은 보도블록 위로 떨어지기도 한다. 목이 탄다. 얼굴을 타고 흘러내린 땀방울이 입술을 지나 입안으로 들어온다. 짜디짠 땀 맛을 느낀 혀가 물을 더 갈구한다. 생각보다 빨리 나타나준 횡단보도에 그는 깊은 안도의 한숨을 내쉰다. 그는 집으로 돌아가면 가장 먼저 냉장고를 열어 시원한 생수를 꺼내 마시리라 다짐하고는 횡단보도 앞에 선다. 그런데 횡단보도 맞은편에 배스킨라빈스가 보인다. 어머니는 저기에서 파는 아이스크림을 좋아했다. 만둣가게 옆에 미용실이 새로 생기면서부터라고 그랬다. 일손이 바빠 제때 끼니를 챙겨 먹지 못하는 미용사들에게 어머니의 만두는 간편하면서도 빨리 배를 채울 수 있는 맞춤한 메뉴였다. 어머니에게 배스킨라빈스라는 색색의 세계를 알려준 사람은 이틀에 한 번꼴로 만두를 사가던 미용실의 젊은 원장이었다. 단골이 되고 어머니가 덤으로 챙겨주는 만두 개수가 늘어나자 미용실 원장은 어머니에게 뭔가 보답을 해야겠다는 생각이 들었다. 그리고 그게 배스킨라빈스 아이스크림이 된 것이다. 색색의 파스텔톤 아이스크림은 찜통 앞에 앉아 만두를 팔아야 하는 어머니의 여름을 잠시 시원하고 달콤하게 해주었다. 매번 달라지는 아이스크림 색깔은 다 예뻐 보였고, 색깔로 미리 짐작해보는 맛들은 늘 예상을 빗나가는 맛으로 어머니의 혀를 감탄시켰다. 그래서 다음엔 어떤 아름다운 색깔의 아이스크림을 가져다주려나 기대하게 됐다는 어머니였다.

그는 보행자 신호로 바뀐 횡단보도를 건너며 배스킨라빈스와 관련한 어머니의 방문 밖 목소리를 떠올려본다. "배스 뭐라고 하는 아이스크림이 있던데, 너도 그거 아나? 색깔도 예쁜 것이 맛은 또 얼마나 예쁘던지……." "오늘은 미용사 아가씨가 녹색하고 노란색을 담아 왔지 뭐냐. 진짜 맛나더라. 근데 그런 아이스크림은 어디 가야 살 수 있다니? 이런 동네 마트에서는 안 파는 모양이던데……." 그래서 그는 교통카드를 사고 남은 돈으로 배스킨라빈스 아이스크림을 사 가기로 한다.

어머니의 돈이니 어머니를 위해 쓰는 게 옳았다.

"분명 조, 좋아할 거야. 엄, 엄마도……."

배스킨라빈스 앞에 멈춰 선 그는 잠시 그 주위를 서성댄다. 좀 기다렸다가 손님이 줄어들면 들어갈 생각이었으나 빌어먹게도 손님은 줄어들 만하면 다시 채워진다. 어차피 맞아야 하는 매라면 빨리 사 들고 나와버리는 게 나을 것 같아 그냥 들어가기로 한다. 통유리 너머로 가게 내부를 파악하고 난 다음 그가 유리문을 밀친다. 그런데 문이 열리지 않는다. 유리문에 응당 달려 있어야 할 손잡이가 그 어디에도 없다. 어떻게 해야 문이 열리는지 몰라 그는 순간 당황한다. 노크를 해야 하나? 라고 생각하고 있는데 유리문 가장자리에 붙어 있는 긴 막대 모양의 버튼 하나가 보인다. 거기에는 '자동문 눌러주세요'라고 세로로 쓰여 있다. 시키는 대로 그것을 누르자 유리문이 자동으로 스르륵 열린다. 십 년 새에 세상은 이렇게 변해 있었다.

그는 행여나 문이 닫힐까 봐 얼른 유리문 안쪽으로 발을 들여놓는다. 시원한 에어컨 공기가 천장에서 마구 뿜어져 내린다. 땀범벅인 채로 햇볕에 타들어가던 몸에 이제야 숨통이 트인다. 그는 등 뒤에서 자동으로 닫히는 유리문을 힐끔 쳐다보고는 점원에게 다가간다. 점원이 그를 향해 환하게 웃어 보이며 "어서 오십시오, 배스킨라빈스입니다"라고 말한다. 그는 꾸물대다 더듬더듬 입을 뗀다. 다행히 몇몇 손님들은 아이스크림을 먹느라, 혹은 스마트폰을 들여다보느라 그를 쳐다보지 않는다.

그가 쭈뼛쭈뼛 점원에게 말한다. "아, 아이스크림 좀 살까 해서요……."

"드시고 가실 건가요?" 점원이 발랄하게 묻는다.

그가 고개를 가로저으며 대답한다. "아, 아니요……."

점원은 포장해갈 컵 사이즈를 보여주며 그의 선택을 기다린다. 그는 고민할 필요 없이 가장 큰 사이즈의 컵을 고른다.

점원이 그에게 또 묻는다. "무슨 맛으로 담아드릴까요?"

"저, 저기 그게……." 갑자기 그는 식은땀이 흐른다. "녹색하고 노란색인데…… 저, 정확히 어떤 맛인지는 잘……." 그가 점원의 눈치를 살핀다.

점원의 표정이 난감해진다. 그도 그럴 것이 진열된 색색의 아이스크림 중에 녹색 계열도 여러 개이고 노란색 계열도 여러 개이기 때문이었다. 그는 조금이나마 범위를 좁혀보고자 어머니가 배스킨라빈스에 대해 했던 말들을 반추해낸다.

그러고는 점원에게 자신 없는 목소리로 말한다. "쏩, 쏩쓸한 맛이 조, 좋다고 했어요…… 마, 망고 맛이 난다고도 했는데……."

그가 머리를 긁적이는 사이 무슨 맛인지 알아낸 듯 점원의 표정이 다시 환해진다.

점원이 그에게 말한다. "그린티하고 망고탱고 같거든요? 그럼 일단 그걸로 담아드릴게요."

몇 개 더 골라도 된다는 점원의 말에 그는 고개를 가로저으며 그냥 그 두 가지만 넣어달라고 한다.

그쯤에서 끝나나 싶었더니 점원이 그에게 또 묻는다. "여기서 댁까지 얼마나 걸리세요?"

"그, 글쎄요……." 그가 자신의 목덜미를 긁적인다.

점원이 재차 묻는다. "한 삼십 분 정도 걸리나요?"

"자, 잘 모르겠는데……." 그는 점점 점원에게 미안해진다.

하지만 점원은 인상 한번 찌푸리지 않고 친절하게 말한다. "그럼 넉넉잡아 한 시간이라고 해둘게요. 녹지 않게 포장을 잘해야 해서요."

잠시만 기다려달라는 점원의 말에 그는 주문하느라 지친 몸을 이끌고 정수기가 있는 곳으로 걸어간다. 손님 하나가 생수통 옆에서 원뿔 모양의 종이컵 한 장을 잡아 뺀다. 그도 따라 한다. 그는 일회용 종이컵으로 생수를 일곱 번 정도 받아 들이켠다. 몸이 얼마나 가물어 있었는지 내장으로 흘러들어가는 물길이 그대로 전해진다. 그는 물에 젖어 힘을 잃은 종이컵을 휴지통에 구겨 버리고는 빈 테이블에 가 앉는다. 천장에서 뿜어져 내리는 에어컨 바람 때문인지 통유리 너머에 비치는 여름은 더 지독해 보인다. 어머니는 이런 여름날에 매일 찜통을 끌어안고 만두를 빚어온 것이다. 에어컨도 없이 벽에 달린 선풍기 하나로 여름을 나야 했던 어머니. 그런데 사지 멀쩡한 그 아들이란 놈은 십 년째 방에 틀어박혀 나오지 않고 있었던 것이다. 계절과 말을 잃어버린 그…….

어두운 방이 세상 전부이기만 했던 그가 중얼댄다. "어, 엄마의 여름을 한 번이라도 생각해봤더라면……."

불쑥 그는 목이 멘다. 어머니에게 그는 배스킨라빈스 아이스크림만도 못한 놈이었다. 그러니 어찌 그에게 어머니의 계절이 보였겠는가. 말과 계절을 잃어버린 아들을 향한 어머니의 인내와 속내는 또 어떠했겠는가. 회한 가득한 한숨이 그의 젖은 입술 사이로 연거푸 새어 나온다.

그를 부르는 점원의 목소리가 들려온다. 그가 눈가를 훔치며 테이블에서 일어난다. 이제 집으로 돌아가봐야 할 시간이었다. 집으로 돌아가는 과정은 결코 꾸물대서는 안 된다. 그는 녹은 아이스크림만은 어머니에게 내밀고 싶지 않았다.

버스를 기다린다. 그는 잘 밀봉된 분홍색 비닐 팩을 끌어안고 버스 정류장에 서 있다. 행여 드라이아이스가 녹을까 봐 그는 가로수 그늘 밖으로 벗어나지 않는다. 집은 지하철로는 일곱 개의 역을, 버스로는 열아홉 개의 정류장을 거쳐야 갈 수 있었다. 그럼에도 그는 버스를 기다린다. 아이스크림을 핑계로 당장 택시를 잡아타고 싶었지만, 그는 아까 마음먹은 대로 조금 멀고 불편한 길을 이용하기로 한 것이다.

집으로 가는 버스가 도착한다. 고맙게도 손님은 별로 없었다. 버스에 오른 그는 앞 승객이 하는 것처럼 단말기에 교통카드를 갖다 댄다. 서툴고 어색한 요금 정산은 "감사합니다"라는 한 여성의 기계적인 안내 멘트로 간단히 끝이 난다. 그는 내리는 문에서 가장 가까운 빈 좌석을 찾아 자리를 잡는다. 버스 뒷바퀴가 위치한 자리라 그런지 올려 세운 무릎이 그의 가슴께로 올라온다.

버스가 출발한다. 그는 아이스크림을 꽉 끌어안은 채 움직이는 차창 밖으로 고개를 돌린다. 약간의 멀미 증세가 그를 괴롭히기 시작한다. 십 년 만에 타는 버스가 자신을 호락호락 받아줄 리 없다고 짐작은 하고 있었지만 바로 이렇게 증상이 나타나자 그는 이 모든 상황이 버겁기만 했다. 버스와 지하철을 타고, 무언가를 사 들고 집으로 돌아가는 이 일련의 일들이 별 저항 없는 일상이 되는 데에는 얼마나 많은 시간이 필요할까. 십 년간 멈춰 있었으니 혹 십 년이 필요한 건 아닐까. 그는 메슥거리는 속을 진정시키기 위해 앞니로 입술을 자근자근 깨물어본다. 메슥거림은 버스가 막 출발할 때라든지 커브 길을 돌 때면 더욱 심하게 올라온다. 그러고 보니 동생 녀석이 이렇게 멀미가 심했더랬다.

"그, 그랬었지……." 그가 차창 밖 지나가는 풍경을 바라보며 혼잣말처럼 말한다.

녀석의 버스 멀미는 어릴 때부터 좀 유별났다. 뱃멀미도 안 하던 녀석이 이상하게 버스만 타면 구역질을 해대서 촌놈이라 놀려대곤 했었다. 그는 궁금했다. 녀석은 아직도 버스 멀미로 고생 중인지. 그래서 여전히 버스를 피해 지하철만 타고 다니는 건 아닌지. 그건 그렇고, 녀석의 결혼식은 어땠을까. 제수씨는 어떤 사람일까. 그보다 녀석은 지금, 행복할까……. 결혼 전날 동생은 그를 찾아왔었다. 어려운 부탁이 될 거라는 걸 알면서도 동생은 방문 앞에서 이렇게 말했다. "형이 아버지 자리에 앉아줬으면 좋겠어." "……." "엄마 혼자 앉아 있는 거 보고 싶지 않아서 그래." "……." 그러나 결국 그는 동생의 부탁을 들어주지 못했다. 녀석이 펑펑 울며 매달렸더라면 혹시 가능했었을까…….

그가 자신에게 대답한다. "소, 소용없었을 거야……."

지금이 아닌 그때의 그였기에 분명 그랬을 것이다. 어제저녁 어머니의 눈물을 보고 났을 때처럼 갑자기 그는 가슴이 먹먹하게 저려온다. 아버지의 장례식과 동생의 결혼식을 생각하면 어김없이 나타나는 증세였다. 그가 엄지손가락으로 명치끝을 꾹꾹 누른다. 동생은 그가 방의 인력에 갇혀 사는 동안 군대에 다녀오고 대학을 마쳤다. 번듯한 직장인이 된 다음에는 독립해 집을 떠났다. 그리고 한 여자를 만나 결혼을 했다. 하지만 그는 녀석이 진짜 어른이 되어가는 과정을 두 눈으로 지켜보지 못했다. 한집에 살면서도 어머니의 늙어가는 과정을 지켜보지 못했듯이 녀석한테도 그랬다. 가끔 녀석의 발걸음 소리를 들었던가? 방문을 여닫고, 어머니와 밥을 먹고, 텔레비전을 보며 깔깔대는 소리를 들었던가? 그래, 그뿐이었던 것 같다. 그는, 못난 형을 대신해 장남에다 가장 노릇까지 해야만 했던 녀석에게 뭐라 사과의 말을 전해야 할지 모르겠다. 내 십 년을 얘기해줄 테니 네 십 년을 얘기해달라고 하면 녀석은 분명 화를 내겠지? 이제 와 그게 무슨 소용이냐면서? 그래도 그는 듣고 싶었다. 그래야만 '그'가 '그들'의 고통이었음을 알게 될 것이고, 동시에 그런 자신을 용서하려 들지 않을 것이기에 그랬다. 그는 스스로 자기를 너무 쉽게 용서하게 될까 봐 그게 두려웠다. 용서는 '그'가 아니라 '그들'이 해줘야 했고, '지나간 시간들'이 아니라 '다가올 시간들'이 해줘야 했다. 그에게는 단지 무릎 꿇을 자격만이 있을 뿐이었다.

멀미를 좀 가라앉히기 위해 그는 고개를 숙여보기로 한다. 끌어안은 아이스크림 통 위에 이마를 기대고 눈을 감는다. 움직이는 바깥 풍경으로부터 눈이 멀어지니 어지럼증이 차츰 가라앉는다. 아이스크림 통에서 전해져오는 선선한 기운과, 버스 차창 안으로 스며든 한여름의 햇빛이 균형을 이룬다. 그

온도가 좋아 그는 그만 까무룩 잠이 들고 만다. 곧 집에 도착할 거라는 안도감이 잠을 더욱 부추긴다.

불안감이 잠과 함께 잊히면서 그의 입에서는 이 말이 되풀이되어 나온다. "이제 버스에서 내리는 일만 남았어. 내리는 일만……."

덜컹거리는 버스의 움직임에 따라 그의 고개도 덩달아 덜컹댄다.

그런데 누군가가 그의 어깨를 흔들어 깨운다. 고개를 들어 눈을 뜬다. 버스의 창밖 풍경은 멈춰 있었고 버스 안에는 그 혼자뿐이었다.

"손님, 종점입니다. 내리세요." 버스 기사가 뒷문으로 내려서며 말한다.

아뿔싸. 버스 차고지까지 와버린 것이다. 그 사실에 갑자기 그는 불안해진다. 헐레벌떡 버스에서 내리자마자 그는 차고지에 정차된 버스들을 바라본다. 방금 타고 온 것과 같은 버스 번호를 찾아 헤맨다. 심장이 두근댄다. 숨이 답답하게 차오른다. 아이스크림 때문에라도 한 시간 안에 집에 도착해야 하는데 시간은 이미 한 시간 하고도 반을 넘겨버린 상황이었다. 다행히 저쪽 끝에서 그가 타고 가야 할 버스 한 대가 움직인다. 그는 달린다. 가까스로 버스에 올라탄 그는 이번엔 아예 서서

가기로 한다.

좌석이 남아도는데도 자리에 앉지 않는 그가 이상해 보였는지 버스 기사가 룸미러로 그를 쳐다보며 말한다. "손님, 위험하니까 앉으세요!"

"아, 아닙니다. 곧 내릴 거라서요……." 그가 차분하게 대답한다.

하지만 종점까지 와버렸으니 곧 내릴 거라는 건 거짓말이었다. 버스가 출발하고 정차를 이어갈 때마다 승객이 하나둘 불어난다. 버스가 에움길을 돌면 어김없이 멀미 증세가 나타난다. 휘청대는 몸을 좌석 손잡이에 의지해본다. 삼십여 분이 지나서야 버스는 차츰 그의 눈에 익숙한 동네로 접어들기 시작한다. 동생 놈을 닮아갈 작정인지 그의 버스 멀미는 쉬 멈출 생각을 않는다. 무슨 사달이 나도 날 모양이었다.

이제 남은 정류장은 단 한 개. 어느새 욕지기는 그의 목구멍에까지 꾸역꾸역 차오르고 있었다. 정류장을 출발할 때마다 가해져온 멀미가 한계에 다다른 듯했다. 여차하면 곧 터질 기세였다. 다급해진 그가 하차 벨을 누르고 침을 삼킨다. 입을 틀어막은 채 최대한 버티는 데까지 버텨보기로 한다. 그런데 하필이면 버스가 신호 대기에 걸리고 만다. 사거리 신호등이라 금방 바뀌지는 않을 터였다. 멀미가 어찌나 심한지 그는 당장 차창 밖으로 얼굴을 내밀고 속엣것을 게워내고 싶을 정도였다. 사정을 얘기하면 기사 아저씨는 당장 문을 열어줄지도 모른다. 그러나 도저히 말을 꺼낼 수가 없다. 용기가 없어서가 아니었다. 말을 하기 위해 입을 벌리면 바로 뭔가를 뿜어낼 것만 같은 불길한 낌새 때문이었다.

간신히 신호등이 바뀐다. 버스가 다시 출발하자 그의 몸이 휘청거린다. 한 손으로 감싸 안은 아이스크림이 그의 품에서 미끄러져 바닥으로 떨어진다. 버스가 갑자기 속도를 늦추는 바람에 아이스크림을 주우려던 그의 몸이 옆으로 쿵, 넘어진다. 곳곳에서 승객들의 키득대는 웃음소리가 들려온다. 아무래도 상관없다. 더한 창피만은 면하고 싶다. 드디어 버스가 멈추고 문이 열린다. 그는 바닥에 떨어진 아이스크림을 얼른 주워 들고 버스에서 내린다. 그는 내리자마자 일단 후미진 곳으로 달려들어간다. 그러고는 스물아홉 개의 버스 정류장을 거쳐오는 동안 참고 참아낸 구역질을 한꺼번에 쏟아낸다.

"우웩! 우웩!"

처음에는 배스킨라빈스에서 원뿔 모양의 종이컵으로 받아 마신 맑은 생수가 토해져 나온다. 맹물로 끝나나 싶더니 그다음엔 오늘 어머니가 차려준 아침 밥상이 그대로 게워져 나온다. 목구멍과 식도에 통증이 느껴진다.

"우웩! 우웩!"

토악질이 끝나고 나니 온몸에 힘이 빠진다. 기진맥진해진 그는 그 자리에 털썩 주저앉고 만다. 입안에 남아 있는 시큼한 토사물 냄새를 없애기 위해 그가 계속해서 침을 뱉어낸다. 메슥거림이 사라지고 이제야 좀 살겠다 싶어지자 그의 눈에 아무렇게 내팽개쳐진 아이스크림이 들어온다. 아이스크림을 담은 분홍색 비닐 팩에 송골송골 맺힌 물방울이 보인다. 드라이아이스가 녹아가고 있다는 뜻이었다.

그는 냉큼 자리에서 일어나 아이스크림을 품에 안는다. 왕복 육 차선 도로의 긴 횡단보도를 건넌다. 아까 집에서 나올 때와 마찬가지로 그는 교회 옆으로 나 있는 이면도로로 들어간다. 점점 빨라지는가 싶던 그의 발걸음이 좁은 길을 벗어난 뒤로는 뜀박질로 바뀐다. 새로 지어진 원룸형 건물 사이를 파고들자 금세 그가 사는 아파트가 나타난다.

뜀박질에 가까운 걸음으로 그가 아파트 단지로 들어선다. 거친 숨 때문에 흉골 부위가 찢어질 듯 아파온다. 아파트 현관 유리문을 밀치고 들어가 엘리베이터 앞에 선다. 이번엔 계단 대신 엘리베이터를 이용해보기로 한다. 어머니에게 녹은 아이스크림을 내밀어서는 안 된다. 하지만 아이스크림은 이미 흐물흐물해져버린 상태였다. 여기서 더 늦어진다면 한데 담긴 그린티와 망고탱고는 서로 섞이고 말 것이다.

서둘러 엘리베이터에 오른 그가 숫자 버튼을 누른다. 현기증을 참아내며 십 년간 남몰래 숨죽여 울어왔을 어머니에게로 간다. 십이 층에서 멈춰 선 엘리베이터가 그를 복도로 안내한다. 저 복도를 걸어 나올 때만 해도 그는 자신이 어머니를 위해 배스킨라빈스 아이스크림을 사 들고 오게 될 줄은 몰랐다. 물론 버스와 지하철을 타게 될 줄도, 교통카드를 장만하게 될 줄도 몰랐다. 그러니까 어머니의 눈물에서 비롯된 오늘 그의 외출이 내일과 모레를 만나게 되면 또 어떤 화학반응을 일으킬지 모르는 일이었다. 수많은 우연과 필연과 인연으로 엮여나갈 나날들. 그게 모이고 모이다 보면 일주일은 한 달이 되고, 한 달은 두 달이 될 것이다. 뜻밖이라 여겨온 외출이 전혀 뜻밖이지 않은 외출이라 불리게 되는 날들이라니……. 언젠가 그날이 오게 된다면 그때 나는 무엇을 하고 있을까. 어쩌면 나는 십 년간 미뤄둔 대학 공부를 다시 하고 있을지 모르겠다. 가끔 어머니의 만둣가게에 나가 어머니와 함께 만두를 빚거나, 동생 녀석의 삶을 천천히 엿보고 다니는 것도 좋을 것이다. 아니면 어머니와 밤늦도록 맞고를 치는 건 어떨까. 그리고 잃어버린 친구를 찾아내고, 매일 조금씩 변해가는 동네를 미루지 않고 관찰해나가는 것이다.

그날과 그날에 하고 싶은 일들을 떠올리자 그의 한쪽 가슴에 이상한 감정이 차오른다. 그것은 크기를 가늠할 수 없는, 어떤 의지에서 생겨난 동그란 파동 같은 것이었다. 당장은 작을지 몰라도 시간과 함께 저 멀리 퍼져 나갈 동그라미의 동그라미들 말이다. 그 동그라미를 타고 뻗고 뻗어 나가다 보면 십 년간 닿지 못했던 그곳에 가 있게 되지 않을까. 그래서 그때쯤 에는 사람다운 사람이 돼 있지 않을까. 어쩌면 오히려 방이 답답해져서 그는 매일매일 외출을 해야 하는 사람이 돼 있을지도 모르겠다.

그가 현관문 앞에 멈춰 선다. 현관문 비밀번호를 몰라 그는 초인종을 누른다. 다급하게 뛰어나오는 듯한 어머니의 발소리가 들려온다. 괜스레 온몸이 두근거린다. 어머니의 얼굴을 보면 무슨 말부터 해야 할지 몰라 더 그렇다.

삐리릭 소리와 함께 현관문이 열린다. 그는 문이 열리자마자 어머니 앞으로 배스킨라빈스 아이스크림을 내밀며 말한다.

"다, 다녀왔습니다……"

그는 그 말이 좋아 또 한 번 말해본다.

"다녀왔습니다……"

그리고 내일도 모레도 다녀올 것이라고 속으로 말해본다. '다녀왔습니다'라고 하는 너무나 평범한 그 말에 어머니가 운다. 이제 어머니는 남몰래 숨죽여 울지 않을 모양이었다. 그는, 아주 오래됐지만 하나도 낡지 못한 자신의 아디다스 운동화를 내려다보며 마지막으로 또 말해본다.

"다녀왔습니다."

아이스크림이 담긴 비닐 팩에서 물방울이 뚝 뚝 뚝, 떨어진다.

거슬림

○ ●

온통 붉은색을 입은 건물이다. 삼십오 년째 이 건물은 이래 왔다. 층수와 외관은 세월에 따라 올려지고 바뀌기도 했지만, 색깔만은 고집스레 지켜졌다. 하긴, 중국풍의 그 붉은 색조를 벗어던진다면 이 가게는 더 이상 '赤花園(적화원)'이 아닐 것이다. '붉은 꽃밭'답게 붉은색은 이 중화요리점을 대표하는 상징이 된 지 오래였다.

희끄무레한 새벽 달빛 사이로 눈이 내린다. 눈이 오는 풍경은 세상에서 가장 소리 없는 음성으로 말하는 겨울만의 언어다. 예고나 뒤척임도 없이, 잘난 척 뽐내는 법도 없이 내리는 저 수줍은 눈송이들. 때문에 겨울 한때 우리는 대여섯 번쯤 귀가 멀어버린 듯한 착각에 빠져들곤 한다.

셔터에 채워진 자물쇠를 풀고 자리에서 일어난 그도 뒤늦게 새벽하늘에서 흩날리는 눈송이를 발견하고는 이렇게 말한다. "어? 눈이네."

 그러나 눈송이를 바라보는가 싶던 그의 눈은 이내 '정통 중국요리'라는 한글 문구와 함께 '赤花園'이라고 돋아져 나온 한자 간판으로 향한다. 가운데 '꽃 화(花)' 자의 머리 변인 '풀 초(艹)' 자에 빨간 불이 들어와 있지 않아서다. '赤花園'이어야 할 돌출 간판이 '赤化園'이 돼 있는 것이다. 꽃이 사라진 붉은 꽃밭이라니……. 그는 조만간 단골 간판업자를 불러 형광등 교체작업을 해야겠다고 생각한다. 이렇듯 적화원의 간판 속 형광등은 수시로 수명이 다해갔다. 몇 해 전, 긴 수명을 자랑한다는 LED 형광등으로 모두 교체해 달았지만 그것도 생각만큼 오래가지는 못했다. 이유는 단순했다. 그만큼 써대기 때문이었다. 적화원의 간판 조명은 날이 어스름해지기 전에 점등되었다가 다음 날, 날이 어슴푸레하게 밝아온 뒤에나 소등되었다. 장사를 하지 않는 한밤중에는 물론 모두가 잠든 새벽녘에도 빨갛게 불을 밝혔다. 말하자면 그것은 가게 홍보를 위해 켜두는 간판 조명인 셈이었다. 밤길에 홀로 밝혀진 그 시뻘건 한자는 한눈에 띄어서 때로 괴기스러워 보일 정도였다. 그만큼 가게 앞을 오가는 사람들 눈에는 각인되기에 좋았다. 어쩌면 매일같이 어둠을 밝혀온 저 새빨간 한자 불빛은 무수히 많은 밤의 사건들을 목도했을지 모른다. 어디 그뿐인가. 연인들의 은밀한 새벽녘 키스를 훔쳐봤을 테고, 취객들의 비틀거리는 발걸음과 젊은 방황과 수척한 고독을 오래도록 지켜봤을 것이다. 거리의 역사와 온갖 밤의 행위들을 말이다.

그가 붉은색 셔터를 위로 힘껏 밀어 올린다. 그러자 역시 붉은색으로 장식이 된 양문형 유리문이 나타난다. 유리문 손잡이는 여의주를 물고 막 하늘로 승천하려는 용 문양의 쇠붙이로 돼 있었다. 용은 황금색으로 래커칠이 된 상태였지만 용의 특정 부위에는 색이 옅어지거나 칠이 벗겨져 있었다. 왼쪽 손잡이보다는 오른쪽 손잡이가 특히 그러했고, 칠이 벗겨진 부분은 어른들의 가슴 높이쯤이었다. 그의 부모는 칠이 벗겨진 용 문양의 손잡이를 볼 때마다 뿌듯해했는데 그것은 그만큼 손님이 많이 드나들었다는 방증이기에 그랬다.

그가 유리문의 맨 위쪽과 아래쪽에 열쇠를 꽂아 돌리며 말한다. "조만간 래커칠을 또 해야겠어." 그리고 가게 안으로 들어서며 옷소매부터 걷어붙인다.

가게 안은 힙합으로 시끄럽다. 환기를 위해 열어둔 가게 곳곳 창문으로 겨울바람이 들이친다. 살을 에는 바람은 그가 틀어놓은 힙합에 들러붙어 나쁜 공기와 함께 창밖으로 빠져나간다. 새벽녘, 어떤 이에게는 소음이 될지도 모르는 힙합이지만 그는 그러한 염려 따윈 신경 쓰지 않는다. 음악 없이 청소를 하는 일이 더 괴로울 거라는 걸 잘 알기 때문이다.

힙합 리듬에 맞춰 그의 물걸레질이 시작된다. 테이블 위에 뒤집힌 채 올려진 의자들은 그의 백댄서가 된다. 몸과 귀는 힙합에 심취해 있어도 바닥을 닦는 그의 물걸레질은 꽤 꼼꼼하다. 벌써 일 년째 해오던 일이니 당연했다. 이제 말썽 없이 일 년만 더 버텨준다면 이 삼 층짜리 중국 음식점은 온전히 그의 차지가 될 것이다. 솔직히 아들 삼 형제 중에 부모로부터 이 음식점을 이어받아 해줄 만한 자식은 결국 그뿐이었지만 그의 부모는 그리 호락호락하지 않았다. 아무리 '결국'이라 해도 그의 부모는 그 '결국'에 이르는 데 필요한 '과정'만은 절대 생략하고 싶지 않았다. 단지 아들이라고 해서 삼십오 년간 잘 키워온 알짜배기 음식점을 아무런 수고도 없이 덜컥 안겨줄 수는 없었다. 앞으로 이 음식점을 무탈하게 운영해나가기 위해서라도 밑바닥 경험과 고생은 그에게 꼭 필요했다.

그새 일 층 바닥 청소를 끝낸 그가 이 층으로 올라간다. 세차게 들이친 칼바람에 그의 몸이 잠깐 움츠러든다. 한 시간 안에 세 개 층이나 되는 바닥 청소를 끝내려면 꽁꽁 언 손가락에 입김을 불어 넣을 여유조차 없었다. 그만큼 적화원의 홀은 널찍했다.

적화원은 동네에 자리 잡은 중화요리점치고는 꽤 큰 편이었다. 처음에는 임대받은 단층 건물로 시작한 장사였다. 그런데 꼬박꼬박 월세를 내다 보니 어느새 그의 부모는 그 단층 가게의 주인이 돼 있었다. 그리고 십 년이 흐르자 단층이었던 가게는 이 층으로 새로 지어졌고, 또 십 년이 흐르자 그 이 층 가게는 다시 삼 층으로 올려졌다. 재작년에는 적화원의 양쪽 허름한 가게까지 사들이게 되면서 그의 부모가 일궈온 장사 수완은 절정에 이르렀다는 말이 나돌았다. 더불어 그의 부모는 상가 사람들의 시기와 질투의 대상이 돼야만 했는데 대충 이런 식이었다. "짜장면 팔아 건물을 올리더니 요번엔 양쪽 가게까지 사들였다데?" "누가 뭐래요. 거기다 자식 농사까지 잘 지어, 어디 뭐 하나 빠진 게 있어야지요." "저리 계속 잘되는 거 보면 조상 묘를 아주 잘 썼나 봐." "하여튼 부럽네요, 부러워." 상가 사람들의 시기 섞인 말들은, 말 안 듣고 사고만 치고 다니던 막내아들마저 얌전해졌으니 뭘 더 바라냐는 식으로 마무리 지어지곤 했다.

그런데 열심히 바닥을 닦던 그가 난데없이 피식 웃더니 혼잣말을 한다. "아, 글쎄, 조상 무덤이 아니라니까!" 그 말끝에 그의 얼굴에는 뭔가 답답하다는 표정이 드러난다. 마치 임금님 귀는 당나귀 귀, 라고 외칠 만한 대나무숲이 필요하다는 듯이 그랬다. 숲을 찾지 못한 그는 결국 숲을 대신해 시끄러운 힙합에다 대고 이렇게 덧붙인다. "우리 엄마의 빨강 빤스 덕분이래도!" 그러고는 한참 낄낄거리며 웃는다.

거슬림

웃은 김에 잠시 물걸레질을 멈춘 그가 창가에 걸터앉아 담배 한 대를 태운다. 창밖으로 털어낸 담뱃재가 주차장 쪽으로 떨어진다. 재작년에 사들인 양쪽 허름한 가게는 철거된 뒤에 적화원의 주차장이 되었다. 양옆으로 여덟 대씩, 모두 열여섯 대의 차를 주차할 수 있는 공간이 마련된 것이다. 주차장을 갖는 일은 그의 부모의 마지막 숙원이었던 만큼 아주 큰 기쁨으로 기록되었는데, 그것은 그의 큰형이 검사가 되고 작은형이 의사가 됐을 때와 맞먹는 희열이었다.

그가 담배 필터 부분을 잘근잘근 씹어대며 말한다. 그의 표정은 순식간에 시무룩하게 굳어진다. "쳇, 재수 없어."

그것은 잘난 형들을 생각하면 반사적으로 튀어나오는 말이었다. 형들 때문인지 갑자기 그는 담배 맛이 뚝 떨어진다. 체할 듯 급하게 흡연을 끝낸 그가 다시 물걸레를 들고 삼 층으로 올라간다. 삼 층은 예약 손님을 위한 네 개의 VIP 룸으로 돼 있었다. 지나다니는 길목마다 거추장스러운 붉은색 파티션이 없어서 바닥 청소를 하기에는 삼 층이 훨씬 수월했다.

그는 이 룸 청소까지 끝내고 나면 주방으로 들어가 전날 들여온 각종 채소와 해산물을 씻고 다듬어둬야 했다.

물이 콸콸 쏟아지는 개수대에서 내장을 제거한 새우와, 해감을 끝낸 조개를 건져 올린다. 주방 바닥에는 손질이 끝난 대파와 양파와 당근, 그리고 세척을 끝낸 피망과 오이와 청양고추 등이 한가득 쌓여 있다. 아직도 미나리와 죽순을 비롯해 손질해야 할 식자재들이 넘쳐났지만, 그가 다 해야 할 의무는 없다. 어차피 혼자서는 무리였고, 식자재 손질은 '하는 데까지 하기'로 했던 일이라 욕심부릴 필요도 없었다. 여기서, 하는 데까지 해야 한다는 건 주방 직원들이 출근하기 전까지를 의미하는 말이었다. 그렇다고 해서 그는 늑장을 부린다거나 게으름을 피운 적은 한 번도 없었다. 이십 대 초반, 래퍼를 꿈꾸며 살아갈 때만큼은 아니어도 그는 지금 그의 인생에 있어 두 번째로 성실한 나날을 보내는 참이다.

새우와 조개 손질을 끝낸 그는 곧바로 오징어 손질을 한다. 오징어의 배를 한 번에 가르고 내장과 먹물을 제거한다. 흰 속살에 박혀 있는 투명한 심지를 발라내는 일은 오징어를 손질하는 과정 중에 그가 가장 재밌어하는 부분이다.

비닐로 된 그의 흰색 앞치마는 그새 오징어 먹물로 새까매진다. 쉼 없이 빠르고 정확하게 움직이는 그의 손놀림에 배를 가른 오징어가 수북이 쌓인다. 그럴수록 조금씩 물러나는 건 새벽녘 언저리를 맴돌던 어둠이다. 창밖에는 여전히 눈이 내리고, 생동하는 그의 힙합은 오전 아홉 시를 향해 신나게 달려가는 중이었다.

그가 마지막 남아 있는 오징어의 배를 가르고 투명한 심지를 빼낸다. 그러고 나자 그를 이 주방에서 해방시켜줄 직원들이 하나둘 나타나기 시작한다. 마치 그의 오징어 손질이 끝나기만을 기다리고 있었다는 듯 얌체처럼 혹은 의도적으로. 그러나 그들은 하나같이 난 제시간에 출근했을 뿐이야, 라는 표정을 지으며 머리와 어깨에 쌓인 눈을 탈탈 털어내고는 붉은 꽃밭 안으로 들어선다. 그와 동시에 힙합은 사라지고, 대신 그 자리에는 가사가 실종된 연주 음악이 흘러나온다. 그의 힙합은 가게 오픈 시간 즈음에 이르러 매일 이렇게 매몰차게 내쳐진다. 뒤이어 밤과 어둠을 괴기스럽게 밝혀온 적화원의 빨간 돌출 간판에도 불이 꺼진다.

적화원의 하루는 늘 이렇게 두 개의 소멸, 즉 힙합과 간판 조명의 소멸로부터 시작된다.

그를 쫓아낸 주방은 금세 일사불란한 전쟁터로 바뀐다. 가게 오픈 시간을 맞추기 위한 직원들 각자의 바쁜 움직임 때문이다. 반면, 손님맞이를 끝낸 홀은 평화롭기 그지없다. 매일 느끼는 거지만 그는 홀의 이런 분위기가 싫었다. 단아하게 울려 퍼지는 연주 음악은 마치 내숭을 떠는 것처럼 보인다. 힙합이 흐르지 않는 홀이 답답해진 그는 귀에 에어팟을 꽂고 어머니가 앉아 있는 카운터로 걸어간다. 그의 어머니는 당연한 절차인 양 그에게 손바닥만 한 종이 뭉치를 건네고, 그 역시 당연한 수순인 듯 그것을 받아 챙긴다. 그것은 구역과 경유지별로 정리된 주문 배달 전표다. 전표의 두툼한 두께는 그가 수거해와야 할 빈 그릇의 개수를 말해준다.

어머니가 아침부터 하품을 쏟아내며 말한다. "오늘은 좀 많다."

그러나 힙합 리듬에 맞춰 고개를 까닥이는 그에게 어머니의 목소리는 하나도 들리지 않는다. 어머니에게도 그의 힙합이 들리지 않기는 마찬가지다. 그는 호치키스로 한데 묶인 전표 뭉치를 손가락에 침을 묻혀가며 빠르게 넘겨본다. 중간쯤에 '맨발의 청춘'이라는 상호가 찍힌 배달 전표가 나온다. 일순간 그의 입가에는 환한 미소가 번져든다. 그녀다. 그녀는 어제저녁 아홉 시경에 잡채밥과 물만두를 시켜 먹었다. 꽤 늦은 저녁 식사였다. 왜 그렇게 저녁이 늦어진 걸까. 식사를 제때 챙겨 먹지 못할 만큼 장사가 잘되기라도 했던 걸까. 꽃집이 더 잘 어울릴 법한 여자. 그러나 꽃이 아닌 신발을 파는 그녀. 하지만 그녀가 꽃을 팔았다면 그가 그녀를 위해 해줄 수 있는 일은 하나도 없었을지 모르기에 그는 이제 신발을 파는 그녀가 다행스럽게 여겨졌다. 그는 점퍼 주머니에 전표 뭉치를 찔러 넣고 철가방 하나를 챙겨 든다.

오늘도 그의 어머니는 가게 유리문을 나서는 그의 등에다 대고 이렇게 말한다. 여전히 의문스러워하는 말투다. "저놈의 철가방은 왜 꼭 들고 가나 몰라."

그의 어머니 말대로 그는 지금 음식 배달이 아닌 빈 그릇을 수거하러 가는 길이다. 그러기에 철가방은 그에게 필요 없었다. 오히려 그것은 거추장스럽고 스쿠터 운전에 방해만 될 뿐이다. 하지만 스쿠터에 올라탄 그는 다리 사이에 철가방을 끼우고는 빈 그릇들이 있는 곳을 향해 신나게 달린다. 헬멧을 쓰지 않은 그의 머리카락이 겨울바람에 휘날린다. 귀와 뺨이 얼얼해지고 스쿠터 뒤에 실린 수거통은 계속해서 덜컹댄다. 뒤늦게 따라 나온 어머니가 "헬멧은 또 두고 가지!"라고 잔소리를 해대도 그의 귀에는 힙합만이 들릴 뿐이다. 그는 답답한 헬멧이 구속 같아 싫었다.

적화원에는 수십 개에 달하는 일의 가짓수가 있다. 그는 자신을 필요로 하는 데가 있으면 어디든 달려가 군말 없이 그 일들을 해왔다. 마늘을 까라면 마늘을 깠고, 생강 껍질을 벗기라면 주방 한쪽 구석에 쪼그리고 앉아 부지런히 생강 껍질을 벗겼다. 바쁠 때는 화장실 청소와 설거지를 거친 지저분한 몰골로 홀 서빙에 투입되기도 했다. 매일 가장 먼저 출근해 가게 문을 연 그는 가장 나중에 퇴근해 가게 문을 닫았다. 힙합 가수의 꿈을 접고, 돈과 여자 문제로 저지를 수 있는 말썽이란 말썽은 다 피워보고 나서야 고향 집으로 돌아온 그에게 아버지는 이렇게 물었다. "이제 놀아볼 거 다 놀아봤냐?" "아니요." 그의 아버지는 한숨을 푹 내쉬며 어금니를 깨물었다. 그러고는 다시 말을 이었다. "딱 이 년이다. 앞으로 넌 이 가게의 막내가 되는 거야. 내년이면 너도 서른이다. 정신 차려야지." 왜 그랬는지 모르지만 그는 그날 아버지의 눈에서 반짝이는 무언가를 본 것만 같았다. 평생 눈물 같은 건 흘려본 적 없던 아버지한테서 말이다. 그래서 그는 생각했다. 조금 다르게 살아볼까? 꿈이 아니었던 곳에서 꿈이 찾아질 수도 있는 거니까 한 번쯤은 누군가의 말을 들어보는 것도 나쁘지 않겠다 싶었다. 잘난 두 형이 아닌 늙은 아버지의 말이었기에 그는, 지금껏 스스로 시시하고 따분하다고 생각해오던 그 반성이란 걸 해볼 참이었다. 어쩌면 긴 방황의 끝이었기에 의외로 결정은 쉽고 간단했는지도 몰랐다. 그는 아버지에게 말했다. "알았어요. 아버지 말대로 한번 해볼게요. 대신 큰 기대는 마세요." 그렇게 해서 그에게 주어진 첫 번째 일은 주방의 온갖 허드렛일이었다. 사소한 마찰 없이 그 일들을 해내자 그에게는 두 번째 임무인 배달 일이 주어졌다. 주인장 아들이기에 가능한 초고속 승진이었다. 그는 뜨거운 짬뽕 그릇과 우동 그릇에 수없이 랩을 쌌다. 국물 한 방울 새지 않도록 신속 정확하게, 그것도 단번에 쌌다. 태어나 처음으로 칭찬이란 걸 들었다. 하지만 안타깝게도 거기까지였다. 만만한 일인 줄 알았던 그 배달은 아무나 하는 게 아니었다. 음식과 그릇의 무게가 가중된 3단과 4단짜리 철가방을 드는 것도 문제였지만 그것을 균형 있게 운반하는 것은 더 큰 문제였다. 힘과 요령이 없다 보니 그가 배달하는 음식은 늘 한쪽으로 쏠려 있었다. 거기다 배달 주소지를 신속하게 찾아가지 못해서 짜장과 짬뽕은 불어터진 상태로 배달되기 일쑤였다. 결국 그의 실수와 서투름은 주문자와의 마찰로 이어졌다. "기다리다 굶어 죽겠네요!" "이렇게 불어터진 걸 지금 저더러 먹으라고요?" "잡채밥을 시켰는데 고추잡채를 가져오면 어쩌자는 겁니까!" 그래도 불만을 말로 하는 건 참을 만했다. 한번은 불어터진 짜장면에 화가 난 주문자가 음식값을 현관 바닥에 신경질적으로 던져준 적이 있었다. 신발 옆에 떨어진 지폐와 동전을 주워 들고 나오는데 부아가 치밀었다. 그걸 억누르지 못한 그는 다시 그 집으로 돌아가 초인종을 눌렀다. 현관문이 열리자마자 그자의 면상을 향해 지폐와 동전을 던지며 소리쳤다. "씹새끼야! 처먹기 싫으면 말던가!" 그러고는 그자가 먹고 있던 짜장면을 들고 나와 버렸다. 그러잖아도 그는 단지 철가방을 들었다는 이유로 자신의 몸을 위아래로 훑어내리는 주문자들의 시선이 싫고 같잖던 차였다. 화가 난 아버지가 왜 그랬느냐고 물었을 때 그의 대답은 이랬다. "내가 지들 하인도 아니고 더러워서 못해 먹겠다고요!" 아버지는 그걸 이제야 알았냐는 듯 한숨 섞인 어조로 말했다. "장사란 게 원래 그렇다. 남의 돈 먹기가 어디 쉬운 줄 알아." 그러면서 배달은 네가 감당할 만한 수준의 일이 아니었던 것 같다며 아버지는 그에게 빈 그릇 수거를 맡겼다. 그릇 수거는, 예전에도 그래왔지만 앞으로도 일회용 그릇은 절대 쓰지 않겠다는 아버지의 고집으로 적화원에 남아 있게 된 일거리였다. 그런데 다행스럽게도 그릇을 수거하러 다니는 일은 적화원에 산재한 일거리 중 그의 적성에 가장 맞는 것이었다. 종종 지저분하다는 이유로 수거를 재촉해오는 작자들이 있었지만 배달만큼 촌각을 다툴 일은 없었다. 그리고 상전 행세를 해대는 꼬락서니들과 직접 대면하지 않아도 되니 좋았고, 지금처럼 마음껏 힙합을 들으며 유유자적 거리를 달릴 수 있어서 좋았다. 무엇보다 그녀를 보고 그녀와 몇 마디 대화를 나눌 수 있기에 그는 빈 그릇을 수거하러 가는 길이 오히려 기다려질 정도였다.

  그의 스쿠터가 '맨발의 청춘' 앞에 멈춰 선다. 배달 전표에 그녀의 가게 이름이 끼어 있는 날이면 으레 그는 수거해야 할 빈 그릇이 있는 주소지들을 일단 지나치고 본다. 우선 그녀의 가게부터 들르기 위해서다. 그가 귀에서 에어팟을 빼고 스쿠터에서 내린다. 오늘도 그녀의 가게 앞에는 빈 그릇들이 나와 있지 않다. 처음에도 그랬다. 그때 그는 그릇이 밖에 나와 있지 않자 화가 났다. "꼭 저런 것들이 있지!" 그는 그렇게 투덜

대며 그녀의 가게로 들어갔다. 그런데 그릇 찾으러 왔다는 말에 그녀가 내민 것은 깨끗이 설거지가 된 그릇이었다. 그런 경우는 처음인지라 그는 이 그림은 뭐지? 싶었다. 모름지기 다 먹고 난 배달 그릇은 음식 찌꺼기로 지저분해야 했다. 랩과 나무젓가락 포장지는 기본적으로 들어가줘야 했고, 입가를 훔친 냅킨과 담배꽁초는 이제 애교 축에도 끼지 않을 만큼 뻔한 것이었다. 그러기에 그는 으레를 비껴간 그녀의 행동에 호기심이 일지 않을 수 없었다. 하지만 그녀로부터 깨끗한 그릇을 건네받은 순간 그의 '호기심'은 이내 '낯선 상쾌함'으로 바뀌고 말았다. 왜냐하면 그녀가 내민 그릇은 단순히 '잘 닦인 빈 그릇'이 아니기 때문이었다. 그것은 예의와 인격이었고, 배달원을 대하는 남다른 태도임과 동시에 배려이자 존중이었다. 그러니 인간적으로 대우받는 기분이 들게 하는 그녀만의 행동에 어찌 반하지 않을 수 있었겠는가.

그가 예의 코를 킁킁거리며 그녀의 가게로 들어선다. 따뜻한 공기와 함께 콧속에 와닿는 이 파우더 향. 작정하고 뿌려댄 방향제 냄새도 아니고, 억지스럽게 자신의 몸값을 뽐내려 드는 향수 냄새도 아닌, 공기 중에 깃털처럼 스며든 바로 이 냄새. 여자들이 화장할 때 쓰는 분첩에서 나는 냄새와 비슷해서 '파우더 향'으로 추측할 뿐인 이 냄새가 그는 그렇게 좋을 수가 없었다. 그 향에 가려 그녀의 가게는 신발을 파는 곳임에도 그 흔한 가죽 냄새는커녕 고무 냄새조차 나지 않았다. 게다가 들릴 듯 말 듯 흘러나오는 이 바흐 음악은 또 어찌나 고급스러운지, 힙합을 총애하는 그임에도 이상하게 그녀가 듣는 바흐만은 귀에 거슬리지 않았다. 그런데 방해하면 안 될 것 같은 그 바흐 음악 사이에 종소리가 쨍그랑, 던져지고 만다. 그가 열고 들어선 가게 유리문이 닫히면서 나는 소리였다. 그는 자신 때문에 바흐 음악이 산산조각 난 것만 같아 괜스레 미안해진다. 그녀가 종소리에 고개를 돌린다. 바닥에 쪼그리고 앉아 신발 위에 내려앉은 먼지를 닦아내고 있던 그녀가 그를 발견하고는 반갑게 "아, 오셨어요"라고 말한다. 자리에서 일어난 그녀는 이내 파티션 안으로 사라진다. 그녀의 그릇 챙기는 소리가 파티션 너머로 달그락 새어 나온다.

그는, 바흐 음악을 닮아 고고해 보이는 신발들을 둘러보며 그녀에게 묻는다. 오늘도 무심한 듯 무심하지 않은 말투다.
"장사는 잘되나요?"
"네?"
"장사요."
"아, 조금씩 나아지는 거 같긴 한데……." 그녀가 머리를 긁적이며 말을 잇는다. "글쎄요, 아직은 잘 모르겠네요."

그녀의 가게에는 온갖 종류의 신발들이 다 모여 있다. 그 점은 여느 동네의 신발 가게와 비슷했다. 하지만 바흐를 좋아해서 그런지, 아니면 한때 구두 디자이너의 꿈을 가졌던 사람이라 그런지 그녀의 가게에 진열된 신발들은 하나같이 품위 있어 보였다. 가격이 싼 신발임에도 싼 티가 나지 않았고, 마치 각자 자기만의 브랜드를 갖고 있기라도 한 것처럼 굴었다. 특히 빼곡한 진열 대신 약간의 여백을 살린 그녀만의 신발 진열 방식은 그녀가 파는 신발의 가치를 높이는 데 한몫 거들었다. 그러니까 그녀의 가게는 바닥부터 천장까지 무질서하게 신발로 가득 찬, 그렇고 그런 촌스러운 동네 가게가 아니란 얘기였다.

그녀가 빈 그릇을 내민다. 역시 예상을 비껴가지 않은 깨끗한 그릇이었다.

배달 그릇을 건네받은 그가 가게 입구 쪽에 새로 생긴 벽걸이형 진열대를 쳐다보며 그녀에게 묻는다. 대화의 매개가 생겨 다행이라는 표정이 그의 얼굴에 드러난다. "이제 슬리퍼도 파세요?"

"아, 네. 종종 찾는 손님들이 있어서……."

벽면의 벽걸이형 진열대에는 욕실이나 거실에서 신을 수 있는 각종 슬리퍼와 실내화가 걸려 있다. 모두 다 세련되고 예뻐서 사고 싶은 욕구를 불러일으킨다. 흔하디흔한 삼선 슬리퍼 따위가 아니기에 분명 그녀의 감각은 낙후된 동네 사람들을 상대하기엔 차고 넘치는 부분이 있었다. 그릇 수거도 끝났으니 이제 그만 그녀의 가게에서 나가봐야 하지만 그는 자꾸 꾸물댄다. 할 말을 찾아보려 해도 딱히 찾아지지 않자 그는 결국 이번에도 아무 말이나 툭 던지고 본다. 그런데 사실 그가 던지고 가는 말은 '아무 말'이나가 아니었다. 그것은 대부분 그의 신상에 관한 일방적인 정보였다.

그의 뜬금없는 말이 터진다. "우리 큰형은 검사예요. 작은형은 의사고요. 대학병원에 있어요."

팔다리가 잘린 밑도 끝도 없는 그의 말에 그녀가 푸읍, 웃는다.

조금 민망해진 그가 질끈 눈을 감았다 뜬다. "그냥 그렇다고요. 그럼 안녕히 계세요." 그러고는 그녀를 향해 꾸벅, 인사를 한다.

젠장! 뱉어내고 보니 이번 건 괜히 했다 싶은 생각이 든다. 얼굴이 화끈 달아오른 그는 서둘러 그녀의 가게를 나선다. 스쿠터에 오른 그의 눈이 유리문 너머의 그녀에게로 향한다. 바닥에 쪼그리고 앉아 다시 신발 먼지를 닦아내는 그녀. 그녀의 목덜미에 머물러 있던 그의 시선이 그녀의 등줄기를 지나 그녀의 바지 허리춤으로 내려온다. 윗옷이 가려주지 못한 허리춤 사이로 그녀의 맨살이 드러난다. 그리고 바지 허리선 위로 살짝 보이는 건 그녀의 팬티였다. 그런데 빨간색이다. 그녀가 빨강 팬티를 입은 것이다. 그는 주체할 수 없는 짜릿한 미소를 머금으며 스쿠터 핸들을 꺾는다.

그가 스쿠터의 속도를 높인다. 괜스레 신이 난 그가 소리친다. "앗싸! 청춘 양이 빨강 빤스를 입었다! 내 말을 귀담아 들어준 게 분명하다고!"

그것은 빈 그릇을 수거하러 다니는 내내 그의 입에서 되풀이되어 나온 말이었다. 사실 방금 전까지만 해도 그는 그녀가 자기에게 무심할 정도로 무관심하다고 생각했었다. 그런데 아닐지도 몰랐다. 단지 표현이 서툴다 뿐이지 그녀는 분명 그와 그의 말을 가만히 들여다보고 있었다. 그러자 그는 그녀가 요즘 들어 자주 중화요리를 시켜 먹는 것도 그 중심엔 자신이 있기 때문일지 모른다는 생각마저 든다.

정말 그런 건가 싶어지자 그는 자신의 뒤늦은 깨달음을 질책이라도 하듯 이렇게 말한다. "바보야, 그걸 이제 알았냐?"

그의 입가엔 바보 같은 웃음이 배시시 흘러나온다. 주택가를 빠져나온 그의 스쿠터는 이내 낡고 오래된 아파트 밀집 지역으로 향한다. 파란색 플라스틱 수거통은 짜장 소스와 짬뽕 국물로 뒤범벅이다. 랩이 덕지덕지 붙은 그릇 사이로 보이는 것은 먹다 남은 단무지와 김치 그리고 날것의 양파 조각들이다. 거기다 빨간 고춧물이 밴 나무젓가락에, 구겨진 냅킨과 젓가락 포장지까지 한데 섞여들면서 수거통은 그야말로 초특급 퓨전 음식으로 아수라장이다. 돼지 여물에 가까운 그런 곳에 그녀의 수고가 배어든 그릇을 같이 처박아둘 수는 없기에 그녀의 그릇은 항상 스쿠터 앞 바구니에 따로 담긴다.

아파트 단지로 들어선 그가 철가방을 들고 스쿠터에서 내린다. 빈 그릇이 있는 십삼 층을 향해 엘리베이터에 오른 그가 귀에서 에어팟을 뺀다. 그러고는 한껏 긴장된 표정으로 말한다. "그래, 오늘도 청춘 양을 위해! 그리고 나와 우리를 위해!"

그는 아직 그녀의 이름조차 모른다. 그래서 그에게 그녀는 아직 '청춘 양'이었다. 그는 매번 배달 음식 그릇을 설거지해두는 그녀를 처음 본 순간부터 그녀가 궁금해지기 시작했다. 그리고 관심이 호기심으로 이어지던 어느 날, 그는 자신의 것을 먼저 내어주기로 했다. 그러면 그녀도 자신의 것을 내어줄 거라는 계산에서였다. 그는 빈 그릇을 들고 그녀의 가게를 나설 때마다 그녀가 물어보지도 않은 말들을 무심하게 던지고 갔다. 대개 이런 식이었다. "저는 서른 살, 이름은 정태인이에요." "저는 힙합을 좋아해요. 한때 래퍼를 꿈꾸기도 했었죠." "사실 저는 여기 배달원이 아니에요. 적화원 막내아들인데 일을 배우는 중이라서요." "매일 빨강 팬티를 입어주면 장사가 잘된대요. 실제로 저희 어머니가 그러거든요." "우리 큰형은 검사예요. 작은형은 의사고요. 대학병원에 있어요." 어떨 때는 물음 형식으로 된 말을 던지고 갈 때도 있었다. "왜 신발을 파세요? 꽃집이 더 어울릴 거 같은데……." "수고스럽지 않으세요? 배달 그릇 닦아놓는 거요." "나이하고 이름은 어떻게 되세요?" "댁은 이 근처인가요?" 그러나 얄밉게도 그녀로부터 되돌려받은 대답은 고작 이 두 가지뿐이었다. "구두 디자이너가 되는 게 꿈이었는데 잘 안됐어요. 전 신발이 좋아요. 여기서 오래오래 장사를 해보고 싶어요." "손님 드나드는 곳이라 밖에 내놓기가 뭐해서요. 안에다 숨겨놔도 냄새까지 감춰지진 않더라고요. 그래서 씻어두는 거예요." 결국 그녀의 배려는 배달원인 그를 위한 것이었다기보다는 그녀와 그녀의 손님들을 위한 것이었지만 그는 하나도 실망스럽지 않았다. 누구를 위한 배려이든 배려는 그냥 배려이니까. 다만 그는 그녀의 그런 깔끔한 행동으로 인해 그녀의 식습관에 대해 알 수 없다는 게 불만이었다. 가령 한 끼 식사량은 어느 정도 되는지, 짜장과 짬뽕에 들어간 식재료 중에 무엇을 좋아하고 무엇을 싫어하는지, 김치와 단무지 중에 반찬으로 선호하는 쪽은 어느 쪽인지에 관한 것들 말이다. 아직 감춰진 게 많은 그녀. 그런 그녀이기에 그는 그녀에 관해 더 많은 것들이 궁금했고 알고 싶었다. 어쩌면 이 일도 그래서 하게 된 것인지도 몰랐다.

땡, 소리와 함께 엘리베이터가 십삼 층에서 멈춘다. 1301호 현관문 옆에 지저분하게 포개진 빈 그릇들이 보인다. 그러나 그의 눈은 1301호 맞은편 집으로 향한다. 철가방을 든 그가 난데없이 1302호 초인종을 조심스레 누른다. 1302호는 아까 배달 왔을 때 점찍어둔 집이었다. 아무런 응답이 없자 이번엔 현관문을 몇 번 두드린 다음 다시 초인종을 누른다. 아무도 없나? 하고 생각하는 순간 초인종 스피커에서 "누구세요?" 하는 목소리가 흘러나온다. 막 잠에서 깬 듯한 목소리였다.

그가 대답한다. "짜장면 배달 왔는데요."

"네?"

"짜장면 배달이요."

"안 시켰는데요."

"여기 ○○아파트 1302호 아닌가요?"

"맞는데, 안 시켰다고요."

그는 "아, 죄송합니다"라고 하고는 1301호 앞에 있던 빈 그릇을 들고 잽싸게 아래층으로 내려간다. 이번엔 1201호다. 오래된 아파트라 그런지 이 아파트에는 유독 너그러운 신문 투입구가 많았다. 그는 좀 전과 마찬가지로 초인종을 누르고 몇 차례 현관문을 두드린다. 짜장면 배달 왔다는 말에도 1201호는 조용하다. 이건 분명 빈집이라는 뜻이다. 그는 철가방을 소리 나지 않게 바닥에 내려놓고는 신문 투입구부터 확인한다. 역시나 투입구는 잠기지 않은 상태였다. 그는 곧바로 철가방을 열어 무언가를 꺼낸다. 그것은 짧은 막대기처럼 보인다. 그러나 손으로 잡아당기자 막대기는 조금 길게 늘어난다. 막대기 끄트머리에는 갈고리 같은 게 달려 있다. 그것은 청춘 양을 위한 도구로써 그가 아버지의 낚싯대를 개조해 만든 것이었다. 그는 신문 투입구를 열어 안쪽을 확인한 다음 목표물을 정한다. 그러고는 투입구 속으로 청춘 양을 위한 도구를 살며시 밀어 넣는다. 막대기 끄트머리에 달린 갈고리가 낡은 단화 한 짝을 덥석 물고 나온다. 그는 팔딱대는 물고기를 잡듯 투입구 속에 손을 집어넣어 단화를 힘겹게 잡아 뺀다. 성공이다. 그런데 투입구 너머로 실내화들이 보인다. 실내화는 거실이 시작되는 지점에 아무렇게 벗어 던져진 상태였다. 그러자 그의 머릿속에는 그녀의 가게 입구 쪽에 새로 생긴, 각종 슬리퍼와 실내화가 걸려 있던 그 벽걸이형 진열대가 떠오른다. 그는 고민한다. 한 개만 더 하고 갈까. 같은 종류의 신발도 아니고 거실용 실내화니까 괜찮지 않을까. 요즘은 지어진 지 오래된 아파트라도 대부분 신문 투입구를 막아두는 편이라 사실 놓치기 아까운 기회이긴 했다. 그러나 그는 이내 고개를 가로젓는다. 한 집에 한 건 이상은 곤란했다. 외짝이 된 한 켤레의 신발은 '살다 보면 그럴 수 있지'가 되지만 외짝이 된 두 켤레의 신발은 '의심'이 된다. 용케 '한 번 더'의 유혹을 떨쳐낸 그가 훔친 신발을 얼른 철가방 안에 숨긴다. 그리고 빈 그릇을 들고 다시 아래층으로 내려간다.

적화원으로 돌아가는 그의 철가방 안에는 모두 열다섯 개의 외짝 신발이 들어 있었다. 대부분 그냥 동네 신발 가게에서 사 신을 만한 것들로 브랜드도 없는, 그래서 별 신통치 않은 신발들이었다. 이로써 그녀는 언젠가 열다섯 켤레의 신발을 팔게 될지도 모른다. 여기서 오래오래 장사를 해보고 싶다던 그녀. 그녀의 바람은 곧 그의 바람이기도 했다. 사실 그는 늘 걱정스러웠다. 그 걱정스러움은 그녀가 궁금해지면서부터 생겨나기 시작했다. 혹시나 장사가 안된다는 이유로 그녀가 가게를 접고 어디로 사라져버릴까 봐, 그래서 잠자리에 들기 전 실실 웃음을 쪼개며 떠올릴 수 있는 대상이 공중으로 증발해버릴까 봐 신경이 쓰였다. 그러기에 그는 그녀가 이 동네에서 오래오래 신발 가게를 해줬으면 좋겠다고 생각했다. 아니, 해줘야만 했다. 자신의 노력에 대한 보답 차원으로라도 그녀는 그래줘야 했다.

수명이 다 된 적화원의 간판 속 형광등 교체 작업이 끝나간다. 적화원의 입구를 가로막고 서 있는 사다리차 작업대는 마치 하늘을 나는 양탄자 같았다. 그는 그 밑에 서서 유리문에 신문지를 덕지덕지 붙이는 중이다. 여의주를 물고 막 하늘로 승천하려는 용 문양의 손잡이에 래커칠을 하기 위해서다. 이렇듯 가게에 생겨나는 자질구레한 개보수는 격주에 한 번씩 돌아오는 휴무일인 월요일이 돼야 해결할 수 있었다. 그런 연유로 그에게 쉬는 날은 사실 쉬는 날이 아닌 경우가 많았다. 그렇다고 해서 그는 불평불만을 토로해본 적은 없었다. 이십 대를 온통 일요일처럼 살아온 그에게 일요일이 사라진 벌쯤은 그도 마땅하다 생각하기 때문이었다. 대신에 그는, 어머니가 한 달에 두 번 아버지를 따라 낚시 여행을 떠나고, 적화원 직원들이 가족이나 연인과 함께 일요일 같은 월요일을 보내는 동안 가게 곳곳을 손보며 머릿속으로 청춘 양과 연애를 했다. 그가 상상하는 시공간 속 그녀는 언제나 말이 많았다. 질문은 온통 그녀의 것인 세상. 일방적으로 쏟아내는 그녀의 말잔치에 오히려 과묵한 남자가 되어버리곤 하는 상상 속 자신의 모습은 언제 봐도 낯설기만 했다. 오늘도 그는 수다쟁이 그녀와 깍지 낀 손을 맞잡으며 영화관으로 혹은 카페와 모텔로 들어간다. 이제 그의 상상이 만들어낸, 모텔 침대 위의 그녀는 빨강 팬티와 빨강 브래지어 차림이다.

그런데 막 그녀 곁으로 다가가려는 그의 상상 속 발걸음이 걸걸한 목소리에 저지당하고 만다. "이봐, 내 말 안 들려?"

"네?"

"다 됐으니까 스위치 한번 올려보더라고."

단골 간판업자의 말에 빨강 속옷 차림의 그녀가 산산조각 흩어진다. 깨져버린 상황 설정을 못내 아쉬워하며 그가 간판 조명 스위치를 올린다. 대낮이라 선명하게 보이지는 않지만

'赤化園'이던 돌출 간판은 완벽한 '赤花園'이 돼 있다. 다시 붉은 '꽃'밭이 된 것이다.

작업을 마친 간판업자가 하늘을 나는 양탄자에서 내려오며 그에게 묻는다. "태인 총각, 요즘 연애하나 봐?"

"네?" 몰래 뭘 훔쳐 먹다 들키기라도 한 사람처럼 그의 동공이 흔들린다.

간판업자가 흘긴 눈으로 그를 쳐다본다. "맞네, 연애하는 거 맞어."

그가 헛웃음을 지어 보이며 강하게 부인한다. "아니에요. 연애는 무슨……."

"얼굴에 다 쓰여 있구먼, 뭘." 들을 사람 하나 없는데도 업자는 이 말만은 소곤대듯 말한다. "이 가게도 곧 자네가 물려받아 할 거라며?"

"네, 뭐……."

"예전에도 느낀 거지만, 자네 부모는 자식 농사도 참 골고루 잘 지었어."

그는 간판업자의 그 '골고루'라는 표현 안에 담긴 뜻이 무엇인지 잘 알고 있었다. 그것은 이 가게를 군말 없이 이어받아 해줄, 적당히 못난 자식을 일컫는 말이었다. 간접적이든 직접적이든 그는 이제 남들의 저런 말 따위에 별로 개의치 않는다. 설령 유명한 래퍼가 됐다 하더라도 그의 형들이 버티고 있는 이상 그는 영원히 못난 자식일 수밖에 없기에 포기하고 만 부분이었다. 그는 간판업자의 말에 자기도 그렇게 생각한다고 응대해주고는 유리문 손잡이에 황금색 래커를 분사한다. 래커칠은 두세 번 정도 해줘야 제대로 된 때깔이 나오기 때문에 한 번으로 끝나지 않는 작업이었다.

끌고 온 사다리차에 올라탄 간판업자가 래커칠로 바쁜 그의 등에다 대고 말한다. "날 따뜻해지면 간판 청소도 좀 해야겠는걸?"

"그렇죠? 그럼 그때 또 연락드리겠습니다."

수완이 좋은 간판업자는 또 한 번의 일거리를 그의 뇌리에 박아두고는 적화원을 떠난다. 여의주를 문 네 마리의 용에 한 차례 래커칠을 끝낸 그는 힙합부터 켠다. 시끄러운 음악을 별로 좋아하지 않는 간판업자 때문에 심심해 죽는 줄 알았다는 표정을 지으며 그가 힙합에 맞춰 슬슬 몸을 움직이기 시작한다. 그러나 래커칠이 마를 동안 계속 이어질 것만 같던 그의 춤사위가 갑자기 멈춘다.

그가 자신의 엄지손가락과 가운뎃손가락을 마찰시켜 딱, 소리를 내더니 말한다. "그래, 청춘 양한테 우리 집 부적을 갖다주는 거야. 여태 왜 그 생각을 못 했지?"

그녀는 빨강 팬티를 입어주면 장사가 잘될 거라는 그의 말을 귀담아듣고 바로 실행에 옮긴 사람이었다. 그런 그녀이기에 아마도 자신이 갖다주는 부적을 사양하지 않을 것이다. 아니, 오히려 고맙게 여겨줄지 모른다는 생각에 그는 당장 가게에 있는 테이블 중에 아무거나 골라잡아 그 아래로 기어들어간다. 적화원의 보이지 않는 곳곳에는 수십 개에 달하는 부적이 숨어 있었다. 그것은 그의 부모와 그만이 아는 비밀로, 부적이 부착된 곳은 서른 개가 넘는 테이블 밑이었다. 아무도 들여다보지 않을 그곳에, 그리고 아무나 들여다볼 수 없는 어머니의 몸에 같은 듯 다른 부적이 은밀하게 숨어든 것이다. 혹여 찢어질세라 그는 테이블 밑에 상표처럼 붙어 있는 부적 하나를 조심스레 떼어낸다. 어머니한테는 조금 미안한 말이지만, 고작 이거 한 장 없어졌다고 해서 삼십오 년간 잘 굴러온 가게가 하루아침에 망하진 않을 터였다. 그리고 솔직히 이 가게에는 부적이 많아도 너무 많았다. 그것은 어머니가 맹신하는 무속 신앙 탓이었다. "테이블에 하나씩 붙여둬. 눈에 띄지 않게 단단히 붙여야 해." 한 번도 무속인의 말을 거슬러본 적 없는 어머니는, 가게 규모가 커지거나 테이블 수가 하나라도 늘어나면 꼭 단골 점집으로 달려가 부적부터 해왔다. 어머니가 이 가게를 시작하게 된 계기도 그 근원에는 그 점집이 있었다. "먹는장사를 해야 해. 그중에서도 청요리가 딱이야." "온통 붉은색이 보여. 붉은색을 가까이할수록 좋다는 뜻이야. 빨강 빤스를 입도록 해. 자식들한테도 해가 되진 않을 테니까." "출입구에 용 문양 형상을 둬봐. 크기는 상관없어. 그게 돈을 쓸어 올 거야." 이 가게에 '赤花園'이라는 상호를 지어주고, 형들의 진로와 배우자감을 선택해준 것도 그 무속인이었다. 심지어 새로 들일 직원을 뽑을 때도 기준은 어머니가 맹신하는, 그래서 이제는 어머니가 '언니'라 부르게 된 그 점쟁이였다. 하지만 용하다는 그 언니의 점괘도 막내아들인 그의 운명만은 맞히지 못했다. 힙합 가수로 이름을 떨칠 거라던 셋째 아들이었지만, 결국 그가 색시인 양 고향집으로 데려온 것은 실패와 좌절이었다. 그럼에도 어머니의 그 언니에 대한 맹신은 사그라지지 않았다. 왜냐하면 '그'라는 하나의 실패보다 더 많은 성공을 가져본 어머니였기에 그랬다. 솔직히 열 개의 점괘 중에 하나 정도는 맞지 않을 수 있었고 그게 막내아들인 '그'라고 해도 어머니에게는 하나도 이상할 게 없었다.

그는 테이블 밑에서 떼어낸 부적 한 장을 고이 접는다. 그리고 그것을 바지 주머니에 찔러 넣으며 말한다. "하는 일들이 너무 잘돼도 탈이야. 그러면 반성할 줄 모르거든."

그는 그러한 말로 몰래 부적을 떼어낸 자신의 행동을 합리화하려는 게 아니었다. 단지 넘쳐나는 복을 좋아하는 누군가와 조금 나눠 가지고 싶을 뿐이었다. 괜스레 몸이 바빠진 그는 유리문 손잡이에 대충 두 번째 래커를 분사하고는 철가방을 챙겨 든다. 초벌 래커칠이 채 마르지 않은 상태라 두 번째 분

사는 조금 더 기다렸어야 했지만, 그녀가 우선이기에 그는 마음이 다급해진다. 가게 셔터를 내리고 스쿠터에 올라탄 그는 곧바로 그녀를 향해 달린다. 아니, 그 전에 그는 그녀를 위해 신발을 훔치러 가봐야 한다. 오늘은 수거할 빈 그릇도 없겠다, 여유롭게 신발을 훔치기에 좋은 날이었다. 그러니까 오늘은 스쿠터 뒤의 파란색 수거통이 음식물 찌꺼기가 아닌 외짝 신발들로 가득 채워질 거라는 얘기였다.

그가 철가방 안에 일곱 개의 외짝 신발을 훔쳐 들고 나온다. 그를 의심스레 쳐다보는 사람은 하나도 없다. 아파트 단지 곳곳에 숨어 그를 지켜보고 있을 CCTV에게도, 오다가다 마주치는 낯선 아파트 주민들에게도 그는 그저 음식을 배달하는 배달원처럼 보일 뿐이다. 저들의 눈에 그는 결코 궁금한 대상이 될 수 없다. 그의 철가방 안에는 응당 짜장면과 짬뽕이 들어 있을 테고, 그의 모든 움직임은 배달을 위한 행동으로 여겨질 것이기에 그렇다. 어떤 누가 짱깨의 '철가방'을 '외짝 신발'과 연계 지으려 하겠는가. 아예 의혹이 생겨날 수 없기에 그를 둘러싼 의심도 관심도 생겨나지 않는다. 그럼에도 한바탕 일을 치르고 나온 그의 입에서는 여전히 안도의 한숨이 새어 나온다. 식은땀은 이제 덤으로 따라다니는 액세서리 같았다. 그는 잠시 주변을 살핀 후 수거통 안에 깊숙이 박혀 있는 고무 뚜껑을 잡아당겨 빼낸다. 옆으로 눕힌 철가방을 수거통에 가까이 갖다 대고는 철가방 뚜껑을 살짝 열어준다. 그러자 철가방 안에 들어 있던 외짝 신발들이 수거통 안으로 우수수 떨어진다. 반복은 요령을 만들어내는 법이라 그의 교묘한 손놀림은 빠르면서도 정확하다. 누가 봐도 철가방에서 수거통으로 떨어진 것이 신발인지 그릇인지 분간할 수 없을 정도다. 그는 다시 고무 뚜껑을 수거통 안쪽 깊숙이 내리누른다. 그의 나쁜 짓은 그 고무 뚜껑에 의해 완벽하게 감춰진다.

다시 스쿠터에 올라탄 그는 아파트 옆 동으로 자리를 옮긴다. 고작 일곱 개다. 이 정도로는 아직 성에 차지 않는다. 그런데 같은 단지임에도 옆 동은 복도식으로 돼 있었다. 하는 수 없이 그는 다른 아파트로 스쿠터의 운전대를 돌린다. 복도식 아파트는 여러모로 위험했다. 일렬로 쭉 늘어선 일고여덟 개의 현관문 중에 어느 게 예고 없이 열릴지 알 수 없기 때문이다. 엘리베이터 한 대에 배당된 세대수가 많으면 많을수록 드나드는 사람의 머릿수도 그만큼 많아지기 마련이었다. 그가 계단식 아파트만을 고집하는 이유는 모두 다 확률상의 안전을 위해서였다.

그렇게 복도식 아파트를 피해가다 보니 그의 스쿠터가 멈춰 선 곳은 그녀의 신발 가게와 가장 근접해 있는, 지어진 지 오래된 낡은 아파트 단지다. 철가방을 든 그는 우선 한 번도 가본 기억이 없는 아파트 현관 입구를 선택해 들어간다. 엘리베이터를 타고 맨 꼭대기 층으로 올라간다. 조금이나마 긴장감을 덜어내기 위해 그는 엘리베이터 안에 붙어 있는 거울을 들여다보며 머리를 매만진다. 엘리베이터는 띵, 소리와 함께 순식간에 그를 꼭대기 층으로 데려다준다. 적막한 통로가 보이고 미지에 가까운 현관문 두 개가 그를 사이에 두고 양쪽으로 서 있다. 어느 쪽을 택할까 고민하다가 그는 오른쪽 현관문 앞으로 다가간다.

초인종을 누르며 그가 말한다. "짜장면 배달 왔는데요."

대답이 없는 초인종의 스피커. 빈집인가? 하고 생각하는 순간 당황스럽게도 빠끔히 현관문이 열린다.

초등학교 저학년으로 보이는 남자아이가 문 사이로 얼굴을 내밀며 의문 조로 말한다. 고도비만으로 보이는 아이였다. "짜장면 안 시켰는데요?"

그는 현관문을 한 번 쳐다보며 집 호수를 확인하는 척한다. 그러고는 말한다. "이상하다. 1507호 맞는데. 진짜 안 시켰니?"

"네." 아이가 천진난만하게 고개를 끄덕인다.

"아, 그래. 미안하다."

그는 냉큼 그 아래층으로 내려간다. 혹시나 방금 그 남자아이에게 자신의 목소리가 들릴까 봐 그는 층 하나를 더 내려가기로 한다. 1307호다. 주의를 경계하며 초인종을 누르려는데 이번엔 엘리베이터의 움직임을 알리는 소리가 띵, 난다. 잠깐 행동을 멈춘 그가 점점 줄어드는 엘리베이터의 숫자를 지켜본다. 일 층까지 내려간 엘리베이터는 다시 숫자를 더해가며 그가 서 있는 십삼 층 가까이 올라온다. 하지만 엘리베이터는 더 올라오지 않고 십 층에서 멈춘다. 이로써 십 층은 그가 피해가야 할 층수가 된다. 어쨌든 다행이었다. 잠깐 숨을 고르고 난 그가 방금 누르려다 만 초인종을 연달아 누른다. 일이 잘돼 가려는 모양인지 이번에도 신문 투입구는 막혀 있지 않은 상태였다. 게다가 짜장면 배달 왔다는 말에도 1307호는 아무런 반응이 없다. 직감상 빈집임이 확실하기에 애써 문을 두드릴 필요는 없었다. 바로 자리에 쪼그려 앉은 그가 신문 투입구 안으로 청춘 양을 위한 도구를 쑤셔 넣는다. 굽 낮은 여성용 구두가 갈고리에 걸려 나온다. 구두는 몇 번 신지 않은 새것처럼 보인다. 그래도 어쩔 수 없다. 새 신발이라고 해서 잃어버리지 말란 법은 없으니까. 그런데 훔친 구두를 철가방에 챙겨 넣고 자리를 뜨려는 순간이었다. 층계참에 서서 말없이 그를 내려다보고 있는 긴 그림자 하나가 보인다. 계단을 밟아 올라가는 그의 불안한 시선이 그림자 주인의 발과 다리를 지나 가슴께로 올라간다. 무표정한 얼굴로 그를 내려다보고 있는 사람은 아까 1507호에서 봤던 그 남자아이다. 그는 눈동자를 불안하게 굴리며 생각한다. 언제부터지? 저 아이는 언제부터 저 층계참에 서 있었던 거지? 그러자 그는 저 아이가 무엇을 봤으며 지금 무슨 생각을 하고 있는지가 궁금해진다. 그러나 아이의 표정은 아무것도 보지 못한 사람의 얼굴처럼 천진난만하기만 하다. 그래, 못 봤을 거야. 저 아이가 본 건 철가방을 들고 막 자리를 뜨려는 지금 내 모습일 거야. 그는 어정쩡하게 철가방을 든 채로 눈동자를 다시 이리저리 굴려본다. 지금까지 실수 없이 잘해온 일이 한 번의 방심으로 와르르 무너져 내리려는 순간이었다. 그는 관자놀이에 맺힌 식은땀을 손등으로 닦아내며 또 생각한다. 뭘 어떻게 해야 하지? 아무 짓 안 했다는 듯 태연하게 엘리베이터를 잡아타고 그냥 내려가야 하나? 아니면 아이가 어디까지 봤는지 확인해보기 위해 무슨 말이든 걸어봐야 하나? 그때였다. 층계참에 서 있던 고도비만의 아이가 뒤뚱거리며 계단을 밟아 내려온다. 아이 손에는 피아노 건반이 그려진 학원 가방이 들려 있다. '모차르트 음악학원'이라고 쓰인 아이의 학원 가방이 성큼 그에게로 다가온다. 그가 서 있는 층계참까지 내려온 아이가 그를 스쳐 지나가더니 말없이 그다음 계단으로 내려간다. 벌써 숨이 거칠어진 아이는 계속해서 계단을 밟고 또 밟아 내려간다. 아이는 십오 층이나 되는 계단을 모두 밟아 내려갈 모양이었다.

그는 답답한 나머지 자신에게 묻는다. "뭐야, 본 거야 못 본 거야?"

 그는 아이를 따라 계단을 내려갈까 하다가 관둔다. 왠지 모를 불안감에 의욕은 순식간에 달아나버린다. 아무래도 오늘은 이쯤에서 끝내는 게 좋을 것 같았다. 그는 십 층에 멈춰 서 있는 엘리베이터를 불러내기 위해 버튼을 누른다. 그런데 그의 눈은 자꾸만 계단 쪽으로 향한다. 그는, 말없이 스쳐 간 아이의 그림자가 못내 찜찜했다.

 오후 세 시의 적화원은 평온하기만 했다. 가사 없는 연주 음악만이 일 년 전 그의 고집으로 생겨난 브레이크 타임을 유유자적 떠다닌다. 구식이던 그의 부모는 직원들에게 매일 한 시간의 휴식 시간을 내어주자는 그의 제안을 단칼에 거부했었다. "그럴 순 없다. 한 시간씩 잠을 재우면 오후 장사 준비는 언제 한다니?" "무슨 노예를 부리는 것도 아니고, 요즘은 다들 그렇게 한다니까요?" 그는 하루 한 시간의 잠이 일의 능률을 가져와 결국엔 서비스 질을 높일 거라는 말로 부모를 설득시켰다. "두고 보세요. 분명 좋은 효과로 나타날 거니까." "글쎄, 안 된대도." 하지만 그렇게 완고하게 굴던 그의 부모가 그의 제안을 따르기로 한 것은 잘난 두 형들의 의견을 듣고 난 뒤였다. 그땐 화가 났었지만, 몇 달간 한시적으로 해보자던 일을 은근슬쩍 유지해가려는 듯한 모양새에 이제는 그 스스로

가 뿌듯해지려는 참이었다. 미덥잖아하던 그의 제안이 옳았다는 걸 부모가 인정해준 셈이니 당연했다. 그러기에 적화원의 브레이크 타임은 그에게 단순한 휴식 시간이 아니었다. 그것은 그의 부모가 그에게 보여준 최초의 암묵적인 인정(認定)이었다.

창가에 걸터앉아 수첩에 뭔가를 끼적거리던 그의 손이 잠시 멈춘다. 아버지의 코 고는 소리가 그의 귓가를 맴돈다. 의자 등받이에 목이 꺾인 채로 잠이 든 아버지. 점심시간 때의 저 카운터에는 원래 어머니가 앉아 있어야 하지만 오늘은 달랐다. 또 뭐가 초조해진 건지 점쟁이 언니를 찾아간 어머니는 아직까지 돌아오지 않고 있었다. 그는 내심 궁금해진다. 오늘 어머니가 들고 올 무기는 과연 무엇일지. 그리고 이번엔 어떤 주술적 행위로 어머니 당신의 행복을 지키려들 것인지.

그는 연거푸 한숨을 뱉어내며 자리에 없는 어머니를 향해 이렇게 말한다. "에휴, 우리 엄마는 행복이 지치지도 않은가 봐."

잠이 든 아버지의 얼굴에서 멀어진 그의 눈이 다시 수첩으로 향한다. 그의 수첩 곳곳에는 그리려다 실패한 여러 개의 구조물이 스케치되어 있다. 그가 지금 그리려는 것은 음식 운반을 용이하게 하기 위한 소형 승강기였다. 예전부터 음식 쟁반을 들고 계단을 오르내리는 일은 꽤 버거운 일이라 여겨온 그였다. 서빙 카트를 통째로 운반할 수 있는 승강기가 가게 어디쯤에 설치된다면 모두가 편리해질 터였다. 이것은 분명 좋은 아이디어였고, 그의 부모가 그를 다시 보게 될 계기임에 틀림없었다.

여러 번의 시행착오 끝에 그의 수첩에는 속이 들여다보이는 적화원의 삼 층 건물이 그려진다. 그리고 동선을 고려한 승강기가 들어가자 그의 스케치는 한눈에 알아먹기 좋은 설명이 된다. 그는 이걸 보여드림으로써 또 한 번 받게 될 아버지와 어머니의 암묵적 인정에 기분이 좋아진다. 장사에 대해 좆도 모르는 잘난 두 형들은 이제 짜장면을 파는 부모에게만큼은 무용지물이 될지도 모른다. 그는 혼잣말로 "이 정도면 되겠지?"라고 하고는 뿌듯한 미소를 지어 보인다. 그러나 그의 표정은 이내 어두워지고 만다. 목덜미에 끈적끈적하게 달라붙어 떨어질 생각을 않는 뭔지 모를 이 불안감. 층계참에 서서 신발을 훔치던 자신의 모습을 말없이 지켜본 것만 같은 1507호 남자아이…….

께름칙한 기분을 견디지 못한 그가 창가에서 일어난다. 그러더니 바지 주머니를 뒤져 무언가를 꺼낸다. 엊그제 테이블 밑에서 떼어낸 부적이다. 그 고도비만 녀석을 만나지 않았다면 그날 청춘 양에게 건네졌을 부적이었다.

그가 떨리는 목소리로 말한다. 그런데 그의 목소리에서는 알 수 없는 초조함이 느껴진다. "안 되겠어. 지금 당장 전해줘 야겠어."

어쩌면 아직 전해주지 못한 이 부적이 청춘 양을 보호해줄지 모르는 일이었다. 무엇으로부터든 말이다. 괜한 조바심에 그가 나갈 채비를 서두른다. 그는 잠든 아버지를 조심스레 지나쳐 철가방과 주문 배달 전표를 챙겨 든다. 그녀로부터 수거해와야 할 빈 그릇은 없지만 핑계는 얼마든지 만들면 된다. 옳지, 신발을 사면 될 것이다.

"그래, 신발을 사는 거야." 그가 그렇게 혼잣말을 하며 황금색으로 화려하게 빛나는 용 문양 손잡이를 잡아당긴다.

스쿠터에 올라탄 그는 곧장 그녀를 향해 핸들을 꺾는다. 스쿠터의 속도가 키워낸 겨울바람이 그의 양쪽 뺨을 세차게 때린다.

파우더 향과 바흐 음악이 그의 불안한 마음을 어루만져준다. 그녀의 가게를 가득 메운 온기가 그의 얼얼해진 뺨을 스르르 녹인다. 카운터에 앉아 잡지를 보고 있던 그녀가 손님이 왔음을 알리는 종소리에 고개를 쳐든다. 내줘야 할 빈 그릇이 없기에 그녀는 그의 뜬금없는 가게 방문이 좀 이상했다.

그가 혹시 착각하고 있는 거 아닌가 싶어 그녀가 미리 말한다. "어? 오늘은 배달시킨 거 없었는데요?"

"네, 알아요." 자신을 향한 그녀의 의아스러운 시선에 그가 서둘러 대답을 잇는다. "신발 하나 살까 하고……."

그도 손님이 될 수 있다는 걸 이제야 알았다는 듯 그녀가 "아, 네"라고 하고는 카운터에서 반갑게 일어난다.

그가 우물쭈물하더니 늘 그래왔던 대로 그녀에게 묻는다. "장사는 잘되나요?"

"아, 네. 조금씩 좋아지고 있어요." 그녀가 모처럼 흡족해하는 미소를 내보인다. "어젠 스무 켤레나 팔았지 뭐예요."

"다행이네요."

그녀가 신발 진열대로 시선을 옮기며 묻는다. "근데 신발은 어떤 종류로……."

"그냥, 아무거나요." 그는 정말 아무거나 살 생각이었다.

"아, 아무거나……."

난감해하는 그녀의 표정을 뒤로한 채 그는 일단 진열된 신발들을 둘러본다. 눈은 신발 진열대를 따라 움직이고 있지만 머리와 손은 자신의 바지 주머니에 가 있었다. 지금 줘야 하나, 아니면 좀 더 분위기를 지켜본 다음에 줘야 하나. 그러나 성질 급한 그의 손이 먼저 행동에 나선다.

그가 꼬깃꼬깃 접힌 부적을 펼쳐 그녀 앞에 내밀고는 조심스레 입을 뗀다. "저기, 이거 가질래요? 장사 잘되게 해주는 부적이라는데…… 아주 용한 거래요."

"어머." 그녀의 눈이 휘둥그레진다.

"눈에 안 띄는 곳에 붙여두면 좋대요. 예를 들면 테이블 밑이라든가…… 혹시 이런 거 싫으시면……." 그가 그녀의 눈치를 살핀다.

"아, 아니요. 좋아해요."

그녀는 생각보다 흔쾌히 그가 내민 부적을 받아 든다. 그런데 이런 걸 왜 자기한테 주는 거냐는 그녀의 물음에 그는 적당한 대답을 찾지 못한다. 마음 같아서는 당신이 좋다고, 그래서 내가 좋아하는 당신이 당신의 바람대로 여기에서 오래오래 신발 장사를 하게 됐으면 좋겠다고 그는 말하고 싶어진다.

하지만 그의 입에서 나온 대답은 고작 이거였다. "그, 그냥요……."

다른 대답을 원하고 있었던 모양인지 그녀의 낯빛이 실망스레 일그러진다. 그녀의 그런 표정 변화가 무엇을 얘기하는지 알기에 그는 살짝 기분이 좋아지려고 한다. 그것은 분명 자신을 향한 그녀의 첫 감정 표출이었다. 그는 고민한다. 이 기회를 틈타 그냥 당신이 좋다고 말해버릴까. 그런 다음 줄행랑을 치는 거다. 매번 아무 말이나 툭, 던지고 갔던 것처럼 오늘도 그렇게 말이다. 그래서 그는 용기 내 그녀를 쳐다본다. 그는 연습 삼아 속으로 당신이 좋아요, 정말 좋아요, 라고 되풀이해 말해본다.

거슬림 171

목을 가다듬고 헛기침을 끝낸 그가 마침내 입을 뗀다. "저기……."

그런데 다행히도 그녀가 먼저 말을 걸어준다. "좋더라고요. 저는……."

당황한 그가 반문한다. "네? 뭐가……."

"적화원이요. 배달할 때 일회용 그릇 안 쓰는 거요. 환경을 생각한다는 거잖아요. 빈 그릇 찾으러 오는 수고를 들인다는 건 대단한 정성이거든요."

"아, 그런가요……." 그는 태어나 처음으로 아버지의 그 촌스러운 고집이 고마워지려는 참이었다.

"그래서예요. 적화원에서 계속 음식 시켜 먹는 이유요…… 배달시켜 먹을 때마다 이상하게 대접받는 기분이 들더라고요. 일회용 그릇이 아니라 그런지 몰라도…… 아, 물론 음식도 맛있고요."

"아, 네……."

그런데 그때였다. 그녀의 어깨 너머로 눈에 익은 사람 하나가 지나간다. 그 아이였다. 1507호에 사는 그 남자아이. 가게 유리문을 사이에 두고 그와 남자아이의 눈이 마주친다. 서로가 서로를 쳐다본다. 그런데 그를 향한 아이의 눈빛이 좀 수상하다. 저 눈빛의 의미는 뭘까. 그는 찰나적으로 생각한다. 경멸인가? 그런데 초등학생 아이가 눈빛으로 경멸의 뜻을 내비

칠 수도 있는 걸까. 아니면 자신의 착각인 걸까. 힘이 들어간 그의 양미간이 기분 나쁘게 찌푸려진다.

녀석을 놓칠세라 그가 그녀에게 말한다. "저기, 미안해요. 급한 일이 생겨 이만 가봐야겠어요."

"네?"

"신발은 다음에……." 남자아이를 향한 그의 시선이 불안하게 흔들린다.

안 되겠다 싶었는지 그녀가 유리문을 열고 나가려는 그를 "저기요"라는 말로 다급하게 붙잡는다. 그러고는 그에게 다짜고짜 말한다. "송인주예요."

"네?"

"송인주라고요. 제 이름이요." 그 말끝에 그녀가 수줍은 미소를 지어 보인다.

그녀가 말해준 이름과 수줍은 미소에 그는 잠깐 얼떨떨해진다. 그는 뒤늦게 "아, 네"라는 말만 겨우 남겨두고는 서둘러 그녀의 가게 문을 나선다. 청춘 양의 이름은 송인주였다. 송인주, 송인주……. 그녀의 이름을 반복해 말해보고 난 그는, 지금 이럴 때가 아니지 하면서 스쿠터를 끌고 남자아이의 뒤를 밟는다. 뭘 사려는 모양인지 아이가 마트로 들어간다. 마트 입구에 스쿠터를 세워두고 그도 따라 들어간다. 아이는 곧장 과자가 진열된 곳으로 걸어간다. 이 과자 저 과자 만지작대던 아이가 갑자기 방향을 틀더니 초콜릿이 있는 쪽으로 걸음을 옮긴다. 그도 아이를 따라 방향을 튼다. 인기척을 느낀 아이가 고개를 돌려 그를 올려다본다. 아이의 눈이 그와 마주친다.

그가 먼저 아이에게 말을 건넨다. "안녕? 아저씨 기억나지?"

"……." 아이는 말없이 눈만 말똥말똥 뜰 뿐이다.

그가 재차 묻는다. "아저씨 몰라?"

"알아요."

역시 남자아이는 자신을 기억하고 있었다. 그가 더 적극적으로 묻는다. "어떻게 아는데?"

아이가 말을 할까 말까 망설이듯 대답한다. "저 봤어요. 아저씨가 신발 훔치는 거……."

"응?" 그의 양미간이 찌푸려진다.

아이가 히죽거리며 묻는다. "신발 가게 아줌마가 시킨 거예요?"

"그게 무슨 말이니?" 그가 아이 앞으로 한 발짝 다가간다.

겁을 먹었는지 갑자기 아이가 방금 자신이 한 말을 부정한다. "몰라요."

"무슨 뜻이냐니까?" 그가 다그치듯 아이에게 묻는다.

아이는 다시 번복의 말을 해댄다. "못 봤어요."

그는 아이의 횡설수설이 당혹스럽기만 했다. 아이가 의미를 알 수 없는 표정으로 배시시 웃더니 초콜릿 봉지 하나를 집어 든다. 천진난만한 저 아이의 웃음을 그는 어떻게 해석해야 할지 모르겠다. 계산대로 향하는 아이의 뒤통수를 그는 말없이 지켜볼 뿐이다. 하지만 분명한 것은 모든 걸 봐버린 아이가 청춘 양까지 의심하고 있다는 사실이었다.

그가 입술을 악문 채로 말을 뱉어낸다. "씨발! 돌겠네!"

자신도 모르게 꽉 움켜쥔 그의 손등 위로 푸른빛 정맥이 불거져 나온다. 복잡해진 그의 머릿속에는 께름칙한 뭔가가 엉겨 붙기 시작한다.

모차르트 음악학원 앞에 그가 서 있다. 야구모자를 눌러쓴 그의 얼굴은 마스크에 가려 잘 보이지 않는다. 에어팟이 양쪽 귀에 끼워져 있지만 음악은 흘러나오지 않는다. 힙합 대신 그의 귀에 들려오는 건 음악학원에서 간간이 새어 나오는 서투른 피아노 소리와 지나가는 차 소음들뿐이다. 그가 점퍼 주머니에 찔러 넣은 손을 빼 손목시계를 들여다본다. 남자아이가 학원으로 들어간 지 벌써 두 시간이 지났다. 꾸물꾸물한 하늘이 해를 집어삼킨 지는 더 오래였다.

추위와 기다림에 지친 그가 신경질적으로 말을 뱉어낸다. "씨발, 왜 이렇게 안 나오는 거야!"

날이 어슴푸레해지자 모차르트 음악학원의 간판에 불이 들어온다. 사방으로 퍼져나간 간판 불빛에 그를 둘러싼 어둠의 농도가 조금 옅어진다. 밝아진 사위가 신경 쓰였는지 그가 챙모자를 깊이 눌러쓴다. 그런 다음 마스크의 한쪽 밴드를 귀에서 빼내고는 담배 한 개비를 꺼내어 문다. 목구멍 깊숙이 빨아 삼킨 담배 연기에 몸은 조금 녹아드는 듯하지만, 마음은 뭔지 모를 불안감에 더 으슬으슬하기만 하다. 그는 제자리걸음으로 언 발을 달래며 목구멍에 들어찬 가래를 한 번씩 뱉어낸다.

학원 문이 열린 건 그의 담배가 중간 정도 타들어갈 즈음이었다. 피아노 레슨을 마친 세 명의 아이들이 밖으로 나온다. 그러나 그중에 1507호 남자아이는 보이지 않는다. 들어간 걸 봤으니 언젠가는 나올 것이다. 남자아이가 사는 아파트에서부터 시작된 미행이었다.

바짝 얼어가는 그의 입에서 또 한 번 신경질적인 말이 새어 나온다. "씨발, 이러다 얼어 죽겠네!"

그가 다 타들어간 담배를 땅바닥에 짓이겨 버리고 새 담배를 꺼내 문다. 담배에 불을 붙이려는데 학원 문이 다시 열린다. 드디어 그가 기다리던 남자아이가 굼뜬 걸음으로 걸어 나온다. 그는 불도 붙이지 못한 담배를 바닥에 분질러 버리고는 다시 마스크로 코와 입을 가린다.

추위에 짜증이 난 그가 남자아이를 향해 한마디 던진다. "씨발, 두 시간이나 기다리게 했겠다?"

그는 모자챙을 아래로 끌어내리며 아이의 뒤를 밟기 시작한다. 움직이는 방향으로 봐서는 곧장 집으로 가는 것 같지는 않았다. 모퉁이를 돈 아이가 한적한 골목길로 들어선다. 후미진 곳이 필요하던 그에게는 나쁘지 않은 경로다. 그의 머릿속에는 아직도 그때 아이가 했던 말이 떠나질 않는다. "저 봤어요. 아저씨가 신발 훔치는 거……." "신발 가게 아줌마가 시킨 거예요?" 순진한 얼굴을 하고 있던 아이는 절대 순진하지 않았다. 그것이 그가 내린 결론이었고 그가 아이를 미행하게 된 동기였다. 그는 이 말은 용서할 수 있었다. "저 봤어요. 아저씨가 신발 훔치는 거……." 그러나 이 말은 도저히 용서할 수 없었다. "신발 가게 아줌마가 시킨 거예요?" 이제 겨우 그녀의 이름을 알게 된 그에게 저 아이는 께름칙한 그 무엇이었다.

아이의 굼뜬 발걸음이 잠깐 피시방 앞에서 멈춘다. 그가 전봇대 뒤로 몸을 숨긴다. 들어갈까 말까 망설이는 듯하더니 아이는 다시 걸음을 재촉한다. 컴퓨터 게임을 포기하고 아이가 선택한 것은 피시방 건너편에서 팔고 있는, 김이 모락모락 나는 두툼한 호떡이었다.

그는 갑자기 치밀어 오른 분노를 이기지 못하고 나지막이 말한다. "돼지새끼! 처먹지를 말든가 운동을 하지 말든가!"

그날 아이가 운동 삼아 계단을 내려오지 않았다면 신발을 훔치고 있던 자신과 마주치지 않았을 거라는 생각에서 나온

격분의 말이었다.

전봇대 뒤에 숨어 있던 그가 다시 아이의 뒤를 바짝 쫓는다. 아이는 종이컵에 담긴 두 개의 호떡을 양손에 나눠 쥐고는 어두워진 골목길을 파고든다. 그런 그들을 지켜보고 있는 것은 이제 막 흩날리기 시작한 눈송이였다. 그러나 세상에서 가장 소리 없는 음성으로 말하는 겨울만의 언어는, 불안하게 깜빡거리는 가로등 불빛에 환해졌다가 어두워지기를 반복한다. 수명이 다 돼가는 가로등이 깜빡거리자, 양손에 호떡을 쥐고 번갈아 베어 먹는 남자아이도 덩달아 깜빡거린다.

이내 걸음을 멈춘 그는 깜빡거리는 가로등을 잠시 올려다보며 혀를 찬다. 그러고는 이렇게 말한다. "쌍, 거 존나 거슬리네."

겨울만큼 차가운 그의 목소리가 눈송이와 함께 바닥으로 떨어진다. 아이의 뒤를 쫓는 그의 조용한 발걸음이 다시 빨라지기 시작한다. 깜빡거리는 가로등 불빛에 그의 신경은 더욱 날카로워지고 골목길은 점점 어두워진다. 그렇게 소리 없이 내리는 눈은, 소리 없이 아름다웠다가 소리 없이 음습해져간다.

같은 일요일

○ ●

 나는 칸칸이 나누어진 거대한 유리 벽을 등지고 앉아 멀찌 감치 그들을 바라봤다. 무거운 캐리어를 끌고, 혹은 배낭을 메고 분주히 움직이는 사람들. 손에는 항공권이 끼워진 여권이 들려 있었고, 표정은 하나같이 어떤 불행과 근심으로부터 멀어져 있는 듯 보였다. 대체 저 많은 사람들은 누구와 어디를 가려는 걸까. 서투름이라곤 찾아볼 수 없는 저 절차와 움직임은 무엇을 위한 것일까. 무엇보다 비행기 티켓값으로 많게는 내 한 달 생계비를 써버리는 저들의 여유는 어디에서 만들어지는 걸까. 궁금했고 묻고 싶었다. 하지만 오늘도 나는 공항 의자에 앉아 낯선 그들을 그저 바라보기만 할 뿐이었다. 이곳에만 오면 지독한 관찰자가 되었다가 소심한 질문자가 되어버리곤 하는 나. 그런 나 자신이 싫으면서도 자꾸 오게 되는 이곳. 봄이었고, 여기는 일요일의 공항이었다.

 공항은 식물원의 유리 온실을 닮았다. 어디에 앉아 있든 유리 벽과 유리 천장은 시시각각 달라지는 햇살을, 기온과 날씨를 과장하지 않고 그대로 전달했다. 때때로 너무 환하고 밝아 이곳에서 생겨나는 모든 감정들은 나에게 들켜버리기 일쑤였다. 투명한 공기 사이사이로 떠다니는, 기대에 찬 설렘과 웃음들. 한마디로 '부러움'이라 뭉뚱그릴 수 있는 그것들을 발견하고 나면 내가 이곳에서 챙겨가게 되는 것은 좌절을 비롯한 박탈감과 위화감이었다. 그럼에도 나는 오늘도 이 공항에 오고 말았다. 너무 광활하고 거대한 나머지 여기에 앉아 있으면 우주 속의 아무것도 아닌 존재가 된 것 같아서, 그리고 나만 이렇게 살게 내버려두지 않겠지 하는 불만이 소소한 기대로 바뀌게 될 것 같아서 찾게 되는 이곳은, 나에게 유일하게 허락돼온 일탈의 장소이자 상상과 가능성의 장소였다.

 일요일임에도 공항은 늘 일요일이 아닌 것처럼 굴었다. 언제나 사람들로 넘쳐났고 비행기는 요일에 상관없이 뜨고 내렸다. 누군가가 세계 곳곳으로 떠나면 또 다른 누군가는 바통터치라도 하듯 먼 나라에서 돌아와 일상으로, 집으로 그리고 가족에게 돌아갔다. 하지만 나는 일주일에 한 번, 이 공항에 왔다가 해 질 무렵이 되면 아무도 없는 집으로 다시 돌아가는 게 고작이었다. 이제 집에 어머니는 없었다. 기억이 점점 안개처럼 변해가는 어머니를 시설에 맡기고 돌아오던 날, 처음으로 나는 가난한 내가 싫어졌다.

공항 등받이 의자에 앉아 있는 나는 하얀색 와이셔츠에 검은색 슈트 차림이었다. 넥타이는 매지 않았고, 발에는 오래되고 낡은, 그러나 잘 닦인 구두를 신고 있었다. 단 한 벌뿐인 이 슈트는 결혼식이나 장례식에 가야 할 일이 생기면 꺼내 입던 것이었다. 일종의 예복인 셈인데, 이 슈트에 파란색 체크무늬 넥타이를 매주면 결혼식장에 어울리는 복장이 되었고, 검정 민무늬 넥타이를 매주면 장례식장에 어울리는 복장이 되었다. 그러니까 이 슈트에는 공교롭게도 결혼식에 어울리지 않는 슬픔과 눈물이, 장례식에 어울리지 않는 기쁨과 웃음이 배어 있는 거나 마찬가지였다.

이 슈트는 한겨울에 입기에는 조금 얇았고 한여름에 입기에는 약간 두꺼웠다. 그래서 종종 나는 단 한 벌뿐인 이 예복을 위해 이렇게 바라곤 했다. 누가 됐든지 간에 봄가을에 시집 장가를 갔으면 좋겠고, 그게 가능하기만 하다면 그 누군가는 되도록 봄가을에 죽어줬으면 좋겠다고 말이다. 어찌 됐든 공항은 결혼식장도 장례식장도 아니었다. 그럼에도 공항에 올 때마다 나는 이 슈트를 꺼내 입었다. 만남과 이별이 있어서, 그리고 그 두 가지 행위에서 뻗어 나온 웃음과 눈물이

상존하는 곳이라서 이런 차림을 고집하는 건 아니었다. 나는 그저, 공항을 드나드는 낯선 저들의 눈에 근사해 보이고 싶을 뿐이었다. 이왕이면 비행기를 타고 어디든 날아갈 것 같은 여행자나, 혹은 해외 출장을 앞둔 비즈니스맨처럼 보인다면 더 좋을 것 같았다. 그게 일요일마다 이 슈트를 꺼내 입는 이유였다. 하지만 나는 여행자도 비즈니스맨도 아니었다. 그저 길가다 흔히 볼 수 있는 중국 음식 배달원일 뿐이었다.

꽃샘추위로 을씨년스럽기만 하던 날씨는 일주일 새에 봄으로 채색되었다. 그래서 이 슈트는 지금 걸치기에 딱 안성맞춤이었다. 물론 지금이 봄이 아닌 여름이나 겨울이었다 해도 나는 이 슈트 차림으로 공항에 나타났을 것이다. 왜냐하면 내가 가진 옷 중에서 공항과 가장 잘 어울리는 옷은 이 슈트 말고는 없기 때문이었다.

한차례 여행객들이 빠져나간 출국장은 다시 한산해졌다. 나는 실시간으로 변하는 출국장 전광판의 운항 정보를 올려다보며 방금 탑승 게이트로 사라져간 사람들이 어느 나라, 어느 도시로 떠났는지 가늠했다. 일요일마다 나는 이런 식으로 내가 모르는 수많은 누군가를 떠나보내고 맞이하기를 반복했다.

사람들이 떠나고 없는 공항 풍경이 조금 무료해졌다. 이럴 때 나에게 엄습해오는 것은 떠나지 못하고 혼자 남겨졌다는 어떤 불안감이었다. 정확하게는 내 앞에 누군가가 나타나 이렇게 물을 것만 같은 초조함이었다. "아까부터 지켜봤는데, 도대체 당신은 왜 떠나지 않고 계속 그 자리에 앉아 있는 거죠? 당신에게는 당신이 찾아가야 할 탑승구 번호란 게 있나요? 당신만의 비행 시간이란 게 있긴 하냐고요." 다행히 지금까지 나에게 그런 질문을 해온 사람은 하나도 없었다. 왜냐하면 그들은 항상 나보다 먼저 이 공항 의자에서 일어나버리는 사람들이기 때문이었다. 떠나야 할 시간을 가진 사람들에게 보이는 건 저 출국장 너머의 비행 시간과, 그 비행기가 데려다 줄 멀고 먼 국가와 멋진 도시이지 공항 의자에 남겨진 나 따위가 아니었다. 그래도 나는 타인의 눈에, 출국 시간을 기다리는 느긋한 남자처럼 보이고 싶어서 캐리어를 열어 타블로이드판 신문을 꺼내어 읽기 시작했다. 이 신문은 지하철을 타고 공항으로 오는 길에 집어 든, 날짜 지난 무가지였다. 늘 그렇듯 중고로 산 내 캐리어 안에는 방금 꺼낸 무가지 신문과 한 권의 소설책 말고는 아무것도 들어 있지 않았다. 이걸 사둔 지 오 년이 지났지만, 여전히 나는 이 캐리어에 옷을 담아 어디로 떠나본 적이 없었다. 예전엔 텔레비전을 켜면 모 항공사 광고 카피가 나에게 어디까지 가봤냐고 자꾸 물어오기도 했었다. 시간이 흐르자 그 질문은 더 구체적으로 바뀌더니 "미국, 어디까지 가봤니?" "유럽, 어디까지 가봤니?" 하고 집요하게 물어왔다. 하지만 나는 미국도, 유럽도, 그 어디도 가본 적이 없었다. 앞으로 그럴 계획은 더더군다나 없었다. 그러니까 나는 이 공항에 오면 안 되는, 아니 올 필요가 없는 사람인 것이다.

그런 나에게 언젠가 어머니는 이렇게 물은 적이 있었다. 어머니가 아기가 되어가기 전이었다. "비행기 타고 갈 수 있는 제일 가까운 데가 어디라니?"

"제주도지 아마. 근데 그건 왜?"

"아니, 그냥." 어머니는 싱겁게 말을 끝맺었다.

놀면 뭐 하냐면서 하루 종일 폐지를 주우러 다니던 어머니는 그날도 가욋일로 새벽녘까지 마늘을 깠다. 마늘에서 옮겨 붙은 흙먼지가 어머니의 손톱 밑을 새까맣게 물들였다.

손가락에 마늘의 매운 내가 배어든 줄도 모르고 눈을 비비고 만 어머니는 눈시울을 붉히며 나에게 또 물었다. "그럼, 거기까지 가는 비행기는 얼마를 줘야 탈 수 있다니?"

"엄마, 제주도 가고 싶어서 그래?"

어머니는 대답 대신 고개를 가로저었다. 어머니는 어디를 가고 싶은 게 아니라 비행기란 걸 타보고 싶은 거였다. 어머니의 바람이 무엇이란 걸 알았음에도 나는 그날 어머니에게 "우리, 내년 봄에 비행기 타고 제주도 갈까?"라는 말을 차마 건네지 못했다. 나는 거짓말이라도 좋았을 그 말을, 지키지 못할 거라는 판단을 앞세워 하지 못하고 만 것이다. 돈이 드는 일도 아닌데 비행기 한번 태워주겠다는 그 말 한마디를 못 해서 키워낸 후회의 감정은 아직까지도 내 뒤를 끈질기게 따라다니고 있었다. 그래서 사놓은 게 바로 이 중고 캐리어였다. 누군가의 말이 떠올라 저지른, 내 딴에는 충동구매였다. "여행 가방을 사두면 정말로 여행 갈 일이 생긴대." 그 말이 진리가 되고 이 캐리어가 부적이 되어, 진짜로 나에게도 그런 일이 생길 거라 장담하며 마련해둔 가방이었다. 하지만 오 년이 흐른 지금까지도 나에게 그런 일은 일어나지 않았다.

그리고 어머니는 간유리처럼 뿌옇게 변해가는 기억을 부여잡은 채 가끔 이렇게 중얼거릴 뿐이었다. "우리, 비행기 타고 제주도 가자."

어머니는 한 번씩 정신이 돌아올 때면 그날 내가 당신에게 해주지 못했던 그 말을 반복해가며 나에게 해대고 또 해대었다.

그러면 나는 어머니에게 이런 식으로 화답했다. "엄마, 우리 제주도 말고 하와이 가자. 거기는 제주도보다 훨씬 멀어서 비행기를 아주아주 오래 탈 수 있거든."

지켜질 수 없는 약속이라는 걸 알면서도 나는 그제야 어머니에게 그렇게 말했다. 어쩌면 미리 사둔 캐리어가 아니라 미리 뱉어낸 말이 진리가 되고 부적이 되어줄지 모른다는 생각으로 한 말이었다. 정말로 그날 나는 마늘을 까고 있던 어머니에게 이 말을 해줬어야 했다. "엄마, 우리 내년 봄에 비행기 타고 제주도 갈까?"

　신문을 절반 정도 훑어보는 동안 공항 출발층은 다시 사람들로 북적이기 시작했다. 곳곳에서 들려오는 낯선 이국의 언어가, 내 앞을 지나가는 캐리어 바퀴 소리와 겹쳐졌다. 이어 나타난 것은 미어터질 듯한 배낭을 멘 일단의 청년들이었다. 이십 대 초반으로 보이는 그들은 등받이를 맞댄 내 반대편 의자에 가 앉더니 시종 시끄럽게 떠들어댔다. 생기발랄한 목소리에서 느껴지는 흥분과 설렘의 감정들은 순식간에 나를 그 무리로 끌어당겼다. 나는 신문을 읽는 척하며 그들의 대화를 엿들었다. 유럽으로 배낭여행을 떠나는 모양이었다.
　한 청년이 말했다. "야, 우리 유럽에서 돌아오면 여긴 가을이겠다."
　일 년의 절반이란 시간을 유럽의 멋진 도시에서 보내게 될 저들이었다. 어느 집 자제들이기에 한 달도 아닌 반년씩이나 나갔다 돌아오겠다는 걸까. 저 두 계절의 여행을 완성시킨 데는 온전히 스스로의 노력만으로 가능하진 않았을 테다. 짐작대로 부모의 뒷받침이 있었던 거라면 그 부모들은 또 얼마나 대단한 사람들일까. 나는 신문을 소리 나게 넘긴 다음 자리를 고쳐 앉았다. 슬쩍 고개를 돌려 뒤돌아볼까 했지만 괜한 자존심에 관두고 만다. 그사이 왁자지껄하게 이어져온 청년들의 대화는 며칠 전에 일어난 여객기 추락 사고로 옮겨갔다. 탑승객 전원 사망이라는 비보와 함께 요즘 뉴스에서는 연일 두 동강 난 비행기의 잔해를 내보내는 중이었다. 나는 비행기 추락 사고에 의한 걱정과 불안이 저 청년들 사이로 더 깊숙이 파고들기를 바랐다. 즐기게 되는 만큼 그 정도의 공포는 감수하게끔 해야 했다. 그래야만 가진 게 없어서 떠나지 못하는 나 같은 사람에게 위로가 될 것이기에, 적어도 비행기 사고로 죽을 일은 없을 거라는 위안이 나를 조금이나마 행복하게 만들어 줄 것이기에 그래야 했다. 그런데 더더욱 나쁜 생각들이 꼬리에 꼬리를 물고 이어져 그들의 여행을 괴롭혔으면 하는 내 바람은 결국 이루어지지 않는다.

여행에 찬물을 끼얹는 분위기로부터 벗어나고 싶었는지 이번엔 다른 청년이 이렇게 말했다. "비행기 사고로 죽을 확률은 로또에 당첨될 확률보다 낮대."

"맞아. 우리 아버지 봐라. 평생 해외 출장만 다녔는데 아직까지 무사하시잖냐."

이번엔 또 다른 청년이 끼어들었다. "오히려 비행기 사고보다 차 사고로 죽을 확률이 훨씬 더 높다던데?"

등받이 쪽으로 한껏 젖혀져 있던 내 상체에 힘이 빠진다. 그래, 그렇겠지. 로또에 당첨될 확률보다 낮다는 비행기 사고는 나같이 지지리 복도 없는 인간이 타야 일어나는 거겠지. 나는 정말로 그럴지도 모른다는 생각이 들었다. 타고난 팔자는 어찌할 수 없어서 격에 맞지 않은 호사를 누리려다 탈이 난 경우를 나는 여럿 봐온 터였다. 바로 내 여동생의 삶이 꼭 그러했다.

여동생은 착하고 부지런했다. 상업고등학교를 졸업하자마자 백화점에 취직해 성실하게 돈을 모아온 여동생은 태어나 세 번의 연애를 했다. 동생의 첫 번째 연애 상대는 같은 백화점에서 명품 구두를 팔던 남자였다. 외모는 준수했지만 직업이 마음에 들지 않았다. 같은 직종에 종사하는 남자에게서 여동생은 신비감을 찾을 수 없었다. 아쉬움 하나 없이 짧게 끝나버린 여동생의 첫 번째 연애는 얼마 지나지 않아 페인트공인 두 번째 남자로 이어졌다. 곱슬머리에 키가 컸던 남자는 그 누구보다 성실했다. 외줄을 타고 아파트 외벽을 누비는 페인트공의 용기는 너무 경이로웠고 그래서 더 짠했다. 여동생은 무엇보다 자신의 직업을 부끄러워하지 않는 페인트공의 그 당당함을 좋아했다. 그런데 그즈음 여동생 앞에 세 번째 연애 상대가 나타나고 말았다. 사립고등학교에서 영어를 가르치는 서른일곱 살의 띠동갑 남자였다. 그러자 여동생은 아무리 연봉이 높아도 페인트공의 위험하기 짝이 없는 그 직업이 싫어졌다. 떨어져 다칠까 봐 매일 불안에 떨 삶이 두려워졌고, 그러다 정말 사고가 일어나 한순간에 남편과 가정을 잃어버릴지도 모른다는 생각에까지 이르렀다. 여동생은 고민했다. 그러나 결정은 쉬웠다. 여동생은 페인트 냄새보다 분필 냄새가 더 좋았고, 페인트공이 위험하게 벌어다 준 돈보다도 아이들을 가르쳐 벌어다 준 돈이 더 마음 편할 것 같았다. 무엇보다 선생 사모님으로 불리게 되는 일이었다. 여동생의 결정은 어머니와 나에게도 옳고 당연하기만 했다. 선생 사위가 생기고, 나보다 나이가 많긴 하지만 선생 매제가 생기는 거였다. 그렇게 여동생은 스물다섯이란 나이에 영어 교사와 무탈하게 결혼을 했다. 그리고 딸 하나와 아들 하나를 낳고 아무 걱정 없이 잘 살아가나 싶었다. 뇌출혈이었다. 매제는 병원 침대에서 꼬박 이 년을 뇌사 상태로 누워 있다가 갔다. 돈은 병원비로 다 써버린 상황인 데다 조카들은 겨우 여섯 살, 네 살이었다.

어머니는 그런 여동생을 떠올릴 때면 입버릇처럼 이렇게 중얼거리곤 했다. "하늘도 무심하시지. 그것도 복이라고, 그것도……."

그러나 병세가 심해진 뒤로는 그런 말조차 나오지 않았다. 이제 어머니의 기억 속에는 여동생이 결혼을 했다는 사실도, 매제와 외손주의 존재마저도 사라져버린 듯했다. 어쩌면 어머니는 치매를 핑계 삼아 가장 잊고 싶었던 기억을 스스로 지워버린 건지도 몰랐다.

출국 수속을 마친 유럽행 청년들이 탑승 게이트로 모습을 감췄다. 저 문은 철저하게 계급적이어서 아무나 통과할 수 없었다. 여권과 당일 탑승권이 있어야만 입장이 가능한 곳. 보통 면세구역이라 불리는 저 너머의 세계는 여객터미널 사 층으로 올라가면 그 일부를 내려다볼 수 있었다. 무빙워크를 사이에 두고 양옆으로 늘어선, 눈부시게 하얀 조명이 켜진 명품 매장들은 하나같이 에나멜 구두처럼 반짝거렸다. 알짜배기 돈을 쓴 사람들에게만 허락되는 그 특별한 공간에 나는 언제쯤 초대받을 수 있을까. 그게 언제가 됐든 죽기 전에는 저 문을 통과해볼 수 있을까. 구별과 경계와 배제의 상징과도 같은 저 탑승동의 세계에 나도 발을 들여놓을 수 있을까. 그러나 내 입에서는 깊은 한숨과 함께 바로 고개가 저어졌다. 마치 해서는 안 될, 주제넘은 생각을 하고 말았다는 듯 한숨과 고개가 나에게 먼저 대답을 해온 것이다. 지금 내 처지로는 어림없는 소리였다. 그렇다고 시간이 흐른다 해서 딱히 달라질 것도 없어 보였다. 살아온 관성이란 쉽게 벗어날 수 있는 게 아니었다.

매제를 떠나보내고 난 여동생의 삶은 점점 찌그러지고 못생겨져만 갔다. 나는 조카 둘과 남겨진 여동생의 나날을 모른 척할 수가 없었다. 내가 여동생에게 해줄 수 있는 전부는 중국집 배달일로 벌어들인 내 수입의 절반을 꼬박꼬박 보내주는 것이었다. 때문에 나는 더 가난해졌고 내핍을 견디는 생활은 더 오래 지속돼야만 했다. 그리고 나는 더 가난해지기 전에 어머니를 데리고 비행기를 탔었어야 했다고, 어머니가 아프기 전에, 여동생과 매제에게 웃음이 사라지기 전에 이 공항에 왔었어야 했다고, 안타깝게 놓쳐버린 시간에게 사과와 고백을 해야 했다. 설마 가난이 더 가난해질 거라고는 짐작조차 하지 못했기에 나는 늑장을 부리고 게으름을 피워온 것이었다. 나는 그게 두고두고 후회되었다.

이렇게 지나버린 시간에 회초리를 갖다 댈 때면 그 끄트머리에는 늘 아버지가 원망처럼 웅크리고 있었다. 무책임하기만 했던 아버지의 죽음과 그 앞에 떨궈진 마이너스들. 나는 내 나이 열여덟에 일어난 아버지의 갑작스러운 죽음보다도 아버지의 빚이 두려워 슬퍼할 용기조차 내지 못했다. 아버지가 살아 있어줬기에 그나마 더 가난해지지 않을 수 있었다는 사실을 아버지는 당신 죽음으로 증명하고 떠나버렸다. 그것이 아버지와 아버지의 죽음이 우리에게 해준 역할의 전부였다. 왜 남들처럼 '번듯한 집'이 아닌 '빚'이어야만 했는지, 그 빚을 아직까지도 갚아나가는 중이기에 나에게 마이너스를 떠넘긴 아버지의 죽음은 현재진행형일 수밖에 없었다. 그런데 아버지는 알고 있었을까. 당신의 죽음이 결코 당신만의 죽음으로 끝나지 않을 거라는 걸? 나와 여동생의 꿈이 바뀌고, 바뀐 꿈마저 사라지게 할 거라는 걸 아버지는 정말로 몰랐을까. 그리고 어머니는 또 어떠했던가. 여러 직업을 전전해온 어머니가 당신 인생 끄트머리에는 폐지를 줍고, 손톱 밑이 까매지도록 마늘을 까야 했다는 걸 아버지와 아버지의 마이너스 유산은 정말로 짐작하지 못했을까. 그때 나는 깨달았던 것 같다. 세상에서 가장 잔인한 일은 누군가의 아버지가 되는 것이며, 어찌어찌 된다 해도 결코 완벽할 수 없는 자리가 바로 그 아버지의 자리라는 걸. 그래서 일찌감치 포기하고 만 결혼이었다.

 펼쳐 든 신문은 좀체 눈에 들어오지 않았다. 아버지에 관한 생각의 끝은 늘 이렇게 원망으로 가득 차곤 했다. 아버지를 지워버리기 위한 방법으로는 책만 한 게 없었다. 그래서 그만 신문을 접고 소설책을 꺼내 읽으려는데, 비어 있는 내 옆자리로 육십 대 중반으로 보이는 부부가 와 앉았다. 부부는 자신들이 가진 탑승권과 출발 안내 전광판을 번갈아 쳐다보며 그들만의 동선과 시간을 꼼꼼히 확인했다. 어디까지 가는지 궁금해진 나는 그들의 탑승권을 슬쩍 훔쳐보기 위해 고개를 늘여 뺐다. 순간 두 부부와 눈이 마주치고 만다. 놀란 나는 들고 있던 신문으로 얼른 고개를 돌렸다. 혹시 같은 비행기를 타고 같은 도시에서 내릴지 모른다는 생각이 들었던 것인지 부부가 나에게 어디까지 가느냐고 조심스레 물어왔다. 목적지에 대한 상대방의 질문은, 공항 의자에 하릴없이 앉아 있는 나에게 빈번하게 일어나는 일 중의 하나였다.

나는 당황하지 않고 부부에게 되물었다. "어르신들은 어디까지 가시는데요?"

이 공항에서 누군가가 나에게 어디까지 가느냐고 물어오면 나는 절대로 먼저 대답하지 않았다. 행여나 지각없이 '어디'라고 말했다가 상대방과 일치라도 해버리면 곤란해지기 때문이었다.

다행히 부부가 먼저 대답을 해왔다. "싱가포르 경유해서 퍼스로 가요."

퍼스라면 호주였다.

나는 파란색 출발 안내 전광판을 힐끔 올려다보며 탑승 시간이 가장 많이 남아 있는 목적지를 골라 말했다. "저는 로스앤젤레스요."

말하고 나니 피식 웃음이 나왔다. 언제나 그랬다. 내가 듣기에도 너무나 그럴듯하게 들리는 말 같아서, 정말로 LA행 비행기를 기다리는 사람이라도 된 것 같아서 어김없이 터져 나온 실소였다. 내 예상을 뛰어넘는 이런 자연스러움은 때로 나를 놀라게 했다. 하지만 일요일마다 나를 공항으로 이끄는 이유도 사실은 이러한 것들이었다. 비록 잠시일지라도 내가 내가 아니게 되는 순간들. 그 착각의 매력이 좋아 나는 거기에 매료되는 나 자신을 애써 말리려 들지 않았다. 이건 현실도피라기보다는 그냥 즐거운 상상일 뿐이니까, 라고 속엣말을 해가면서 말이다. 아무튼, 이러한 상황들이 쌓이고 쌓이다 보니 이제 나는 세계 곳곳 안 가본 데가 없는 사람이 되어버렸다. 지난주에는 후쿠오카와 쿠알라룸푸르를, 지지난 주에는 어느 나라에 붙어 있는지도 모르는 타슈켄트라는 도시를 갔었다. 말로써 거짓으로서. 그리고 이 공항에서 만나게 되는 진짜 여행자들에 의해.

부부가 감탄 섞인 말과 함께 나에게 물었다. "와, 저희보다 멀리 가시네요. 미국은 무슨 일로 가시는데요. 출장?"

검정 슈트 차림이라 그랬는지 부부는 나를 여행보다 출장 쪽으로 생각하는 것 같았다. 그래서 나는 "네, 출장이요"라고 미소와 함께 대답해버린다. 그러니까 이제부터 나는 저 부부 앞에서만큼은 중국 음식 배달원이 아닌 미국 LA로 출장을 가는 비즈니스맨이 되어야 하는 것이다. 그와 동시에 나는 아주 잠깐 이런 엉뚱한 상상을 해본다. 내 삶이 정말로 타인의 눈에 비친 그대로 돼간다면 어떨까, 하는 상상 말이다. 타인이 나를 고액 연봉자로 바라봐주면 나는 진짜 고액 연봉자가 되는 것이다. 나를 뇌가 건강한 어머니를 둔 아들로, 행복하게 잘 사는 여동생을 둔 오빠로 바라봐주면 진짜로 내 어머니와 여동생이 그렇게 되는 것이다. 그런 마술적 상황이 실제로 이루어진다면 세상 모든 인간은 '무슨 무슨 척'을 해대느라 바빠지겠지? 하지만 대신에 나 같은 사람도 마음만 먹으면 얼마든지 삶의 진창에서 헤어 나올 수 있다는 가능성에 위로받게 되지 않을까. 이렇듯 공항이 유도해낸 상상은 때로 너무 터무니없이 흘러가버려서 오히려 공항은 나와 내 현실을 한숨짓게 하기도 했다.

나는 말도 안 되는 상상을 깊은 한숨으로 갈무리하고는 호주 여행을 앞둔 사람들의 표정을 유심히 관찰했다. 부부는 생애 첫 소풍을 가는 어린아이처럼 많이 들떠 보였다. 아니나 다를까 해외여행은 그 나이 먹도록 처음이라며 부부는 나에게 수줍게 털어놓았다. 나는 처음을 숨기려 들지 않는 부부의 저 솔직한 태도가 좋았다. 왜냐하면 나는 한 번도 이 공항에서 진짜 나였던 적이 없었기 때문이다. 항상 나를 부정하고 나를 밀어내느라 바빴던 일요일 공항에서의 하루. 그러다 조금 전에는 급기야 미국까지 가기로 한 사람이 되어버린 것이다.

생애 첫 해외여행이라는 부부의 말 때문인지 갑자기 나는 부부의 표정을 기억해두고 싶은 생각이 들었다. 그래서 부부를 향한 내 관찰자적 시선은 더 집요하게 그들의 눈과 입으로, 그리고 얼굴 전체로 파고들었다. 생애 첫 여행과 첫 출국을 앞둔 저 부부의 표정이, 언제가 될지 모르는 내 첫 여행의 순간에는 어떤 모양새로 나타날지 궁금해져서였다. 어쩌면 공항에 너무 자주 드나드는 나라서 '내 첫 여행'은 '진짜 내 첫 여행'처럼 느껴지지 않을지도 모르지만 그래도 꼭 비교해보고 싫었다.

 그들을 향한 내 빤한 시선에도 불구하고 기분이 들뜬 부부는 계속해서 나에게 말을 걸어왔다. "해외는 자주 나가시나 봐요?"

 "네, 뭐. 종종······." 나는 부부의 시선을 피하기 위해 손에 들고 있던 소설책을 의미 없이 한 번 뒤적거렸다.

 궁금증이 많은 부부가 또 물어왔다. "무슨 일을 하시기에······."

 "어, 의류업에 종사하고 있어요."

 내 대답은 갈수록 가관이었고, 거짓인지 알 리 없는 내 대답에 부부는 시종 고개를 끄덕일 뿐이었다. 그러더니 부부가 밑도 끝도 없이 "참 신기하지 뭐예요"라고 하는 것이었다.

 뭐가 신기하다는 건지 궁금해진 나는 자리를 고쳐 앉으며 부부에게 물었다. "뭐가요?"

 "누가 그러더라고요. 여권을 만들어놓으면 해외에 나갈 일이 생긴다고. 근데 정말 이렇게 나가게 될 줄은 꿈에도 몰랐다니까요."

 처음엔 그런 말도 안 되는 소리가 어딨냐면서 누군가의 그 말을 헛소리로 치부했다던 부부였다. 그런데 반신반의하며 만들어놓은 여권이 육 개월이 지나자 거짓말처럼 정말 효력을 발휘했다고 했다. 모 경품 행사에 참여했다가 여행상품권에 당첨이 된 거였다. 그 흔한 제주도도 아니고 호주였다. 부부는 아직까지도 이 일만 생각하면 신기해서 잠이 안 올 정도라고 했다. 잠을 자다가도 터져 나오는 웃음을 주체하지 못해 부부는 어젯밤에도 뜬눈으로 밤을 지새웠단다.

흥분한 나머지 나는 부부를 향해 이렇게 묻고 말았다. "캐리어가 아니고요?"

"네?" 부부가 어리둥절한 표정을 지어 보였다.

나는 얼른 소설책으로 눈을 돌리고는 말했다. "아, 아니에요……."

왠지 속은 기분이 들었다. 여행 가방이 아니었다. 그래, 여권이었다. 여권! 완전히 쓸모없어졌다고 생각한 나만의 주술이 또 다른 형태로 내 앞에 나타나준 순간이다. 그럼 나도 저부부처럼 여권을 만들어놓으면 어디든 가게 될지 모른다는 얘긴가? 왠지 그럴듯하게 들리는 말 같았다. 아, 육 개월 뒤면 어머니와 함께 하와이에 가게 될지도 모른다니……. 아니, 육 개월 후가 아니어도 상관없었다. 굳이 하와이일 필요도 없었다. 비행기를 타고 가야 하는 곳이라면 거기가 어디든 좋았다. 아마 어머니도 그럴 터였다. 벌써부터 나는 저 부부에게 일어난 그 부적 효과가 나에게는 과연 언제 어떤 형식으로 나타나게 될지 상상하고 있었다. 그리고 다시 생겨난 어떤 기대 때문일까. 왼쪽 가슴이 나도 모르게 조금씩 두근거리는 게 느껴졌다. 나는 애써 흥분을 가라앉히며 부부를 쳐다봤다. 방금 해주신 얘기 정말이냐고 확인차 물어보려는데 부부가 자리에서 일어났다. 부부가 타고 갈 싱가포르행 비행기란에 '탑승 준비'라는 글자가 깜빡이며 떴다. 아쉽게도 부부를 떠나보내야 할 시간이었다. 부부는 나에게 잘 가란 인사말 대신 "미국까지 가려면 많이 피곤하시겠네요"라고 하고는 탑승 게이트를 향해 나란히 걸어갔다.

나는 점점 멀어져가는 부부의 등에다 대고 외치듯 말했다. 내게 중요한 정보를 알려준 부부를 저렇게 그냥 떠나보낼 수는 없었다. "감사합니다!"

"네?" 걸음을 멈춰 세운 부부가 동시에 뒤돌아 나를 쳐다봤다.

나는 더 크게 소리쳐 말했다. "고맙다고요!"

부부는 뭐가 고맙다는 건지 모르겠다는 표정을 지으며 출국 게이트로 바삐 사라져갔다.

퍼스행 부부를 떠나보내고 나서도 나는 한 시간이나 더 그 자리에 앉아 있었다. 말동무가 사라지고 없는 자리에는 어느새 책이 들려 있었다.

하지만 소설책을 읽는 내내 내 입에서는 이 말이 되풀이되어 나왔다. "여권이라니, 여권……."

그런데 이상했다. 그 말을 하고 나자 나는 그 무언가에 한 발짝 다가가 있다는 느낌이 들었다. 왠지 모르지만 그랬다. 그것은 말해짐으로써 불가능에 가까웠던 일들이 꿈틀꿈틀 살아날 것 같은 기분이었다. 그러니까 내 말이 명령으로 전달되어온 우주의 기운이 그 말을 위해 애써줄 것 같은 기분, 하다못해 구름이나 별빛이, 떨어지는 빗방울이, 그리고 낯선 타인들의 인사말과 그날그날의 날씨가 나를 위해 움직여줄 것만 같은 기분 말이다.

나는 책을 읽다 말고 또 나 자신에게 의심 조로 물었다. "근데 정말일까? 정말로 여권을 만들어놓기만 하면 되는 걸까……."

나는 그 답변이 책에 나와 있기라도 하듯, 지난 일요일에 이 공항에서 읽다 만 소설책을 다시 읽어내려갔다. 그리고 남아 있는 페이지가 조금씩 줄어드는 동안 내 옆자리에는 많은 사람들이 잠시 머물렀다가 떠나가기를 반복했다. 그러다 마지막에는 하필, 아까 내가 말로만 가기로 돼 있던 그 LA행 탑승자가 다가와 앉았다. 선글라스를 낀 젊은 남자였는데, 남자는 자리에 앉자마자 다리를 꼰 채 누군가와 긴 전화 통화를 했다. 젊은 남자는 유학 중인 아내를 만나러 미국에 가는 모양이었다. 엿들은 통화 내용이 그러했다. 그래서 나는 그만 책을 덮고 자리에서 일어나고 말았다. 퍼스행 부부에게 한 거짓말이 저 젊은 남자에게 들통날 리 없는데도 지레 겁을 먹은 엉덩이가 먼저 공항 의자를 밀쳐내고 만 것이다.

나는 빈 캐리어를 끌고 쫓겨나다시피 자리를 피했다. 그러고는 속으로 생각했다. 미국에서 공부 중인 여자를 아내로 둔 저 남자의 삶은 나와 얼마만큼 다를까. 어떤 성장 배경을 지녔기에 저 남자는 누군가의 아버지가 되려고 결혼까지 한 걸까. 왜 나는 이렇게밖에 살아오지 못했는데 저 남자는 저렇게 다르게 살아온 걸까. 좀체 떨쳐지지 않는 그 생각들을 데리고 나는 발길 닿는 대로 천천히 발걸음을 옮겼다. 에스컬레이터가 나타나면 무조건 올라탔다. 내려가는 방향인지 올라가는 방향인지 확인하지도 않고 계속해서 에스컬레이터를 갈아탔다. 그러다 정신을 차리고 보니 나는, 마중과 안도로 가득한 공항 도착층에 내려와 있었다. 그래서 다시 에스컬레이터를 바꿔 타고 위층으로 올라갔다. 가는 길에 쓰레기통이 보이자 오늘의 소임을 다 한 무가지 신문을 툭 던져 버렸다. 무언가를 버렸다는 생각에 불쑥 배가 고파졌다. 마침 패스트푸드점이 눈앞에 보였다. 아침과 점심까지 거른 상태라 뭐든 먹어줘야 했다. 나는 햄버거와 캔콜라 하나를 사 들고 확 트인 전망대가 있는 여객터미널 사 층으로 자리를 옮겼다. 무언가를 씹고 우물거리기에는 거기가 좋았다.

칸칸이 나누어진 거대한 유리 벽 앞에 섰다. 비스듬히 기울어진 유리 벽 너머로 광활한 활주로의 일부와 계류 중인 비행기들이 보였다. 이륙을 위해 천천히 활주로로 이동하는 비행기를 보고 있으면 왜 이리 가슴이 설레는지 모르겠다. 마치 저 비행기에 타고 있기라도 한 사람처럼 내 몸에 전해지는 긴장은 언제나 새로웠다. 연중무휴를 고집해오던 사장이 어쩌다 노동 윤리에 대해 깨닫게 되었는지는 알 수 없지만, 사장의 변심 덕에 오늘도 나는 이 기분 좋은 긴장을 만끽하며 돌아갈 수 있게 된 것이다.

작년까지만 해도 나는 매일 저녁 아홉 시까지 배달을 다녀야 했다. 명절 연휴가 아니고서는 나에게 허락된 휴일은 단 하루도 없었다. 그렇다고 딱히 불만이 있지는 않았다. 월급은 일한 날수만큼 비례해서 나왔고, 그래서 솔직히 나는 쉬는 날보다 일하는 날이 더 좋았다.

그런데 일 년 전, 사장이 뜬금없는 선언을 해버린 거였다. 나 못지않게 '일한 날수는 곧 돈'이라는 일념으로 살아온 그 악착같은 사장이 말이다. "앞으로 일요일은 장사 안 할 거야. 적어도 남들 쉴 때 쉬어야 하지 않겠어?"

일요일 장사를 접는다는 건 사장에겐 큰 손해였다. 사장은 소위 '일요일 근무조'라고 해서 일요일에만 따로 나와 일을 해주는 직원까지 두고 장사를 해온 사람이었다. 게다가 평일에 비해 1.5배의 매출을 자랑하는 게 그 일요일 장사였다. 그런데 그걸 접겠다고 하니 직원들 모두가 의아하지 않을 수 없었다. "갑자기 왜요?"라고 하는 한 직원의 물음에 사장은 "일요일에 놀기 싫어?"라는 말로 대답을 대신할 뿐이었다. 반강제적으로 훔쳐간 남의 일요일을 이렇다 할 이유도 없이 되돌려준 사장의 의중과 변덕은 아직까지도 미스터리로 남아 있는 상태였다. 아무튼 그렇게 해서 생긴 내 일요일이었다. 비록 무급 휴가이긴 했지만 나는 갑자기 생긴 일요일을 어떻게 다루고 써야 할지 잘 몰랐다. 평소 시간 날 때마다 짬짬이 읽어온 책을 앉은 자리에서 읽어내는 것 말고는 사실 내가 일요일을 위해 해줄 수 있는 일은 하나도 없었다. 물론 남들처럼 여행을 떠나야겠다는 생각은 애초에 해보지도 못했다. 무급 휴가에 돈을 쓴다는 건 나로서는 상상할 수 없는 일이기 때문이었다.

  그러던 어느 일요일 오후였다. 책을 읽다 말고 혼자 라면을 끓여 먹고 있는데 텔레비전의 한 광고가 나를 향해 이렇게 물어왔다. "미국, 어디까지 가봤니?" 그때 생각했다. 정말로 나는 어디까지 가봤을까. 아버지의 마이너스 유산을 갚아나가느라 한 번도 어디를 가본 적이 없었던 나. 죽은 매제를 대신해 여동생에게 반쪽짜리 남편이 돼주고, 어머니의 헛소리가 시작되면서부터는 더더욱 꼼짝할 수 없었던 나. 문득 '여행'이라는 말에 '공항'이라는 장소가 떠올라 올려다본 어머니의 낡은 장롱 위에는 몇 년 전에 사둔 그 캐리어가 있었다. 그때 나는 라면을 먹다 말고 장롱 앞으로 걸어가 발뒤꿈치를 들어 올렸다. 캐리어를 내리자 그간 켜켜이 쌓여 있던 먼지들이 사방으로 흩어져 내렸다.

그리고 물걸레로 매캐한 먼지를 닦아내던 그때, 내 입에서는 무심코 이 말이 튀어나왔다. "그럼 공항이라도 가볼까?"

그렇게 해서 시작된 일요일 공항 나들이였다. 단 한 벌뿐인 검정 슈트 차림에 한 권의 소설책이 담긴 캐리어를 끌고 공항으로 향하던 그 첫날을 나는 아직도 잊을 수가 없었다. 하얀 벚꽃잎들이 봄바람에 흩날려 내 어깨 위로 사뿐히 떨어져서였을까. 나는 그때 정말로 여행을 떠나는 기분이 들었다.

나는 햄버거와 캔콜라를 번갈아 먹고 마시면서 비행기를 내려다본다. 날렵하게 뻗은 비행기의 양 날개는 언제 봐도 웅장하고 멋있었다. 비행기는 국적과 항공사에 따라 각기 다른 디자인의 옷을 입고 있어서, 저건 어느 나라에서 온 비행기지? 하는 궁금증으로 내려다보면 더 큰 재미와 흥미를 느낄 수 있었다. 오늘은 운 좋게도 바로 눈앞에 비행기가 멈춰 있었다. 크기의 위용에 놀란 나는 촌스럽게 "와!" 하고 감탄사를 뱉어내고 만다. 일요일마다 보는 비행기임에도, 그리고 다 큰 어른임에도 비행기의 거대함은 볼 때마다 늘 탄성을 자아내게 했다. 나도 모르게 터져 나온 감탄사가 신경이 쓰여 주변으로 시선을 돌렸더니 내 옆으로 초등학생쯤 돼 보이는 한 아이가 다가왔다. 햄버거를 절반 정도 먹어갈 즈음이었다. 아이는 계류장에 멈춰 있는 비행기를 보고는 "우와! 우와!"를 연발했다. 나보다 더한 녀석이었다.

비행기를 처음 보는 거냐고 묻자 아이가 고개를 가로저으며 대답했다. "아니요. 맨날 맨날 보는데요. 저는 저 비행기도 타봤는걸요." 그러고는 아이가 태극 마크가 그려진 하늘색 비행기를 손으로 가리켰다.

"그래, 좋겠구나." 나는 한 입 베어 먹은 햄버거를 빨리 씹어 넘기며 아이에게 물었다. "근데 여긴 어쩐 일이니?"

"아빠 마중 나왔어요. 우리 아빠는 맨날 비행기 타고 일하러 가요." 아이가 자랑하듯 말했다.

"오, 그래. 아빠는 어느 나라에서 오시는데?"

"러시아요. 아저씨도 누구 마중 나왔어요?"

나는 고개를 가로저었다. "아니."

"그럼 가는 거예요?" 아이의 저 물음은, 아이도 공항이라는 곳이 어디에서 오거나 어디로 떠나는 데라는 걸 안다는 뜻이었다.

나는 또 거짓말을 해버린다. "어? 응."

"어디요?" 아이는 꽤 집요하게 질문을 해왔다.

나는 한참 뜸을 들이다 대답했다. "음…… 하와이."

"거기는 왜 가는데요?"

"음…… 아저씨 엄마가 거기에 사시거든."

"우와!"

아이의 감탄사가 저리 기분 좋게 들리기는 처음이었다. 그런데 아이에게 그렇게 말해버리고 나니 정말로 나는 어머니가 시설이 아닌 하와이에 살고 있으면 좋겠다는 생각이 들었다. 그리고 '좋겠다'라는 바람은 '실제로 어머니가 하와이에 살고 있다'라는 착각으로 이어지면서 아주 잠깐이지만 행복해졌다. 공항은 이래서 좋았다. 공항의 타인들 또한 그런 내 행복을 의심하려 들지 않아서 더 좋았다. 로스앤젤레스로 간다고 하면 진짜로 로스앤젤레스로 간다고 믿어줬고, 하와이로 간다고 하면 진짜로 하와이로 간다고 믿어줬다. 그런데 사실 공항은, 떠나고 돌아오는 사람들만 있는 건 아니었다. 그리고 누군가를 배웅하거나 마중하기 위해 오는 장소만도 아니었다. 공항에는 그냥 아무런 목적 없이 잠시 머물렀다가 가는 나 같은 사람도 있었다. 하지만 아이는 아직 그걸 모르는 것 같았다. 저 아이뿐만이 아니라 모두가 그러했다.

아이가 내게 물었다. "하와이는 여기서 얼마나 멀어요?"

대답을 해주기 위해 나는 아이에게 되물었다. "너, 제주도 가봤니?"

"네." 아이가 고개를 끄덕였다.

"하와이는 제주도보다 아홉 배는 더 멀어. 아주아주 멀지. 아주아주……."

비록 하와이는 아니지만 일요일, 이 공항에서의 하루 일정을 끝내고 나면 나는 교통센터를 지나 지하철을 타고 꼭 어머니에게로 갔다. 어머니는, 검정 슈트 차림에 캐리어를 끌고 나타나는 나를 처음엔 낯설게 바라봤다. 그러다 어느 순간 어머니 입에서는 이 말이 튀어나왔다. "우리, 비행기 타고 제주도 가자." 내가 가장 안도하는 순간은 바로 그때였다. 그러면 나는 한껏 미소를 지어 보이며 어머니를 향해 이렇게 화답했다. "엄마, 우리 제주도 말고 하와이 가자. 거기는 제주도보다 훨씬 멀어서 비행기를 아주아주 오래 탈 수 있거든." 이 대답을 시작으로 나는 일주일 동안 나와 내 주변에서 일어난 일들을 어머니에게 조곤조곤 얘기해줬다. 달라진 게 있다면 어머니는 더 이상 폐지를 주우러 다니지 않아도 된다는 것이었고, 손톱 밑이 새까매지도록 새벽녘까지 마늘을 까지 않아도 된다는 사실이었다. 그래도 어머니는 나와 한집에서 살 때처럼 내 얘기를 귀담아들어줬다.

저쪽에서 아이 엄마가, 유리 벽에 바짝 붙어 서 있는 아이를 불렀다. "아빠한테 가자"라고 말하며 아이 엄마는, 비행기를 더 보고 싶어 하는 아이를 억지로 끌고 공항 도착층으로 내려갔다. 하와이에 있는 어머니를 보러 가려면 서둘러야 하기에 이쯤에서 나도 유리 벽에서 멀어진다. 파랗던 하늘에는 그새 노을이 져 있었다. 나는 막 이륙을 끝낸 비행기가 붉은 노을의 상공을 가로질러 멀어져가는 걸 바라보며 또다시 발걸음을 옮겼다. 오늘도 많은 사람들이 내가 가보지 못한 어딘가로 떠나갔고, 그 어딘가에서 끊임없이 돌아왔다. 하지만 나는 여기 이 공항에 잠시 머물렀다가 어머니에게로 돌아간다. 오늘 내가 어머니에게 해줄 얘기는 여동생이 미용 기술을 배우기 시작했다는 것이다. 아마 이 얘기를 들으면 어머니는 백화점에서 일하던 애가 갑자기 무슨 미용 기술이냐며 의아해할지도 모르겠다. 여동생에 관한 얘기가 끝나면 오늘 이 공항에서 만난 사람들에 대해, 그리고 미국 LA에 갈 뻔한 사연과 공항의 온갖 풍경들에 대해 말해줄 것이다. 어머니가 하품을 해대지 않는다면 여권을 만들 거라는 말과 함께, 그 여권이 어머니와 나를 아주 먼 나라로 데려가줄지 모른다고 말할 참이었다. 그러니까 육 개월만 기다려달라고…….

나는 끝말잇기처럼 이어진 에스컬레이터를 타고 일요일의 공항을 벗어났다. 그러자 내 몸은 아주 먼 나라에서 돌아온 것처럼 진짜로 피곤해졌다. 그래도 나는 다음 주 일요일에도 검정 슈트 차림을 한 다음, 한 권의 소설책이 담긴 캐리어를 끌고 이 공항으로 돌아올 것이다. 두근거리는 일요일이 있어서,

내 얘기를 들어줄 어머니가 있어서 아직은 다행이었다. 그러니까 나는 아직 괜찮았고, 우리는 아직 지치지 않았다. 아마 어머니와 여동생도 그럴 거라고 나는 생각했다.

나를 어머니한테 데려다줄 지하철이 지금 막 들어오고 있었다. 일요일의 공항은 오늘도 나를 친절하게 배웅했다. 그냥 머물렀다 가는 나와 내 일요일을. 그리고 나의 위장된 온갖 '척'들을.

그런 공항을 향해 나는 손을 흔들었다. 같지만 다른 내 일요일이 거기에 있었다.

그들의 고전주의

○ ●

 공장 안은 '여자'와 '달큼한 향'으로 한가득이었다. 게다가 농익은 가을 날씨처럼 선선하기까지 했다. 이제 막 기승을 부리기 시작한 바깥의 불볕더위를 생각하면 이곳은 그야말로 지상낙원이었다.
 연일 35℃를 웃도는 기온이 갱신의 갱신을 이어가는 중이었다. 그 지글거리는 난리통에 얻어낸, 땀 한 방울 흘릴 것 같지 않은 아르바이트였고 실제로도 이 아르바이트는 그러했다. 37℃를 가리키는 오늘의 바깥 수은주와 작년 여름, 탈인형을 쓰고 놀이공원을 누비고 다녀야 했던 상대성은 나에게 이 아르바이트의 매력에 빠져들지 않을 수 없게끔 했다. 하지만 완벽한 만족이란 있을 수 없는 걸까. 나는 이 주째 두통을 동반한 구역질과 어지럼증에 시달리는 중이었다. 폴리에틸렌 냄새와 끊임없이 눈앞을 이동하는 저 수많은 구멍, 구멍들 때문이었다.

 공장은 다소 낙후된 생산 라인 체계를 갖추고 있었다. 모든 공정에 자동화 기계화가 도입되기 전이다 보니 어느 부문에서는 사람의 손이 필요했다. 가령 쉼 없이 밀려올라오는 구멍 속에 아이스크림을 담을 종이컵이나 콘을 넣어줘야 한다거나, 아이스바가 되어 나올 기계 안에 나무 막대를 꽂아줘야 한다거나 하는 일들이 그랬다. 얼려 나온 빙과류를 바구니에 담아 옮기고 포장하는 일까지도 사람의 손을 거치지 않으면 안 되는 메커니즘이었다. 나는 그 여러 가지 공정 중에 콜라병 모양의 폴리에틸렌 용기를 구멍 속에 넣어주는 작업을 하고 있었다. 구멍을 빈 구멍으로 보내면 안 되는 일이라 손놀림은 빨라야 했고 한눈을 팔아서도 안 되었다. 옆으로 옆으로 끊임없이 움직이는 구멍들. 하루 종일 그것을 쳐다봐야 하는 일은 배를 타고 바다 위를 표류하는 것과 비슷해서 멀미 증세가 생겨나곤 했다.

 메슥거리는 속을 달래보기 위해 나는 맞은편에서 나와 같은 동작을 반복하고 있는 파트너에게 말을 걸었다. 이 공장에서 일한 지 삼 년이 되어간다는 김남희의 나이는 나보다 한 살 어린 스무 살이었다. 요즘 세상에도 집안 형편을 이유로 학업을 포기하고 공장에 취직하는 사람들이 있을까 싶겠지만 여기서 일하는 대부분의 젊은 여자들이 그러했다.

나는 그녀를 향해 크게 소리쳐 물었다. 공장 기계음에 지지 않으려면 항상 목소리를 높여야 했다. "이 공장도 이삼 년 내에 전면 자동화로 바뀐다지?"

"그런 소린 또 어디서 들었데요?" 김남희가 나를 노려보았다.

"모였다 하면 다들 그 소리던걸. 진짜래?"

"그게 그쪽하고 뭔 상관인데요! 두 달짜리 알바생이 신경 쓸 일은 아닌 거 같은데요!" 그녀의 말투는 오늘도 차갑고 까칠했다.

"나야 걱정돼서 그렇지."

"걱정도 되시겠죠. 하긴, 한여름에 바짝 돈 벌어가기 좋은 곳이긴 해요, 여기가. 그죠?" 비웃기라도 하듯 김남희의 한쪽 입꼬리가 올라갔다.

이상하게 여기서 내뱉는 말들은 내 의도와 다르게 해석되고, 이해되고, 받아들여졌다. 최첨단 기계화 방식이 도입되면 대량 해고로 이어질 건 뻔한 일이었다. 당연히 그게 걱정이 돼서 한 말임에도 저들은 내 말을 삐딱하게 받아들였다. 그러고는 날 선 태도와 앙칼진 말투로 나를 공격하려 들었다. 그들은 대학생이라는 내 신분을 아니꼬워했다. 자기들과는 다른 미래를 가졌다 생각하는 나 같은 사람이 싫은 거였고, 기껏 두 달도 안 되는 이곳에서의 아르바이트를 인생의 좋은 경험 정도로 여길 게 뻔해 보이는 내 사고가 싫은 거였다. 그것이 그저 그렇고 그런 내 행동과 말들이 곡해와 왜곡으로 치닫는 이유였다.

"정신 똑바로 안 차려요!" 갑자기 김남희가 소리쳤다. "구멍이요, 구멍! 방금 구멍 하나 놓쳤다고요! 씨발!"

얼른 손을 뻗쳐 폴리에틸렌 용기 하나를 넣어보려 했지만, 구멍은 이미 지나가버린 뒤였다. 지나간 구멍에 집착하다 보니 순식간에 나는 다가오는 구멍들 중에 두 개를 또 놓치고 만다.

"불려가봐야 정신 차리죠! 빨리요, 빨리!" 그녀가 계속해서 나를 다그쳤다.

"알았어. 한다고 해. 내가 좀 어지러워서 그래. 근데 그쪽은 멀미 안 나?" 나는 얼굴을 잔뜩 찡그린 채로 그녀에게 물었다.

"참나, 어지러울 정신도 있고. 남자 대딩들은 저래서 안 된다니까!"

나는 거칠게 말대꾸를 했다. "거기서 왜 남자가 나오고 대학생이 나오는 건데?"

고개를 가로저으며 입을 앙다문 그녀가 나를 흘겨보았다. 그런데 이러다 정말 큰일이 나지 싶은 게, 깨문 입술 사이로 다시 욕지기가 올라오려 하고 있었다. 먼 곳을 한번 쳐다봐주면 괜찮아질 거라는 김남희의 옛 조언도 이번엔 별 소용이 없었다. 설령 효과가 있다 해도 먼 곳으로 눈을 돌렸다가는 구멍을 놓치기 십상이라 오래 하고 있을 수 없는 처방이었다. 나는 나지막이 "씨발!"을 연발한 뒤에 그녀에게 "박스!"라고 외쳤다. 그것은 폴리에틸렌 용기가 바닥을 드러낼 때마다 파트너에게 해줘야 하는 말이었다. 폴리에틸렌이 들어 있는 박스를 개봉해야 하니 파트너인 당신이 그동안 내 몫의 구멍을 봐달라는 뜻이었다. 대개는 공장 구석구석을 돌아다니는 '잉여 인력'이 그 일을 대신해주지만 '잉여'가 눈에 보이지 않을 때는 본인이 직접 해야 하는 일이었다.

나는 잽싸게 박스 하나를 개봉했다. 그사이 김남희의 손이 두 배로 빨라졌다. 숙련공답게 그녀는 내 몫의 구멍을 무리 없이 채워나갔다. 그런데 박스의 양쪽 날개를 열어젖히자 폴리에틸렌 특유의 그 역한 냄새가 코끝으로 훅, 끼쳤다. 순간 위가 뒤틀리는가 싶더니 목구멍에서 구역질이 올라왔다. 아주 크게 게워져 나올 기세였다. 여기에다 쏟아내면……. 당황한 나머지 나는 입을 틀어막은 채 그대로 곧장 작업장을 벗어났다.

예고도 없이 화장실로 뛰어가는 나를 향해 김남희가 외쳤다. "야, 이 호모 새끼야! 이렇게 두고 가면 나보고 어쩌라고! 당장 안 와!" 그녀는 계집애처럼 생긴 내 외모를 비하할 의도로 나를 종종 '호모 새끼'라고 불렀다. 이어 기계음 사이로 잉여를 불러대는 그녀의 다급한 목소리가 들려왔다. "잉여! 잉여! 여기 잉여!"

형광색 위생모를 쓴 잉여는, 결코 멈추는 법이 없는 '기계'와 결코 멈춰서는 안 되는 '인간 기계'를 위해 필요한 존재였다. 잉여 덕분에 여기 여공들은 일하다 대소변을 보거나 생리대를 교체할 수 있었고, 잉여의 눈치 빠른 도움으로 쉼 없이 손을 움직일 수 있었다. 제조업에 필요한 것은 오로지 '속도!'와 '능률!'과 '지속!'이었다. 그래서 이 공장에서 잉여는 멀티플레이어로 통했다. 하지만 이삼 년 내에 저 잉여들은 진짜 잉여가 되고 말 터였다.

나는 좌변기 앞에 상체를 수그려 아침에 먹은 것들을 몽땅 토해냈다. 구역질 나는 시큼한 토사물을 보고 나니 비참한 생각이 밀려들었다. 그런 나 자신을 위로하고픈 마음에 속으로 이렇게 되뇌었다. 나한테는 저들과는 다른 질적인 미래가 있어. 학부 성적이 좋으니까 로스쿨 합격은 따놓은 당상이야. 학비 걱정 없이 공부에만 전념할 수 있다면 변호사 시험에 무난히 통과할 테고, 변호사로 경력을 쌓은 뒤에는 내가 바라던 판검사의 길이 기다리고 있을 거야. 저들의 미래가 뻔한 만큼 내 미래 또한 뻔할 게 분명하다고. 그러니까 돈을 모아야 해. 돈을……. 하지만 이렇게 계속 멀미 증세가 반복된다면 이곳에서 버텨내기란 어려울지 몰랐다. 그러자 내 머릿속에 떠오른

것은 아버지였다. 사실 아버지의 하루 노동을 생각하면 이깟 노동은 노동도 아니었다. 일용직 건설 노동자인 아버지는 오늘 같은 폭염에도 일을 나갔다. 아버지에겐 일요일조차 없었는데, 내일 당장 끊길지 모르는 일을 대비해 오늘 주어진 일거리를 악착같이 잡아야 했기 때문이었다. 게으름을 온전히 남의 몫으로 여겨온 아버지였지만 아버지와 우리 가족의 형편은 별반 나아지지 않았다. 게으름을 모르면 부자가 될 수 있다는 희망은 동화책만의 위로이자 이상일 뿐이었다.

아버지 생각을 하고 났더니 괜스레 나 자신이 부끄러워졌다. 나는 옅은 한숨을 뱉어내고는 세면대 앞으로 걸어갔다. 토악질로 기진맥진해진 몸이 옆으로 휘청댔다. 수도꼭지를 비틀어 시큼해진 입안을 헹구고 얼굴에 찬물을 끼얹었다.

그런 다음 거울 속의 나를 쳐다보며 말했다. "자리를 바꿔달라고 해야겠어."

한번 배정된 자리는 웬만하면 바꿔주지 않을 거라고 내 파트너인 김남희가 장담하듯 말했지만 모르는 일이었다. 나는 작년 이맘때처럼 탈인형을 쓰고 돈을 벌고 싶진 않았다. 지옥은 그때 한 번으로 충분했다.

아이스크림 공장은 유월에서 팔월까지 한시적으로 삼교대 근무로 전환되었다. 그래서 성수기의 인력 부족은 아르바이트생으로 메꿔야 했다. 원래 아르바이트 모집 대상은 여성으로 제한돼 있지만, 올해처럼 지원 인력이 부족할 때는 남성들도 뽑는 모양이었다. 그러니까 엔지니어와 공장장을 제외하면 여기는 그야말로 꽃밭인 셈이었다. 하지만 여자들 천지임에도 결코 이곳은 여성스럽지도 달콤하지도 않았다.

올해, 꽃밭 같지 않은 이 꽃밭 안으로 들어온 남자 아르바이트생은 나를 포함해 모두 다섯이었다. 그들도 나와 같은 대학생이었지만 왠지 나와 어울리려 하지 않았다. 그렇다고 이곳 여자들하고 어울리는 것도 아니었다. 하긴, 두어 달 머무르다 갈 사람들에게 여성 노동자와의 친분이 자기들 인생에 무슨 도움이 되겠는가. 그래서 그런지 그들 넷은 자기들끼리만 자주 뭉쳐 다녔다.

식판을 들고 빈 테이블에 가 앉았다. 24시간 돌아가는 공장의 기계는 점심시간에만 잠깐 멈추었다. 나는 수저를 들기 전에 고개를 사방으로 돌려 식당 내부를 훑었다. 내 파트너인 김남희를 찾기 위해서였다. 벌써 식사를 끝내고 나간 것인지 다행히 그녀는 눈에 보이지 않았다. 아까 내가 작업장을 박차고 나온 게 점심시간 삼십 분 전이었으니 그녀는 아마 삼십 분 동안 내가 관두고 나온 일들을 잉여와 함께 마무리했을 것이다. 모르긴 몰라도 단단히 화가 나 있을 게 뻔했다. 마주치면 미안하다고 해야 하나 싶다가도, 몸이 안 좋아 그런 건데 내가 왜? 라는 생각이 들자 사과할 마음은 금세 수그러들었다.

"그래, 그냥 관두자." 나는 짐짓 귀찮다는 투로 말했다.

그녀를 찾아내려다 내 눈에 띈 것은 남자 대학생 넷이었다. 그들은 구석진 테이블에 따로 모여 앉아 시종 웃고 떠들며 점심을 먹고 있었다. 다들 다리를 꼬고 앉아 있는 꼬락서니가 이상하게 마음에 들지 않았다.

"존나 재수 없는 새끼들, 지들이 잘나 봤자지." 나는 치켜뜬 눈으로 그들을 응시하고는 콧방귀를 뀌었다. 그리고 계속 혼잣말을 지껄였다. "기껏 용돈이나 벌러 온 주제들이! 어차피 니들이나 나나 같은 알바 인생이야!"

모두 다 똑같은 작업복과 똑같은 위생모를 쓰고 있지만, 그들 넷은 유독 눈에 잘 띄었다. 그래서 그런지 때때로 좀 거슬렸다. 꽃밭 속 남자라서 그런 게 아니었다. 저들 스스로가 만들어낸 인위적인 경계랄까, 우린 여기 노동자들과 다르다는 위세랄까. 아무튼 하나부터 열까지 마음에 안 드는 녀석들이었다.

나는 미역국에 밥을 절반만 말아 후루룩 넘겼다. 몽땅 토해낸 뒤끝이라 그런지 배가 고팠음에도 많이 들어가지는 않았다. 또 게워낼지 모른다는 염려 탓이었다. 오후 작업을 위해 미리 멀미약까지 먹어둔 상황이지만 여전히 불안하기는 마찬가지였다. 멀미약 복용은 오늘로 일곱 번째였다.

그들의 고전주의

그런데 식당에서 나와 공장으로 이어지는 복도에서 김남희와 마주치고 만다. 떠먹는 아이스크림 한 통을 손에 들고 그녀가 저만치에서 걸어오고 있었다. 여기 직원들은 점심시간이 되면 후식으로 자기들이 먹고 싶은 아이스크림을 얼마든지 골라 먹을 수 있었다. 무엇을 얼마나 먹든 상관은 없지만 아이스크림을 공장 밖으로 가지고 나가는 것은 절대 금물이었다. 아르바이트를 시작한 첫날, 파란색 위생모를 쓴 작업반장이 일러준 몇 가지 준수사항에는 이런 말이 들어 있었다. "여기에서 생산되는 아이스크림은 얼마든지 먹어도 상관없어요. 단, 절대 공장 밖으로 가지고 나가서는 안 돼요. 집으로 가져가서도 안 되고요. 알겠죠?" 그 말이 생각나자 나는 또 웃음이 나왔다. 아니, 그렇잖은가. 바보가 아닌 이상 한겨울에도 녹아버릴 아이스크림을 대체 누가 몰래 집으로 가져간단 말인가. 들키는 날에는 징계나 해고로 이어질 수 있다고 겁박을 주었지만, 아이스크림이란 남모르게 집으로 가져가기엔 구조적 생래적으로 문제가 많은 제조품이었다. 그래서 나는 작업반장의 그때 그 말이 여전히 코미디처럼 들렸다.

김남희의 레이더망이 나를 향했다. 그런데 그녀가 한달음에 달려오더니 다짜고짜 내 정강이를 걷어차는 게 아닌가. 찌릿한 통증이 무릎과 허벅지를 지나 머리까지 올라왔다. 정신이 번쩍 들 정도의 아픔이었다.

그녀가 어이없는 표정을 지으며 말했다. "웃어? 나보고 웃었어? 지금 웃음이 나와?"

"아니, 그쪽 보고 웃은 게 아니고…… 뭣 좀 생각하다가……." 나는 고통을 드러내지 않으려고 한쪽 입술을 깨물었다. 들어 올린 한쪽 발을 부여잡고 복도 벽에 기대어 섰다.

그녀의 화난 말투가 계속 이어졌다. "이 호모 새끼야, 말도 없이 뛰쳐나가면 나 혼자 어쩌라는 거야!"

그래서 나도 화난 목소리로 대거리를 했다. "씨발, 그럼 거기다가 토해? 그래야 돼? 그리고 왜 자꾸 나한테 호모 새끼래? 니가 나 호모 짓 하는 거 봤어? 봤냐고!"

"그걸 꼭 봐야 아나?"

나는 그녀와 파트너로 일하기 싫어서라도 자리를 바꿔달라고 해야겠다 생각했다. 망설이던 차에 불을 지펴줘서 잘됐지 싶었다.

나는 그녀에게 호기롭게 말했다. "나 지금, 어디 가는 줄 알아?"

"내가 알 게 뭐야." 김남희의 한쪽 입술 꼬리가 실룩거렸다.

"작업반장 만나러 간다? 가서 자리 바꿔달랠 거거든. 이제 너랑은 빠이빠이야." 나는 그녀의 신경을 건드리듯 말했다.

"흥, 그게 말처럼 쉬울 줄 아나 보지? 어디 한번 해보시든가." 그녀가 바닐라 아이스크림 한 덩어리를 입에 떠 넣었다. 아이스크림을 머금은 입을 내게 벌려 보이더니 자신의 입에서 뿜어져 나온 냉기를 내 얼굴을 향해 후, 불어대고 지나갔다. 불쾌하기 짝이 없는 행동이었다.

고개를 돌린 나는 멀어져가는 김남희의 등에다 대고 나지막이 소리쳤다. "대학도 못 간 공순이 주제에! 니들이 못한 거, 나는 해! 나는 한다고!"

그녀가 뒤돌아 가여운 눈빛으로 나를 쏘아보며 말했다. "순진도 하셔라. 세상에 맨입으로 되는 게 있는 줄 아나 보지? 그리고 다시 한번 말해두는데, 나는 대학에 못 간 게 아니라 안 간 거라고!"

"구라 까네."

더 이상 상대하고 싶지 않다는 듯 김남희가 혀를 날름거리고는 모퉁이로 사라져갔다. 나는 곧장 복도를 빠져나가 작업반장 방으로 향했다. 이젠 아예 나한테 반말지거리였다.

작업반장의 방은 아파트 경비원 부스만큼이나 좁았다. 한 평 남짓도 안 되는 공간 안에는 간이침대와 낡은 철제 책상이 놓여 있었다. 그나마 작업반장이나 되니까 자기만의 공간과 침대에서 낮잠을 잘 수 있는 모양이었다. 다른 노동자들은, 점심 식사 후에 찾아오는 식곤증을 탈의실에서 혹은 공장

바닥에 골판지 박스를 깔고 적당히들 해결했다.

파란색 위생모에 가려 보이지 않던 작업반장의 헤어스타일은 긴 생머리였다. 화장법 때문인지 몰라도, 뾰족한 턱선을 가진 작업반장의 첫인상은 내게 마녀처럼 보였고 지금도 그래 보이긴 마찬가지였다. 들어오라는 반장의 말에 나는 쭈뼛쭈뼛 방 안으로 발걸음을 뗐다. 그녀의 작업복은 여전히 구김 하나 없이 반듯하고 깨끗했다. 다른 여성 노동자들은 베이지색 작업복을 말 그대로 작업복으로 입는 데 반해 작업반장은 무슨 유니폼처럼 입어서 그런 거였다. 이 공장에서 작업복을 다려 입는 사람은 파란색 위생모를 쓴 저 반장이 유일했고, 오로지 그녀의 작업복만이 퇴근 무렵이 되어도 깨끗한 상태 그대로였다.

비좁고 낡아 보이는 방임에도 반장의 방에서는 좋은 향기가 났다. 화장품 냄새 같기도 하고 향수 냄새 같기도 했다. 무슨 일로 왔느냐는 작업반장의 물음에 나는 꾸물대지 않고 바로 말했다. 이 주째 두통을 동반한 구역질과 어지럼증에 시달려왔으며, 그로 인해 오늘로 멀미약을 일곱 번째 복용 중이라고 했다. 게다가 작업 파트너인 김남희로부터 폭언을 듣고 폭력까지 당했다고.

"그래서 말인데요, 다른 파트로 자리를 좀 옮기고 싶어서요……." 내 목소리의 끝은 점점 힘이 빠지고 있었다.

"어쩌지? 옮기고 싶다고 쉽게 옮겨지는 게 아닌데." 작업반장이 자신의 양쪽 어깨를 한 번 들어 올렸다 내리고는 말을 이었다. "자리를 바꾸게 되면 그 공정에 익숙해져 있던 다른 누군가는 또다시 일을 손에 익혀야 해. 알다시피 여긴 능률과 신속이 우선이잖아."

"알아요. 아는데……."

"다른 여자애들도 그냥 하는 일이야. 근데 왜 유독 학생만 까탈스럽게 굴지?" 그녀가 벽에 바짝 등을 기대고는 도도하게 팔짱을 끼었다.

"까탈 부리는 게 아니라 진짜로 몸이 어지럽다고요. 움직이는 구멍 때문에 몸이 그냥 어지러운 걸 저보고 어쩌라고요!" 괜히 화가 났다. 차라리 내가 꾀병이라도 부리는 거면 덜 억울하지 싶었다.

그때 내 얼굴을 유심히 살피고 난 작업반장이 말했다. "좋아. 바꿔주지."

"정말요?" 내 진정성이 통한 걸까. 그게 말처럼 쉬운 일인 줄 아느냐는, 조금 전 김남희의 비아냥거림이 생각나자 뭔가 통쾌해지는 기분이었다.

반장의 말이 계속 이어졌다. "그럼 학생은 나한테 뭘 해줄 거지?"

"네?"

"가는 게 있으면 오는 게 있어야지. 안 그래?" 그녀가 씨익 웃었다.

"아, 일 열심히 할게요. 다른 사람보다 두 배, 아니 세 배로요."

"순진하긴. 그런 거 말고."

"네?"

작업반장이 음흉한 미소를 지어 보이더니 간이침대에서 일어났다. 그녀가 안쪽 구석진 자리에 놓인 철제 책상 앞으로 가 앉았다. 메모지 한 장을 찢어 거기에 뭐라고 끄적거린 다음 그걸 나에게 내밀었다. 그녀로부터 건네받은 메모지에는 '오늘 저녁 여덟 시―굿나이트 모텔'이라고 쓰여 있었다. 지금 이게 무슨 상황이지? 하고 생각하다가 아까 김남희가 맨입 어쩌고 하던 말이 떠올랐다. 하지만 나는 애써 침착함을 유지한 채 작업반장의 손에서 펜을 뺏어 들었다. '오늘 저녁 여덟 시'란 문구에 두 줄을 긋고는 그 밑에다 '내일 새벽 한 시'라고 정정해 적었다.

나는 보충 설명을 했다. "여기 알바 끝나면 바로 다른 알바를 가야 해서요."

"무슨 알바?" 그녀가 물었다.

"숯불갈비 집에서 불판 닦는 일이요. 자정에 끝나니까 아마 그 시간이면 갈 수 있을 거예요."

"학생, 참 열심히 산다." 내내 음흉해 보이던 그녀의 미소가 흐뭇하게 변해갔다. "아, 혹시 원하는 자리 있어?"

나는 냉큼 대답했다. "지금 일하는 곳만 아니면 돼요. 구멍만 안 보이면요."

"좋아, 그럼 이따 봐."

"네, 이따가······."

그렇게 나는 향기 나는 작업반장의 방에서 나와 공장 안으로 들어갔다. 내가 지금 무슨 짓을 벌인 거지, 라는 생각 뒤에는 그것을 옹호하려는 논리들이 따라붙었다. 학부 기간 안에 로스쿨 학비를 마련해두겠다는 아버지와 녀석과의 그 약속 말이다. 모든 목적에는 수단이 따르는 법이고, 수단의 옳고 그름은 결과가 말해줄 것이다. 그러니 개의치 말자. 이런 식으로 살지 않으면 자기 몫을 챙길 수 없는 세상이었다.

공장 안으로 들어서자 선선한 공기와 달큼한 향들이 온몸에 전해졌다. 내가 나가고 나자마자 작업반장은 자기 방에서 담배를 피워 물었다.

해가 진 밤이었지만 여름밤은 뜨거웠다. 다섯 시간 동안 내가 닦아내야 하는 불판이 백여 개는 되었다. 물을 만지는 일임에도 자정이 가까워지면 몸은 땀으로 범벅이었다.

뻘겋게 이글거리는 숯불을 들고 내 옆을 지나가던 숯불갈비 집 사장이 말했다. "나 원 참, 고무장갑 끼고 하래도. 오늘도 수고했어."

고무장갑을 끼면 속도도 나지 않고 제대로 닦이지 않아 불판은 맨손으로 닦는 게 더 나았다.

"그럼, 이만 정리하고 가보겠습니다." 나는 사장에게 그렇게 말하고 자리에서 일어났다.

그래도 나는 이 일이 좋았다. 이 일은 새까맣게 탄 불판을 깨끗이만 닦아주면 누구 하나 뭐라 하는 사람이 없었다. 후미진 뒤꼍에서 혼자 쭈그리고 앉아 철 수세미로 어떤 목표를 문지르는 일. 목표가 확실한 만큼 결과도 확실한 일. 그리고 나는 또 다른 확실한 결과를 얻어내기 위해 자정이 되자마자 굿나이트 모텔로 향했다. 작업반장보다 먼저 모텔 방에 도착한 나는 불판을 닦아내느라 흘린 땀을 깨끗이 씻어냈다. 여자와의 잠자리는 오늘로 두 번째였다. 내 첫 번째 잠자리 상대는 대학 동기인 조승혜였다. 교수 아버지와 교수 어머니를 부모로 둔 덕에 세상 걱정 없이 살아온 친구였다. 공부 머리는 없었지만 아름다운 젖가슴을 가졌던 조승혜. 그녀의 귓불과 그녀의 젖꼭지와 그녀의 음부를 혀로 핥아내려가던 처음의 나. 사정(射精)을 끝내고 그녀의 얼굴을 향해 격정의 오르가슴을 쏟아냈다고 여기던 순간, 조승혜가 나에게 던져온 말들. "오늘로 확실해졌어. 넌 여자를 사랑하지 않아. 그지?" "아니야."

나는 제 발 저리듯 냉큼 고개를 가로저었다. "정말 모르는 거야? 아님 모른 척하는 거야? 넌 여자를 사랑하지 않는다고." "……." 조승혜가 피식 웃으며 말했다. "걱정 마. 아무한테도 말 안 할 테니까. 앞으로 우리, 좋은 친구가 될 수 있겠다. 그치?" 내가 여자를 사랑하지 않는다는 걸 알려준 조승혜. 그렇다면 오늘의 잠자리는 나에게 무엇을 알려주게 될까. 이십 대의 서투름과 사십 대의 능숙함에 대한 비교? 아니면 정말로 내가 여자를 사랑하지 않는다는 또 한 번의 확신과 증거? 그것도 아니면 목적성이 결부된 잠자리가 줄 교훈들?

노크 소리가 났다. 나는 침대에서 일어나 젖은 머리카락을 매만져 정리했다. 문을 열어주자마자 향수 냄새가 코끝을 찔렀다.

개별 포장을 마친 빙과들이 컨베이어 벨트를 타고 끊임없이 쏟아져 나왔다. 컨베이어 벨트를 사이에 두고 내 쪽에 네 명, 맞은편에 네 명이 자리했다. 오늘부터 내가 맡아 하게 된 작업은 이 아이스크림 공정의 마지막 단계인 포장이었다. 목장갑을 낀 손으로 나는, 옆에 내 키 높이만큼 쌓여 있는 상자 하나를 빼 들었다. 아주 빠른 손놀림으로 상자를 접은 다음 양손으로 빙과 두 개씩을 집어 올려 상자에 담았다. 한 상자에 서른두 개의 빙과를 채워 넣어야 하니 상자 하나당 집어 들어

담고, 집어 들어 담는 과정을 총 여덟 번 반복해야 했다. 수량을 채운 상자를 아래쪽 컨베이어 벨트로 밀어주면 기계가 알아서 테이핑을 해주는 방식이었다. 그런데 처음 해보는 일이라 그런지 다른 파트너들이 상자 두세 개를 써나갈 때 나는 겨우 상자 하나를 쓰고 있었다. 작업 속도의 차이 때문이었다. 나를 제외한 일곱 명에게 느껴지는 척척, 착착, 쓰윽의 리듬감을 나한테서는 아직 찾아볼 수 없었다.

바뀐 자리 덕택인지 더 이상 어지럼증과 구토 증세는 나타나지 않았다. 대신 열 개의 손가락 끝이 아파왔다. 무언가를 반복적으로 집어 올리는 과정으로 인한 손가락 통증이었다. 손가락 끝이 아프다고 파트너들에게 말했더니 누군가는 이렇게 조언했다. "처음이라 그래요. 시간 지나면 괜찮아져요." 그리고 또 다른 누군가는 이렇게 충고했다. "손에 너무 힘을 줘서 그래." "하다 보면 요령도 생기고 속도도 붙을 거예요."

그렇게 조언과 충고의 말들이 오가는 와중이었다. 다소 신경질적인 눈빛을 가진 여자 하나가 나를 향해 쏴붙였다. "빨리빨리 좀 움직여요! 지금 그쪽 하나 때문에 우리가 더 바빠진 거 안 보여요?"

나는 최대한 빨리 상자를 접으며 대답했다. "열심히 하고 있어요."

여덟 명 중에 한 명이라도 작업 속도에 문제가 생기면 미처 상자로 들어가지 못한 빙과들은 컨베이어 벨트 끄트머리에 쌓이게 되는 불상사가 일어난단다. "그렇게 되면 모든 스텝이 꼬이게 된다고요. 기계는 절대 멈추지 않아요. 빨라지면 빨라졌지 절대 느려지지도 않고요. 뭔 말인지 알겠어요?" 신경질적인 눈빛의 여자가 가르치듯 말을 뱉어냈다.

나는 떨떠름한 표정을 지어 보이며 속으로 말했다. 참나, 여기도 훈계질이네. 뭐 어쨌든, 신경질적인 눈빛의 여자가 말하는 그 불상사가 발생하지 않도록 나는 척척, 착착, 쓰윽에 가닿도록 노력했다.

그런데 이번엔 내 맞은편에 서 있는 못생긴 여자가 불만에 찬 목소리로 말했다. "아니, 반장은 일 잘하고 있는 애를 왜 빼가, 빼가길? 우리랑 잘 맞았잖아. 그지?"

나 들으라고 하는 말인 것 같았다. 그때 못생긴 여자 옆에 서 있는 기미투성이 여자가 못생긴 여자의 옆구리를 쿡쿡 찌르며 "야, 마녀 떴다. 마녀!"라고 말했다. 파란색 위생모를 쓴 작업반장이 나타난 것이다.

내 옆으로 다가온 반장이 나에게 일은 할 만하냐고 물었다. 손가락 끝이 아프다고 했더니 그녀가 조언을 건넸다. "손가락 끝으로 집으려니까 그렇지. 어깨랑 손에 힘을 좀 빼고 해봐요. 하다 보면 요령 생길 테니까 너무 조급해하지 말고요."

반장이 내 눈을 쳐다보며 지그시 눈웃음을 지었다. 내 한쪽 어깨를 꽉, 한 번 주무르고 지나가는 그녀의 몸에서는 오늘도 짙은 향수 냄새가 났다. 굿나이트 307호에서 관계를 끝내고 났을 때 반장은 가랑이를 벌린 채 그대로 침대에 누워 담배를 피워 물었다.

그러고는 변명 조로 나에게 말했다. 우리는 욕실에서 한 번, 소파 위에서 한 번, 침대 위에서 마지막 한 번을 하고 난 뒤였다. "남편이 바람을 피워. 그래서 나랑 밤에 잘 안 놀아줘. 난 학생처럼 예쁘장하게 생긴 남자들이 좋더라. 우리 남편도 참 예쁘장하게 생겼는데…… 그래서 다들 가만두질 않나 봐."

궁금해 작업반장에게 물었다. "만족은 됐나요?"

"응. 아주 많이. 근래 이렇게 끝까지 가보긴 처음이야. 그것도 세 번이나. 아, 내 가방에 봉투 하나 있을 거야. 가방 좀 이리 줘볼래?"

반장이 내민 봉투 안에는 적지 않은 금액이 들어 있었다. 대가를 받기로 한 쪽은 나라서 나는 의아한 눈빛으로 그녀와 봉투를 번갈아 쳐다봤다.

작업반장이 말했다. "요즘 미투다 뭐다 해서 시끄럽잖아. 괜한 싹을 자르려는 것뿐이니까 받아둬."

"걱정 마세요. 저 나중에 딴말하는 놈 아니에요."

"난 공짜가 싫을 뿐이야." 그녀가 내 얼굴을 향해 담배 연기를 내뿜으며 말을 이었다. "섹스도 노동인데 대가 없는 노동은 좀 파렴치하잖아? 그리고 무엇보다 난 내 오르가슴에 당당해지고 싶어."

자기변명을 위한 수사(修辭)였는지 평소 본인이 고수해온 신념이었는지 모르지만 내게는 꽤 그럴싸하게 들리는 말이었다. 아무튼 나는 굿나이트 한 번으로 내 요구사항을 관철시켰다. 게다가 섹스도 노동이 될 수 있다는 교훈까지 얻게 된, 여자하고의 두 번째 잠자리였다. 그러니까 그날 새벽은 내게 교환과 효용의 가치로서 나쁘지만은 않았던 것이다.

나는, 연거푸 하품을 해대는 작업반장의 뒷모습을 힐끔거리며 상자를 접었다. 빙과를 집어 들 때마다 손가락 끝에서 느껴지는 통증이 점점 심해져갔다. 갖은 노력에도 척척, 착착, 쓰윽은 여전히 나에게 요원하기만 했다. 하지만 나는 숙련공이 되고 싶지 않았다. 그리고 굳이 될 필요도 없었다. 왜냐하면 나는 김남희의 말대로 두 달짜리 아르바이트생일 뿐이기 때문이었다. 말이야 바른말이지, 사실 나는 여기서 버티다 가면 그만이었다. 그리고 내 미래는 이딴 곳에 있지 않았다.

오후조에게 작업을 넘겨주고 탈의실로 향했다. 서둘러 나는 손에 낀 목장갑부터 벗었다. 주먹이 잘 쥐어지지 않을 정도로 손가락 뼈마디가 욱신거렸다. 뻘겋게 불어터진 손톱 주변의 살 사이로 피고름이 새어 나왔다. 고작 하루 일했을 뿐인데 손이 이 지경이 되고 만 것이다. 그나마 다행이게도 월요일 휴무라 오늘은 숯불갈비 집 아르바이트가 없었다. 이 손으로 불판 닦는 일은 거의 불가능했다.

"일은 할 만한지 몰라?" 언제부터 따라왔는지 등 뒤에서 김남희의 조롱 섞인 목소리가 들려왔다.

나는 팔짱을 끼는 척하면서 양손을 겨드랑이 사이로 잽싸게 숨겼다. "그, 그럼. 할 만하지."

"아주 좋은 데로 옮겼던데?" 김남희가 썩은 미소를 지었다. "아마 이 공장에서 거기가 제일 바쁘고 정신없는 데일걸?"

나는 가만히 어금니를 깨물었다. 그러고는 내 나름대로 응수했다. "그걸 보통 스릴이라고 하지. 뭔 뜻인지 알지? 티 에이치 알 아이 엘 엘. Thrill."

"무슨 작당질을 벌였는지 모르지만……."

나는 김남희의 말을 가로챘다. "뭐, 작당질?"

"맨입으로 바꿔줄 마녀가 아니란 거 알 만한 사람들은 다 알아서 하는 얘기거든?" 뭐가 못마땅한지 김남희가 두 눈에 쌍심지를 켰다.

"아파서 못 하겠다는데 그럼 안 바꿔줘? 사유가 정당하고 진실하면 다 통하게 돼 있어. 그동안 여기 사람들, 어떻게 해왔는지 몰라도 장래 법조인인 나와 비교할 수 없겠지. 논리와 진정성이면 되는 거라고. 알아들어? 설득의 기술!"

김남희의 입술 가장자리가 파르르 떨리는 게 보였다. 나는 한쪽 입술 꼬리를 과장되게 치켜올리고는 속으로 말했다. 봤지? 나는 니들하고 다르다고!

말싸움에서 지지 않겠다는 심산인지 그녀가 얼굴 가득 냉소를 드러내며 비하하는 어조로 말했다. "근데 지방 법대생도 '사' 자가 될 수 있긴 하나?"

"뭘 모르나 본데, 요즘은 로스쿨이라고……."

더 이상 듣고 싶지 않다는 듯 그녀가 앞서 걸어가버린다. 불리할 땐 아예 귀를 닫아버리는 못된 성질머리를 가진 여자애였다. 나는 멀어져가는 김남희를 통쾌한 눈으로 쩨려봤다.

그러고는 쐐기를 박듯 그녀를 향해 소리쳤다. "씨발, 대딩이라고 계속 무시해보지, 왜?"

김남희가 가운뎃손가락을 치켜들고는 쏴붙였다. "아가리 닥쳐!"

"미친년, 꼴에 자존심은."

피식, 웃어주는 것만이 내가 김남희에게 할 수 있는 전부라는 게 조금 자존심이 상했다. 저따위에게 말이다.

한우를 이렇게 질리도록 먹어본 게 언제인지 모르겠다. 녀석은 삼계탕이나 먹자고 했지만 나는 가진 돈을 몽땅 써버리고 싶었다. 부드러운 한우 육즙이 식사 내내 우리의 지친 여름을 달래주고 있었다.

"손은 언제부터 그런 거야?" 녀석이 손수 싼 쌈 하나를 내 쪽으로 건네며 물었다.

보는 눈들이 많아서 나는 이번에도 녀석의 손을 가만히 물리쳤다. "오늘."

"안 되겠다. 여기요!" 보다 못한 녀석이 종업원을 불러 포크 하나만 달라고 했다.

지금 내 열 손가락 끄트머리에는 일회용 밴드가 붙어 있었다. 손톱 가장자리 살들이 곪아터지고 난리도 아니었다. 연고라도 발라줘야 했다. 하지만 손가락에 붙은 일회용 밴드는 젓가락질을 불편하게 했다. 젖은 상추를 집어 올리는 데도 걸리적거렸다. 그런데 이 손으로 어떻게 내일 그 일을 해낼지 걱정이었다.

나는 종업원이 가져다준 포크로 한우를 찍어 먹으며 녀석에게 물었다. "로스쿨 학비는 어떻게 돼가?"

"아무래도 난 졸업 때까지 계속 알바를 해야 하지 싶어. 넌?" 녀석의 표정이 심란하게 굳어졌다.

"나도 마찬가지야. 그나마 아버지가 학부 등록금은 대준대서 다행이지 뭐. 그래도 넌 장학금 한 번도 안 놓치고 계속 받았잖아?"

"그럼 뭐하냐? 이번에 또 동생 새끼가 사고 치는 바람에…… 아무튼 그렇게 됐다."

녀석의 깊은 한숨 소리가 내 심장을 파고들었다. "말해봐. 무슨 일인데?"

"아니다. 뭐 먹으면서 구질구질한 얘기 하는 거 싫어." 녀석이 소고기를 우적우적 씹어 삼켰다.

가끔 나는 음식물을 씹을 때마다 단단해지는 녀석의 턱선에 매력을 느끼곤 했다. 학교도 다르고 전공도 다르지만, 녀석은 나와 같은 꿈을 꾸는 동갑내기 친구였다. 우리는 넉넉지 못한 집안 형편 때문에 방학은 물론이고 학기 중에도 늘 한두 개의 아르바이트를 끼고 살아야 했다. "로스쿨은 있는 집 자식들이나 가는 거 아니냐?"는 말로 진로 선회를 부추긴 아버지를 뒀다는 것도 우리의 공통점이었다. 사실 나를 만나기 전까지만 해도 녀석은 대학 졸업 후 상사에 취직할 생각이었다. 그런데 나를 만나고 내 안으로 들어오기 시작하면서 녀석은 내 꿈을 좇았고 나와 같은 미래를 가져보기로 결심했다. 따지고 보면 나로 인해 진로를 바꾸게 된 셈이라 나는 녀석이 적잖이 신경 쓰였다. 거슬린다는 의미가 아니었다.

괜스레 미안해져서 녀석에게 말했다. "저기, 지금이라도 원래 너 가려던 길 가는 건 어때?"

"왜?" 녀석의 눈이 의문스레 휘둥그레졌다.

"만만한 과정은 아니니까. 시험 통과하는 것도 그렇고……

불확실하잖아. 아직은 모든 게……."

"어떤 길이든 불확실한 건 다 마찬가지야. 취직해봤자 잘리는 건 시간문제고…… 정년 없는 직업이 좋아. 아무튼 나도 꼭 변호사가 될 거니까 두고 봐." 녀석이 과장되게 헤헤거리며 웃었다.

"먼 미래를 내다본다면야 그렇지. 그래, 그럼 같이 돼보자, 그 변호사라는 거. 근데 너, 일은 할 만해?"

학부 기간 내에 로스쿨 학비를 마련하기로 한 서로와의 약속을 지켜내기 위해 녀석은 지난주부터 도로에 아스팔트 까는 아르바이트를 새로 시작했다. 일이 힘들고 고된 만큼 일당이 좋아 선택한 한시적 아르바이트였다. 한여름, 지열과 싸움을 벌여야 하는 일이라 나는 아버지 다음으로 녀석이 걱정되곤 했다. 계속되는 폭염으로 요즘엔 공사를 새벽에 한다 들었지만 아무리 새벽이라도 여름 안에 든 시간이었다.

녀석이 쌈을 우물거리며 대답했다. "그저껜 일이 지연되는 바람에 정오까지 일했는데 진짜 죽음이더라. 나랑 같이 일하는 아저씨, 결국 쓰러져서 병원에 실려 갔잖아."

"너도 몸조심해. 물 자주자주 마셔가면서 하고."

"걱정 마." 녀석이 애써 밝게 웃어 보였다.

잠깐 포크질을 멈춘 나는 녀석에게 제안을 했다. "저기, 내년 여름에는 그냥 나랑 같이 일해보는 건 어때? 나 지금 일하는 데서?"

"글쎄…… 근데 거긴 시급이 좀 약하지 않나?"

"그렇긴 한데, 그래도 아이스크림 공장이라 시원하고 일도 편하고 쉬워. 한여름에 땀 한 방울 안 흘리고 일할 수 있는 데가 어디 그리 흔한 줄 알아? 곧 있으면 자동화로 바뀔 예정이라 일하고 싶어도 더는 못 해, 거기."

"쉬운 일이 손을 그 지경으로 만들어?" 녀석의 눈이 엉망진창인 내 양손으로 내려왔다.

"처음에만 이렇대. 굳은살 생기면 좀 수월해지겠지." 이번엔 내가 애써 밝게 웃어 보였다.

"너, 작년 탈인형 알바도 엄청 힘들어했잖아."

나는 물수건으로 입가를 훔치며 대답했다. "지옥이었지. 다신 하고 싶지 않은 일이야. 차라리 아스팔트 까는 게 더 나을걸?"

"그 정도였어?"

"진짜 지옥이었다니까. 그래서 손이 이래도 악착같이 버텨 보려고. 거긴 천국이니까."

한여름에 나만 너무 편한 곳에서 일한다는 생각에 제안해 본 것이었지만 녀석은 별생각이 없어 보인다. 아직까지 녀석에게는 시급이 센 고된 육체노동이 필요했다.

고기 접시가 비워져가자 나는 항정살과 부챗살을 추가로

주문했다.

밥값을 걱정하는 녀석의 표정에 나는 또 이렇게 말해야 했다. "공돈이 생겨서 쏘는 거니까 걱정 말래도. 아무튼 이런 재수 없는 돈은 빨리 써버려야 해."

"아까부터 왜 공돈이래? 길 가다 지갑이라도 주운 거야?" 녀석이 가볍게 웃어 보이며 물었다.

나는 고개를 갸웃거리고는 대답했다. "뭐, 그런 셈."

미안했는지 녀석이 정성스레 싼 쌈을 다시 나에게 건넸다. 세 번째마저 거절하기가 뭐해서 나는 주변 눈치를 살핀 다음 얼른 쌈을 받아먹었다. 그리고 고기를 씹을 때마다 단단해지는 녀석의 턱선을 힐끔거리며 맥주로 입안을 정리했다.

아픈 손가락만 아니면 모든 게 좋은 날이었다.

나흘이 지났음에도 손가락은 나아지지 않았다. 피고름으로 엉망이 된 손이라 일을 하면 할수록 덧나기만 할 뿐이었다. 손가락 끄트머리에 감아둔 하얀색 반창고들이 다시 너덜너덜해지고 있었다. 피고름으로 접착력이 약해진 탓이었다. 엎친 데 덮친 격으로 오늘은 물량이 많아 기계가 빨리 돌아갈 거라더니 정말로 포장된 빙과들이 물밀듯이 쏟아져 나왔다. 망가질 대로 망가진 손으로 속도를 따라잡느라 입에서는 신음만 터져 나왔다. 간신히 터득한 요령도 빠르게 돌아가는 기계 앞에서는 속수무책이었다. 그래도 나는 힘닿는 데까지 상자를 접고 빙과를 담았다. 이제 상자 정도는 삼 초 만에 접을 수 있었다.

나를 제외한 일곱 명의 베테랑들의 손이 그 어느 때보다 빠르게 움직였다. 형광색 위생모를 쓴 잉여가 상자 묶음을 대주기 위해 분주히 돌아다녔다. 그때 어디선가 잉여를 부르는 소리가 들려왔다. 우리에게서 멀어져가는 잉여를 보고 있는데 나는 왠지 불안해졌다. 우리에게도 곧 잉여가 필요해질 것 같다는 불길한 예감 때문이었다.

무심할 정도로 빠르게 돌아가는 기계 앞에 노동자들의 신경은 점점 예민해져갔다. 못생긴 여자가 혀를 내두르며 "기계가 미쳤나? 오늘 너무 빠른데?"라고 말했고, 기미투성이 여자가 "오늘 사고 한번 터지겠네, 터져"라고 장담하듯 말했다.

그러자 신경질적인 눈빛의 여자가 그 둘을 쏘아보며 소리쳤다. "방정맞은 소리 계속할래요!"

신경질적인 눈빛을 가진 여자의 이름은 차미정이었다. 한 번도 웃는 걸 본 적이 없는 여자애였는데 여기 사람들은 그 이유를 대학에 다니다 이 공장으로 흘러들어왔기 때문이라고 했다. 대학생 신분의 아르바이트생에게 유독 쌀쌀맞게 구는 건 그래서였다. 어린 나이에 맞닥뜨리게 된 급전직하의 삶을 차미정은 무표정한 얼굴과 신경질적인 눈빛으로 방어하고 있었다. 나는 저런 부류의 사람들을 잘 알았다. 겨우 자존심 하나만 살아남아 그 누구에게도 자신의 실수와 실패를 보여주고 싶어 하지 않는 사람. 저런 사람들은 타인에게 절대 피해를 주지 않을뿐더러 타인으로부터 피해당하는 것도 절대 용납하지 않았다. 그러니 매사에 날카로워질 수밖에 없었다.

깡마른 체구의 차미정이 다시 한번 소리쳤다. "정신들 똑바로 차려요!"

나는 기미투성이 여자가 말한 대로 사고가 터질까 봐 이를 악물고 손을 빠르게 움직였다. 빙과를 집어 들 때마다 살이 찢어지는 통증이 느껴졌다. 손톱이 빠질 듯한 아픔이었다. 아침에 일어나면 손이 퉁퉁 부어서 아예 주먹이 쥐어지지 않았다. 억지로 쥐어보려고 하면 손가락 뼈마디들이 우두둑 소리를 내며 뻣뻣하게 꺾였다. 좀체 나아질 줄 모르는 손 때문에 나는 며칠째 숯불갈비 집 아르바이트마저 못 하고 있었다. 손해가 이만저만이 아니었다.

여덟 명의 손이 척척, 착착, 쓰윽을 이어나갔다. 컨베이어 벨트를 타고 떠밀려오는 빙과들이 아슬아슬하게 겨우 상자에 담겼다. 그런데 그때였다. 내 오른쪽 새끼손가락에서 뭔가가 결락된 느낌이 들었다. 따끔한 통증과 함께 목장갑 밖으로 피가 배어 나왔다. 나는 얼른 입으로 목장갑을 잡아당겨 벗겨냈다. 새끼손톱이 반창고에 붙은 채로 빠져 있었다. 몸에서 떨어져 나온 신체 일부를 바라보는 일은 이상하고 끔찍했다. 아주 잠깐 멍해 있는 사이 내 몫의 빙과들이 찰나적으로 쌓여갔다. 주변에서 "어! 어!" 하는 원성이 터져 나왔고 분위기는 삽시간에 우왕좌왕 바뀌었다.

차미정이 빙과 하나를 내 얼굴 쪽으로 던지며 다급하게 소리쳤다. "뭐 해요! 빨리 안 담고!"

"손톱이…… 손톱이……." 너무 당황한 나머지 나는 말을 잇지 못했다.

쌓여가던 빙과들이 떠밀리고 떠밀려 바닥으로 떨어지기 시작했다. 질서가 혼란으로 변해가면서 포장 파트는 순식간에 아수라장이 되고 말았다.

차미정이 나를 향해 쌍욕을 해댔다. "야, 이 개새끼야! 너 하나 때문에 지금 이게 뭐야! 잉여! 잉여! 여기, 잉여!"

사태의 심각성을 인지한 세 명의 잉여가 한꺼번에 뛰어왔다. 그들 눈에는 쌓이고 떨어지고 흩어지는 빙과만 보일 뿐, 빠진 내 손톱은 안중에도 없었다. 나를 지탄하는 목소리만이 여기저기에서 들려올 뿐이었다.

달려든 세 명의 잉여 덕에 사태가 조금씩 수습돼가자 차미정이 또 한 번 내 면상을 향해 빙과 하나를 던지며 윽박질렀다. "빨리 안 움직여! 구제 불능에 느려터진 알바 새끼들! 학교에서 공부나 처할 것이지 여긴 왜 와서 방해질인데, 방해질은! 니들은 여기 놀러 왔다 생각하지?"

대꾸를 하고 싶었지만 참았다. 나는 새끼손톱이 붙은, 피고름 범벅인 반창고를 작업복 바지 주머니에 넣어두고 다시 포장을 시작했다. 나를 위로해주는 사람은 이곳에 아무도 없었다. 여기는 오로지 기계적인 속도만이 중요할 뿐이었다. 서러움이 북받쳐서인지 나는 문득 녀석이 보고 싶어졌다.

손가락 열 개 중에 성한 게 하나도 없었다. 이쯤에서 관둬야 하나 싶었다. 하지만 고작 이깟 일로 물러서는 건 용납되지 않았다. 그래서 나는 퇴근 셔틀버스에 오르려다 말고 작업반장 방으로 향했다. 반장은 책상 앞에 앉아 화장을 고치고 있었다. 이번엔 또 무슨 일이냐는 그녀의 물음에 나는 빠진 새끼손톱을 책상 위에 내려놓았다. 그러고는 피고름 범벅인 양손을 그녀 코앞으로 들이댔다. 자기 눈에도 좀 심해 보였는지 작업반장이 인상을 찌푸렸다.

화장을 고치다 말고 그녀가 말했다. "보통 사나흘 아프다 말던데...... 어쩌다 그 지경까지 간 거지?"

"저야 모르죠."

"으, 많이 아프겠다." 반장의 얼굴이 일그러졌다. "근데 그 손으로 일은 어떻게 했어?"

"그냥 버텼어요."

"쯧쯧, 미련하긴." 작업반장이 눈을 흘겼다.

"그러니까 자리 바꿔주세요. 굿나이트 모텔에서 기다리고 있을게요. 오늘은 저녁 여덟 시도 가능해요."

작업반장이 손에서 콤팩트를 내려놓으며 푸읍, 웃었다.

기분이 좀 언짢아진 나는 물었다. "왜 웃으세요?"

"요즘 젊은 애들, 눈치 하난 참 빠른 거 같아서. 그래, 알았어. 알았으니까 일단 그 손톱 좀 치워줄래." 반장의 눈가가 찌푸려졌다.

"근데 손이 이래서 저번처럼은 못 할⋯⋯."

그녀가 내 말을 가로챘다. "괜찮아. 내가 움직이면 되니까." 그러고는 눈짓으로 내 손톱을 가리키며 재차 퉁명스레 말했다. "그것 좀 치워달라니까."

"아, 네." 반장이 징그러워하는 것 같아 나는 얼른 손톱을 바지 주머니로 감췄다.

그만 돌아가려는데 등 뒤에서 노크 소리가 났다. 고개를 쳐든 그녀가 내 어깨 너머를 살피더니 다급하게 자리에서 일어났다. 내 팔을 자기 쪽으로 잡아당기며 반장이 "책상 밑으로 숨어! 얼른!"이라고 숨죽여 외쳤다. 엉겁결에 나는 철제 책상 아래로 기어들어갔다. 잔뜩 웅크린 채 굽힌 무릎을 양팔로 감싸 안았다. 문이 열리고 문이 닫히는 소리가 났다.

문고리 잠금장치를 누르는 소리와 함께 거친 남자 목소리가 들려왔다. "김 반장, 요즘 이상한 소문 들리더라?"

"무슨……."

남자가 책상 위에 걸터앉기라도 했는지 책상이 삐거덕거렸다. 나는 숨죽인 자세로 몸을 바짝 더 웅크렸다.

"젊은 알바 새끼랑 붙어 다닌다며? 나 좋다 할 땐 언제고 그새 젊은 놈이랑 놀아나?"

그녀가 말했다. "공장장님, 그게 아니고……."

"그 파란 모자 씌워준 게 누군데 벌써 날 갖고 놀아? 내가 너 여기 계속 일하게 둘 거 같아? 야, 이년아, 곧 있으면 여기 계집년들 몇 명 빼고 다 잘려. 근데 완장 찬 너라고 예외일 거 같아?"

"알아요."

"여기서 계속 일하고 싶어, 아니면 잘리고 싶어?" 공장장이 협박 조로 다그쳤다.

"하고 싶어요."

하고 싶다는 작업반장의 말에 남자가 걸터앉은 책상에서 엉덩이를 뗐다. 이어 허리띠 푸는 소리가 났다. 간이침대 위로 두 개의 몸이 포개져 떨어졌다. 공장장 손에 의해 작업반장의 하의가 벗겨졌다. 그녀의 가랑이 사이에 낀 공장장의 하얀 엉덩이가 보였다. 공장장 한쪽 발목에 그의 회색 바지가 뱀 허물처럼 걸쳐져 있었다.

그녀가 양다리로 공장장의 허리를 세게 옥죄며 주문을 외듯 말했다. "하고 싶어요. 하고 싶어요. 여기서 계속 일하고 싶어요……."

"나한테만 충성할 수 있어?"

"그럼요, 그럼요. 얼마든지요. 내일부터 충성할게요. 내일부터……."

"지금부터라고 해야지, 쌍년아! 지금부터!"

나는 철제 책상 위로 가만히 고개를 들어 올렸다. 그녀의 시선이 공장장 어깨 너머를 지나 나에게로 옮겨왔다. 그녀의 눈이 나와 마주치자 그녀가 웃었다. 미친년처럼 웃다가 미소를 지어 보이더니 얼굴을 일그러뜨렸다. 그래서 나도 조용히 웃어줬다. 삐걱대는 간이침대가 곧 무너질 것처럼 불안해 보였다. 공장장 엉덩이 살이 그녀의 웃음소리에 맞춰 격렬하게 춤을 췄다.

굿나이트 모텔 505호의 여덟 시 풍경은 그때와 똑같았다. 아니, 달랐다. 곪은 상처로 양손을 쓸 수 없는 나는 내내 수동적인 자세를 취해야만 했다. 내 배 위에 올라탄 작업반장이 골반과 엉덩이를 위아래로 신나게 움직였다. 나는 그녀의 배려로 그저 편하게 누워만 있으면 되었다.

나는 아까부터 궁금해 그녀에게 물었다. "근데 왜 내일부터 충성하겠다고 한 거예요?"

"난 거짓말 같은 건 할 줄 모르는 사람이니까." 그녀의 이마에서 흘러내린 땀방울이 내 가슴께로 연이어 떨어졌다. "알다시피 그땐 예약된 충성이 남아 있었잖아."

나는 멋쩍게 웃으며 말했다. "충성은 제가 해야 하는 거죠."

"누가 됐든. 아무튼 제일 쉽고 편한 자리로 바꿔줄게. 거기로 가면 손도 금방 나을 거야. 그나저나 손톱, 빨리 자라야 할 텐데……." 그녀의 움직임이 점차 빨라졌다.

"한 가지 더요. 다음 달엔 오후조로 바뀌잖아요? 다른 알바를 가야 해서 오후조 일은 제가 좀 곤란해요. 계속 오전조에서 일하고 싶은데……."

"그때 그 숯불갈비 집?"

"아니요. 손이 아파 며칠 못 나갔더니 거긴 진작에 잘린걸요……."

"일단 알았으니까 다리 좀 모아줄래?"

"아, 네……."

작업반장의 양쪽 젖가슴이 내 얼굴을 덮쳤다. 빨아달라는 것 같아 그녀의 젖꼭지를 핥고 깨물었다. 그런 와중에 나는 잘 설계되었고 잘 설계되어갈 거라 믿어 의심치 않는 내 미래만을 생각하고 또 생각했다. 녀석과 함께하게 될 법조인으로서의 내 삶. 거기엔 특권이 있을 테고 여유와 위풍이 생겨날 테다. 무엇보다 다른 사람의 인생을 좌지우지할 힘도 생겨날 것이다. 지나놓고 보면 아무것도 아닐 일은 그때 가서 마음껏 비웃어줘도 늦지 않았다. 그리고 지금의 조롱이 무엇이 될지는 그 누구도 모르는 법이다. 그러니 현재에 충실하자. 지금 내 눈앞의 목표에만 헌신하자.

나는 작업반장과 함께하는 동안 그녀의 오르가슴을 이해하려고 노력했고, 굿나이트 모텔 505호의 시간에 깊이 몰두하려고 애를 썼다. 그럼에도 여성의 몸은 역시 나를 매료시키지 못했다. 다행인 것은 어린 조승혜가 눈치챘던 것을 늙은 그녀는 눈치채지 못했다는 사실이다. 그 사실을 통해 어쩌면 나는 앞으로 내가 원하던 대로 '나'를 숨긴 채 살아갈 수 있을지 모르겠다는 생각이 들었다. 그것이 오늘의 나에게 위안을 안겨줬고 거기에서 나는 위로를 받았다.

한 가지를 얻었으니 이것으로 만족이었다.

작업반장 말대로 옮겨간 자리는 정말 편하고 쉬운 곳이었다. 사실 너무 여유로워서 하품이 나올 지경이랄까. 그냥 한 자리에 서서 대형 선반이 날라다 주는 빙과를 끄집어내거나, 냉동시켜야 할 빙과를 대형 선반 위에 올려주면 되었다. 그러니까 콜라병 모양의 폴리에틸렌 용기에 내용물이 담겨 나오면 그걸 일명 '터널'이라 불리는 냉동실로 보내주고, 냉동실의 급속 냉동을 거쳐 딱딱하게 얼려져 나온 빙과는 개별 포장

공정 쪽으로 옮겨주기만 하면 끝나는 일이었다. 설령 끄집어 내야 할 빙과를 놓친다 해도 별 상관은 없었다. 왜냐하면 놓친 빙과는 더 꽁꽁 얼어 다시 실려 나오기 때문이었다. 속도로부터 자유로운 곳, 숙련을 필요로 하지 않아서 어지럼증도 손가락 통증도 생겨나지 않는 곳이 바로 여기였다.

냉동실 앞이라 좀 춥다는 것 말고는 나무랄 데 없는 이곳은 다섯 사람이 한 팀이 되어 움직이는 체계였다. 그런데 이상한 것은 그 좋은 자리를 남자 대학생 넷이 몽땅 차지하고 있다는 사실이었다. 재수 없게 자기들끼리만 뭉쳐 다니던 그 넷 말이다. 그렇다면 저들 넷은 어떻게 처음부터 이 편한 공정에서 일할 수 있었던 걸까.

나는 허리를 숙여 선반 위의 빙과 바구니를 끄집어 올렸다. 완전히는 아니지만 손가락 통증은 몰라보게 나아진 상태였다. 옆에 서서 나와 같은 동작을 반복하던 남자 대학생 하나가 아까부터 팔꿈치로 내 옆구리를 건드렸다. 텃세를 부리는 행태였다.

나는 참다못해 말했다. "일부러 그러는 거 같은데, 내 옆구리 좀 그만 칠래?"

"일하다 보면 그럴 수도 있지, 뭘. 근데 넌 뭔 빽이냐?" 놈이 구린 눈빛으로 나를 톺아봤다.

"뭐가?"

"대체 누가 뒤에서 봐주길래 자리를 밥 먹듯이 옮겨 다니냐니까? 며칠 일하다 싫증 나 또 다른 데로 옮길 거면 오늘만 일하고 꺼져줄래?"

"니가 뭔데 꺼져라 마라야?"

"하긴, 너 같은 호모 새끼들은 밤마다 뒤에서 봐줘야 할 거야. 그지? 근데 거기로 하면 좋냐?"

"턱주가리 안 닥쳐! 니놈들이야말로 제일 좋은 자리 차지하고 있었다는 게 수상쩍다! 니들은 대체 뭔 뒷배냐? 응?"

"저 새끼 봐라? 뭐 눈엔 뭐만 보인다고, 니가 뭔데 정당하게 배정받은 자리에 의심을 품고 지랄이야, 지랄은! 너 이 새끼, 뒈지고 싶냐!"

"장래 법조인이 될 몸이라 그런지 내가 썩은 내 하난 아주 잘 맡거든."

"참나, 아직 뭘 모르나 본데, 원래 법조 새끼들이 구린 짓 제일 많이 하는 법이다. 왜냐, 아는 만큼 그걸 잘 써먹을 줄 알거든. 쯧쯧, 장래 희망이 법비라니…… 야, 근데 지방 법대생도 뭐가 될 수 있긴 하냐?"

"그런 니들은? 지들도 지방대인 주제에!" 나는 주먹을 움켜쥐었다.

놈이 여차하면 한 대 칠 것 같은 자세를 취하며 말했다. "숨기고 살아라, 응! 뭐 잘난 비정상이라고!"

한심하다는 듯 고개를 절레절레 흔드는 놈의 행동에 나는 분노가 치밀었다. 놈의 면상을 한 대 갈겨주려는 순간, 빙과 하나가 내 머리를 향해 날아왔다. 용케 피하긴 했지만 언 빙과는 벽돌이나 마찬가지였다. 그러니까 저걸 던졌다는 건 나에게 상해를 입힐 의도가 있었다는 뜻이었다.

빙과를 던진 다른 남자 대학생이 나를 쏘아보더니 지껄였다. "새끼, 좆나 거슬리네. 어디서 난데없이 굴러들어와 팀 분위길 망치는 건데? 우리가 너 계속 여기서 일하게 둘 거 같아?"

어디서 들어본 말이었다. 어이가 없어 실소가 터졌다. 여기서는 나한테 윽박지를 사람은 없겠거니 했는데 이젠 같은 처지의 아르바이트생이 지랄을 떨었다.

지들이 뭔데? 하는 생각에 나는 빙과 바구니를 나르며 맞대응을 했다. "니들이 뭔데! 니들이 뭔데 여기서 계속 일하게 두냐 마냐를 논하는데? 여기 오너라도 돼?"

"그냥 꼴 보기 싫어서 그런다, 왜?" 놈이 기분 나쁘게 웃었다.

"뭐?"

"왜 그런 애 있잖아? 괜히 괴롭혀주고 싶은 애. 거슬리고 보기만 해도 그냥 짜증 나는 애. 근데 니가 그래. 니가 딱 그런 걸 우리보고 어쩌라고, 이 계집년아!"

그들의 고전주의

그러고는 아까 명중시키지 못한 빙과를 나를 향해 다시 던졌다. 벽돌처럼 단단한 빙과가 내 오른쪽 팔뚝을 때리고 바닥으로 떨어졌다. 차미정한테 얻어맞았을 때하고는 기분이 또 달랐다. 움켜쥔 주먹으로 한 대 쳐야 하나 말아야 하나 고민하던 차에 점심시간을 알리는 종소리가 났다. 기계가 멈추면 작업자들은 작업 중이던 빙과들을 즉시 냉동실에 넣어둬야 했다. 그런데 그 일을 그들 넷이 나한테 시켰다. 그런 건 원래 신참이 하는 거라며 명령조로 말이다.

잠깐 꾸물거렸더니 자식들이 집단으로 윽박을 질러댔다. "빨리 갖다 놓으라고!" "말 안 듣냐!" "빨리빨리 좀 해라!"

첫날이기도 하고, 같은 팀원끼리 괜한 마찰 일으켜서 좋을 게 없다는 생각에 나는 아까 바닥으로 떨어진 빙과를 주워 바구니에 담았다. 그리고 컨베이어 벨트 위에 널브러진 빙과들을 챙겨 냉동실로 향했다. 한 놈이 내 뒤를 따라왔다. 수상했다. 설마 지금 내가 짐작하는 그런 치졸한 짓을 벌이진 않겠지 했는데, 아니나 다를까 냉동실 문을 열고 들어가자마자 내 등 뒤에서 문이 닫히고 마는 것이다. 문밖에서 "야, 잘했어, 잘했어"라는 말들이 오가더니 키득대는 놈들의 악마 같은 웃음소리가 들려왔다.

나는 발로 냉동실 문을 세게 걷어차며 소리쳤다. "썹새끼야, 문 안 열어!"

"싫은데? 하하하하."

입에서 안개 같은 입김이 뿜어져 나왔다. 몸은 그새 으스스 떨려오기 시작했고, 놈들의 사악한 웃음소리는 점점 멀어져가고 있었다. 할 수 있는 게 이것밖에 없어서 나는 계속 문만 걸어찼다. 순간, 이대로 죽을 수도 있겠구나 싶었다.

참아볼까 했지만 자존심이 허락하지 않았다. 나는 든든하게 점심 식사를 끝내고 노끈과 검정 비닐봉지를 구해 공장 안으로 향했다. 지나가던 어떤 여공에 의해 십오 분 만에 풀려난 냉동실 감금이었지만 몸속은 아직까지 으슬으슬했다. 장난이 어떤 장난이 되어 돌아올 수 있는지 보여줄 작정이었다.

공장으로 이어진 복도를 지나는 길에 김남희와 차미정을 차례대로 만났다. 떨떠름한 표정의 김남희가 "그럴 바엔 모든 파트를 다 섭렵해보지 왜?"라고 말했고, 차미정은 "사내새끼가 손가락 좀 아프다고 나가떨어져?"라고 말했다. 나는 갈 길이 바빠 그녀들의 말에 아무 응대를 하지 않고 그냥 지나쳤다. 저들까지 신경 쓸 여력이 없었다. 그리고 소독 구간을 지나 공장 안으로 막 들어서는데 작업반장이 저만치에서 걸어왔다. 그녀가 미소 띤 얼굴로 나에게 "일은 할 만하지?"라고 물어왔다. 그러고 보니 이곳에서 나한테 가장 친절하게 대해준 사람은 그녀뿐이었다는 생각이 들었다.

나는 고마운 마음을 담아 대답했다. "덕분에요."

"손은 좀 어때?" 그녀의 눈이 내 손 쪽으로 내려왔다.

"금세 좋아졌어요." 나는 양 손가락을 펴 반장 앞으로 내밀었다.

"다행이다. 근데 어디 가?"

"쭈쭈바 하나 먹고 싶어서요."

그녀가 야릇한 미소를 지어 보이며 말했다. "애로사항 있으면 언제든 내 방으로 와." 그러고는 내 한쪽 어깨를 끈적끈적 매만지며 지나갔다.

나는 그녀에게 말했다. "고맙습니다." 하지만 뒤돌아 멀어져가는 작업반장의 등에다 대고는 이렇게 말했다. "지금 와서 하는 말인데, 아줌마 보지는 너무 헐거웠어! 그러니 남편이 밖으로 나돌죠. 우리, 다시는 침대에서 만나지 말아요. 얼른 예쁜이수술이나 받아봐요."

나는 한껏 냉소를 머금으며 공장 안으로 들어갔다. 여공들은 바닥에 골판지 박스를 깔고 삼삼오오 모여 앉아 있었다. 어떤 무리는 잠을 자고 있었고, 어떤 무리는 잡담을 나누고 있었다. 후식으로 아이스크림을 핥아 먹으며 나누는 대화의 대부분은 공장의 미래, 아니 자기 자신들의 미래에 관한 것들이었다.

"새로 기계를 들인다던데 어디까지 자동화로 바뀔까요?"

"솔직히 요즘 세상에 이렇게 수작업이 많은 공장은 흔치 않

아. 아마 전부 바뀌지 않을까?"

"그럼 대체 얼마가 잘려나간다는 거예요?"

"윗대가리만 빼고 다 아니겠어?"

"그래서 저 지금 김치공장 알아보고 있잖아요. 이날 입때까지 공장 일만 해와서 그런지 전 공장이 편하더라고요."

"나도 그래. 사람 상대하는 일은 줘도 못 해. 서비스직 같은 거……."

나는 나와 하등 상관없는 얘기를 뒤로하고 공장 안의 냉동실로 들어갔다. 아주 단단하게 얼린 쭈쭈바 일곱 개를 골라 들고 나와 구석진 곳으로 향했다. 그리고 작업복 바지 주머니에 챙겨온 노끈으로 그것들을 한데 동여맸다. 쭈쭈바 윗부분에는 개봉하기 쉽도록 갈고리 모양의 손잡이가 달려 있었는데 그 갈고리 덕분에 쭈쭈바가 노끈 밖으로 빠질 염려는 없었다. 준비를 끝낸 나는 양쪽 신발에 검정 비닐봉지를 씌우고 손에는 목장갑을 꼈다. 마지막으로 두 개의 눈구멍을 낸 검정 비닐봉지를 머리에 뒤집어썼다. 이로써 내가 나라는 표식은 사라졌다. 나는 그저 베이지색 작업복을 입은 아무개일 뿐이었다.

곧장 일곱 개의 쭈쭈바를 들고 놈들이 있는 곳으로 걸어갔다. 아까 봐둔 바로, 그들 넷은 공장 밖으로 나가는 출구 쪽에 나란히 앉아 시시껄렁한 농담을 주고받으며 떠들어대고 있었다. 한번 재수 없는 놈들은 끝까지 재수 없는 놈들이라 저대로 두면 안 되었다.

나는 어금니를 깨문 입으로 나지막이 말했다. "내가 니들 계속 여기서 일하게 둘 거 같아! 둘 거 같냐고!"

정신없이 걷고 또 걷다 보니 목표 지점에 다다랐다. 마침 가격하기 좋게 일렬로 앉아 있는 놈들의 등짝이 보였다. 나는 숨죽여 그들 곁으로 다가갔다. 그리고 벽돌처럼 단단한 일곱 개의 쭈쭈바 묶음을 놈들의 머리를 향해 퍽, 하고 힘껏 내리쳤다. 망설임 없이 한 번! 두 번! 세 번! 네 번! 잘났다 착각하는 넷이 단말마의 비명과 함께 그 자리에 꼬꾸라졌다. 첫 번째와 두 번째로 얻어맞은 놈의 머리에서는 피가 솟구쳤다. 안타깝게도 절반의 성공이었다. 씨발! 스트라이크를 날렸어야 했는데! 나는 절반의 성공에 아쉬워하며 일단 공장 출구를 향해 냅다 달렸다. 그리고 달리면서 생각했다. 저 넷에게 앙심을 품었을 사람이 이 공장에서 과연 나 하나였을까? 모르긴 몰라도 아마 아닐걸. 그러니까 괜찮아. 내가 나라는 걸 입증할 만한 표식은 없어. 모두 다 베이지색 작업복을 입었으니 모두가 의심의 대상이 될 게 분명해. 그러니까 괜찮을 거야.

잠깐 달리기를 멈춘 나는 고개를 돌려 숨찬 목소리로 말했다. "근데 당신들, 그거 알아? 당신들 좆나 촌스러운 거?" 그러고는 헛웃음을 내뿜었다.

공장 밖으로 나오자 38℃의 폭염이 온몸으로 느껴졌다. 검정 비닐봉지에 뚫어둔 두 개의 눈구멍 사이로 작열하는 태양이 보였다.

그래서 나는 그 태양에게 물었다. "근데 어디로 가지?"

죽을 것처럼 더운 스물한 살의 여름방학이 태양 빛에 녹아가고 있었다. 피 묻은 일곱 개의 쭈쭈바도 녹아가는 중이었다.

나는 턱선을 타고 흘러내리는 땀방울을 손등으로 훔쳐내며 짜증스레 말했다. "씨발, 거 좆나게 덥네."

그러고는 태양을 피해 다시 질주하기 시작했다.

늙은 밤

○ ●

　오늘은 여섯 살 은우 인생에서 가장 행복한 날이었다. 오늘뿐만이 아니다. 은우에게는 지난 열흘간이 모두 그러했다.
　아이는 서울역 맞이방 의자에 앉아 소프트아이스크림을 먹고 있었다. 아이스크림을 쥔 반대편 손에는 하리보 곰돌이 젤리와 밀크 초콜릿이 들려 있었다. 그것은 피자빵 다음으로 은우가 좋아하는 간식이었고, 반면에 엄마 아빠는 웬만해선 잘 사주지 않던 군것질거리였다.
　은우는 바닥에 닿지 않은 발을 시종 흔들어대며 아이스크림을 핥아 먹었다. 아껴 먹고 싶었지만 여름날의 아이스크림은 그럴 수 없다는 게 가장 아쉬웠다. 아이스크림이 흐물흐물 녹아내리기 시작하자 이번엔 어쩔 수 없이 담뿍 베어 물었다. 달고 차가운 아이스크림이 입안 가득 부드럽게 차올랐다가 목구멍 너머로 서서히 녹아 사라졌다. 모서리 없는 과자의 위엄에 놀란 아이는 한차례 몸을 부르르 떨었다. 찰나적으로 머리가 멍하게 아파왔지만 은우는 여름에게 아이스크림을 빼앗기지 않기 위해 바지런히 입과 혀를 움직였다.

아이스크림을 다 먹고 난 아이가 불안한 눈초리로 매표소 쪽을 쳐다봤다. 항상 아빠가 운전하는 차만 타본 은우에게 기차역은 태어나 처음이었다. 서울역까지 오느라 타야 했던 지하철도 마찬가지였다. '처음'이라 그런지 서울역은 말과 목소리들이 공중으로 부유하는 곳 같았다. 혼란스럽게 느껴지던 사람들의 발소리와 지하철의 온갖 소음들. 사람들은 한꺼번에 나타났다가 사라졌고 그 과정은 끊임없이 반복되었다. 그런데 은우는 사람들로 넘쳐나는 이곳이 별로 마음에 들지 않았다. 저런 인파라면 손을 놓쳐 엄마 아빠를 잃어버릴 것만 같은 두려움 때문이었다. 이와 비슷한 공포를 은우는 인천공항과 놀이공원에서도 느껴본 적이 있었다. 놀이기구가 미치도록 좋았음에도 다시는 놀이공원에 가고 싶지 않았던 이유 역시, 낯선 사람들 틈으로 사라져버릴지 모를 엄마 아빠에 대한 염려와 걱정 때문이었다.

매표소 앞은 기차표를 끊으려는 사람들로 북적였다. 방학과 휴가를 맞아 다들 어디로 떠나려는 움직임이었다. 그 사람들 사이로 노란 꽃무늬 원피스가 보이자 아이 입에서는 아주 짧은 안도의 한숨이 새어 나왔다. 이모가 입고 있는 원피스 색깔이 멀리서도 눈에 잘 띄어서 다행이란 생각이 들었다. 은우는 이모의 노란 꽃무늬 원피스를 계속 쳐다보며 이번엔 초콜릿 은박 포장지를 벗겨냈다. 초콜릿의 한쪽 귀퉁이를 떼어내 입에 넣으니 농도 짙은 단맛이 느껴졌다. 그것은 아이스크림과는 또 다른 질감과 또 다른 깊이의 맛이었다. 그래서인지 은우의 표정은 아까 아이스크림을 먹을 때보다 더 신나 보였다. 금지되어온 초콜릿이 부드럽고 달콤한 몸짓으로 은우의 불안한 기분을 달래주고 있다는 뜻이었다. 하지만 차갑지 않다 뿐이지 여름날의 초콜릿은 아이스크림 못지않게 끈적끈적 녹아내렸다. 손에 닿는 족족 그리되는 바람에 아이는 조금 속이 상했다. 초콜릿만큼은 천천히 아껴 먹고 싶었는데 무더위가 또 훼방을 놓고 만 것이다.

이모가 손에 기차표를 들고 돌아왔다. 은우의 손과 입가에 묻어 있는 초콜릿을 보고는 이모가 가방에서 물티슈를 꺼냈다.

물티슈로 은우의 입가를 닦아주고 난 이모가 말했다. "우리 이제 갈까?"

의자에서 폴짝 내려선 은우는 이모에게 어디 가는 거냐고 물었다. 그것은 아까 짐을 싸 들고 프랑스 아저씨 집을 나섰을 때도 물어본 거였다. 그때 이모는 '멀리'라고만 말할 뿐 거기가 어디인지는 말해주지 않았다.

늦은 밤 265

이모가 대답했다. "멀리." 왜 또 이모는 멀리라고만 하는 걸까.

"멀리가 어딘데요?" 이번엔 온전히 대답해달라는 듯 아이가 이모의 눈을 똑바로 응시했다.

이모가 가벼운 미소를 지어 보이며 다시 입을 뗐다. "할아버지 할머니 집. 우리 은우, 할아버지 할머니 집에 가본 적 많잖아."

아이가 고개를 끄덕였다. 그런데 오늘은 설도 추석도 아니었고, 할아버지 생일과 할머니의 생일도 아니었다. 할아버지와 할머니 집은 그럴 때만 가던 곳이라 좀 이상했다. 게다가 거기는 늘 아빠가 운전하는 차를 타고 갔었지 기차를 타고 간 적은 없었다. 그러고 보니 열흘 만에 프랑스 아저씨 집에 있는 은우를 데리러 왔을 당시 이모가 했던 말도 좀 이상한 것이었다. 캐리어 두 개에 은우의 짐을 싸며 이모는 기차를 타고 멀리 가야 한다고 했다. 은우는 '기차'와 '멀리'의 상관관계가 궁금해 이모에게 이렇게 물었다. "멀리 가려면 기차를 타야 하는 거예요? 이모 차 타고 가면 안 돼요?" "이모한테는 이제 차가 없어. 차를 팔아버렸거든." "왜 팔았는데요?" "이제 한국에서 운전할 일이 없어졌으니까." "왜요? 왜 없어졌는데요?" "우리 이제 그만 갈까? 프랑스 아저씨한테 그동안 고마웠다고 인사해야지." 요 며칠 이모는 은우의 물음에 끝까지 답을 하지 않는 경우가 잦았다. 마치 대답을 아끼는 버릇이 생겨버린 사람처럼 그랬다. 열흘 전에 은우를 프랑스 아저씨 집에 잠시 맡겨둘 때도 마찬가지였다. "며칠만 여기 프랑스 아저씨 집에 있자." "저 아저씨는 누군데요?" "……." "왜 여기 있어야 하는데요?" "……." "언제까지 있어야 하는데요?" "……." 묻는 말에 묵묵부답으로 일관하던 이모는 열흘 만에 다시 나타나더니 갑자기 기차를 타고 멀리 가야 한다고 했다. 그리고 방금에서야 은우는 기차를 타고 멀리 가야 할 곳이 다름 아닌 할아버지와 할머니 집이라는 걸 알게 된 것이다.

이모가 한쪽 어깨에 가방을 메고 캐리어를 끌었다. 캐리어가 두 개라 이모는 양쪽 손을 모두 써야 해서 은우 손을 잡아줄 수 없었다. 때문에 아이는 이모 옆에 바짝 붙은 채로 걸어야 했고, 이모는 수시로 고개를 돌려 은우의 걸음을 살펴야 했다. 이모와 손을 잡을 수 없어서 불안해진 은우의 마음은 다행히 이모의 노란 꽃무늬 원피스가 잡아주었다. 이모의 양손에 끌려가는 두 캐리어 역시 형광색이라 멀리서도 눈에 잘 띄었다. 그래서 은우는 사람이 아무리 많아도 이모를 놓칠 리 없을 거라고 생각하며 스스로를 안심시켰다. 이모와 은우 사이에는 색깔들이 있었다.

플랫폼으로 기차가 들어왔다. 태어나 처음 본 기차는 은우

눈에 굉장해 보였다. 장난감이나 그림책으로 보던 것과는 차원이 달랐다. 기차는 거대하고 기다란 데다 지면을 뒤흔들 만큼 움직임 소리도 컸다. 마치 거대한 몸집의 아르젠티노사우루스가 성큼성큼 걸어오는 것 같았다. 아니, 공룡보다 몇 배는 더 크고 무서워서 은우는 순간 소름이 돋았다. 동시에 등골이 오싹해졌다. 거대함이 주는 공포는 비행기와 포클레인으로 끝난 줄 알았는데 기차란 놈이 새롭게 등장해버린 것이다.

 은우가 비행기를 처음 본 건 일 년 전 인천공항에서였다. 엄마가 운전하는 아빠 차를 타고 세미나 차 미국으로 출국하는 아빠를 배웅하기 위해 간 거였다. 포클레인을 세상에서 가장 크고 무서운 대상으로 여기고 있을 때여서 당시 비행기와의 만남은 은우에게 경이로움을 넘어선 충격과 공포 그 자체였다. 도저히 인간이 만들었다고는 믿기 어려운 크기와, 저 거대한 물체가 하늘을 날아다닌다는 이해할 수 없는 사실들이 낯선 두려움으로 다가왔다. 은우에게 그것은 포클레인이 시시해지던 기억이었다. 아니, 더 이상 포클레인이 무섭지 않게 된 기억이었고, 거대함에서 비롯된 공포는 더 거대한 공포를 만나야만 떨쳐낼 수 있다는 걸 깨닫게 된 기억이기도 했다. 그렇다면 비행기와 비행기로부터 비롯된 공포가 시시해지려면 은우는 다음에 무엇을 만나야 하는 걸까. 수많은 인파 속에서 손을 놓쳐 엄마 아빠를 잃어버릴지 모른다는 두려움은 어떤 더 큰 두려움을 겪고 나야 없어지는 걸까.

 기차 굉음에 놀란 아이가 양쪽 어깨를 움찔거렸다. 기차가 휘몰고 온 바람에 의해 은우의 머리카락과 이모의 원피스 자락이 동시에 나부꼈다. 은우는 본능적으로 노란 안전선 밖으로 멀찌감치 떨어졌다. 그리고 인천공항에서 비행기를 처음 봤을 때처럼 놀란 표정으로 기차를 올려다봤다. 아이의 벌어진 입 사이로 녹아가는 마지막 초콜릿 조각이 보였다.

 기차의 몸체와 굉음과 힘에 압도당하고 만 은우가 이모를 향해 외쳤다. "이모, 나 이제 진짜로 포클레인이 하나도 안 무서워요!"

 하지만 은우의 목소리는 기차 소음에 가려 이모에게 전달되지 못했다. 그렇다 해도 상관없었다. 이모가 알아주든 말든 은우는 오늘 기차를 만남으로써 포클레인을 완전히 이겨내게 됐으니 그걸로 됐다. 상대적으로 점점 왜소해지다 꼴찌가 되어버린 포클레인 따위는 앞으로 꿈에 나타난다 해도 무섭지 않을 것 같았다. 길을 가다 포클레인의 움직이는 손과 팔을 본다 해도 도망가지 않을 자신이 비로소 생겨난 것이다.

 기차가 멈추자 은우가 노란 안전선 가까이 다가왔다. 아이의 눈이 기차 꼬리 쪽으로 향했다. 얼마나 긴지 기차 끄트머리는 보이지도 않았다. 마음 같아서는 그 끝이 어디쯤인지 확인해보고 싶었지만 기차 문이 열리는 바람에 그럴 수 없었다. 그때 은우 곁으로 다가온 이모가 은우 앞에 쭈그려 앉았다. 업히라는 듯 자신의 등을 내민 이모가 "이제 진짜로 가자"라고 말했다. 그 말에 아이는 두 팔로 이모의 목을 가만히 감싸 안았다. 그리고 이모의 작디작은 등에 업혔다. 어깨에 가방을 메고 등에 은우를 업은 이모는 캐리어 두 개를 요령껏 들고 기차에 올라탔다. 엄마보다 몸집도 작고 키도 작은 이모였지만 그 순간만큼은 이모가 슈퍼우먼처럼 보였다. 그런데 그런 이모의 몸에서 엄마한테서 나던 파우더 향이 났다. 그래서 은우는 이모와 엄마는 뭔가 비슷한 것 같다는 생각이 들었다.

열흘째 맡아보지 못한 엄마 냄새가 그리워진 아이는 이모 등에 얼굴을 깊이 파묻었다. 역시 엄마 냄새는 언제 맡아도 좋았다.

기차가 움직이기 시작했다. 밖에서 본 기차는 공룡 같은 무서운 존재였지만 안에서 본 기차는 신기하고 재밌는 것투성이였다. 끝 간 데 없이 이어진 긴 통로와 도미노처럼 나열된 양쪽 좌석들이 경이로웠고, 수많은 창과 그 창으로 쏟아져 들어오는 햇살도 좋았다. 무엇보다 가장 마음에 든 것은 오랫동안 멈추지 않는, 일정한 빠르기의 움직임과 끊김 없이 펼쳐지는 속도의 풍경들이었다. 그것은 아빠 차를 탔을 때는 한 번도 느껴보지 못한 아름다움이었다.

신발을 벗고 창가 쪽 좌석 위로 올라선 은우는 "우와, 우와!"를 연발하며 기차가 내어주는 풍경을 두 눈에 담았다. 기분이 좋아진 아이가 빨간색 하리보 곰돌이 젤리 하나를 꺼내어 입에 넣었다. 그리고 고개를 돌려 이모를 한 번 쳐다보고는 말했다. "이모, 기차는 정말 재밌는 거 같아요. 처음엔 무서웠는데 이젠 하나도 안 무서워요."

　이모가 엉덩이 밑에 깔린 원피스 자락을 가지런히 펴기 위해 자리를 고쳐 앉으며 대답했다. "맞아. 기차는 재밌는 거야. 이 세상에 무서운 건 하나도 없어."

　은우가 이모의 말을 따라 했다. "맞아요. 무서운 건 하나도 없어요."

　은우가 저렇게 말해주니 이모는 기차를 타길 잘했다는 생각이 들었다. 나중에 저 녀석이 어른이 돼 기차 여행을 하게 된다면 은우는 오늘 이 이모와 함께한 기차 여행을 평생 떠올릴 것이기에 그랬다. 왜냐하면 '처음'이니까. 처음은 아주 오래오래 기억에 남을 수밖에 없으니까. 이모는 은우의 그 처음에 자기라도 있어줄 수 있어서 얼마나 다행인지 몰랐다.

　이모가, 기차의 바깥 풍경에 빠져 있는 은우를 향해 물었다. "은우야, 프랑스 아저씨 집에 있는 동안은 어땠어? 재밌었어?"

　"네. 엄청 좋았어요." 아이가 잠깐 고개를 돌려 이모를 쳐다봤다. 표정을 보아하니 정말로 좋았던 모양이다.

이모가 더 자세히 물었다. "뭐가 제일 좋았는데?"

"음…… 먹고 싶은 거 맘대로 먹을 수 있는 거요." 은우가 이번엔 초록색 곰돌이 젤리를 꺼내어 먹었다. "그리고 아저씨는 하지 말라는 말을 안 해서 제일 좋았어요."

프랑스 아저씨는 요리사였다. 한식 중에서도 김치 담그는 법을 배우고 싶어서 십 년 전 파리에서 왔다는 아저씨는 수염이 금방 자랐고 웃으면 한쪽 볼에 보조개가 생겼다. 어찌나 요리를 잘하는지 프랑스 아저씨가 만들어준 음식은 다 맛있었다. 은우가 제일 좋아하는 피자빵만 해도 그랬다. 식빵 위에 각종 토핑과 모차렐라 치즈를 올려 만든 피자빵을 엄마는 전자레인지에 대충 돌려 내왔지만, 아저씨는 항상 오븐에 정성스레 구워냈다. 그래서 은우에게 프랑스 아저씨는 피자빵을 제일 맛있게 만드는 사람이었다. 요리뿐만이 아니었다. 아저씨는 은우가 놀아달라고 하면 기꺼이 놀아줬고 어디 데려가 달라고 하면 흔쾌히 데려가줬다. 터닝메카드의 종류와 이름은 물론 그게 무엇으로 변신하는지 아는 어른은 그 아저씨가 유일했다. 어쩌면 그렇기 때문에 은우는 프랑스 아저씨와 함께한 하루하루가 선물 같았는지도 몰랐다. 그런데 여섯 살 인생을 이해받았다는 감동은 은우에게 엄마 아빠를 잊게 하더니, 엄마의 뱃속 여동생을 손꼽아 기다리던 일마저 까맣게 잊게 만들었다. 아무튼 그런 아저씨와 헤어지고 나서야 엄마 아빠가 궁금해지기 시작한 걸 보면 은우는 프랑스 아저씨가 꽤 마음에 들었던 것만은 분명했다.

기차의 바깥 풍경으로부터 등을 돌린 아이가 얌전히 좌석에 앉았다. 그리고 이모에게 물었다. "이모, 근데 엄마 아빠는 어디 갔어요?"

"어, 그게…… 이모가 말 안 해줬던가?" 이모가 곁눈질로 은우의 표정을 살피고는 말을 이었다. "미국으로 세미나 갔다고 했잖아."

"그럼 언제 오는데요?"

"음, 내일? 아마 내일 올 거야." 화장을 고치려는 모양인지 이모가 가방에서 콤팩트를 꺼내 들었다.

이모가 자신의 이마와 뺨에 분첩을 두드리자 또 엄마 냄새가 났다. 순간 아이는 열 밤이 지나도록 엄마 아빠를 잊어버리고 있었다는 사실이 새삼스럽게 느껴졌다. 그러면서 이런 의문이 드는 거였다. 엄마 아빠를 잊어버릴 만큼 프랑스 아저씨의 온갖 호의에 빠져든 건 무엇 때문이었을까. 혹시 이게 어른이 되어간다는 징조는 아닐까. 어른이 아니라면 적어도 오빠가 되어간다는 의미는 아닐까. 어른이든 오빠든 누군가에게 무엇이 된다는 건 의문을 거치는 일인 것만 같아 아이는 그 부분에 대해 일부러 생각하고 또 생각했다. 그때 이모의 가방

속 핸드폰이 진동을 했다. 발신자를 확인하고 난 이모의 표정 사이로 옅은 한숨이 배어 나왔다. 통화할 상대가 대하기 조금 어려운 사람이라는 게 느껴졌다.

이모가 얼른 통화 버튼을 누르고 전화를 받았다. "네, 사돈 어른……." 언니의 시어머니, 그러니까 은우의 친할머니였다. "이제 막 출발했어요. 별말씀을, 수고라니요. 당연한걸요. 네, 네. 저는 나흘 후에 출국이에요. 일 년에 한 번씩은 은우 보러 들어올 텐데요, 뭘……." 이모가 시름 짙은 한숨을 뱉어내고는 다시 말을 이어나갔다. "은우요? 은우가 제일 좋아하는 게…… 아, 피자빵이요. 어렵지 않아요. 옥수수 식빵 위에 스파게티 소스를 발라주세요. 그리고 그 위에 익힌 새우하고 얇게 썬 햄을 올리고 파프리카를 색색으로 썰어 올려주세요. 초록색, 노란색, 주황색으로요. 파프리카 사이사이에 방울토마토를 얇게 썰어 올린 다음 모차렐라 치즈를 듬뿍 뿌려주면 끝이에요. 오븐에 구우면 좋긴 한데 전자레인지에 돌려도 상관은 없어요. 네, 치즈가 녹을 정도로만요. 아, 마지막에 파슬리 가루도 좀 뿌려주시고요. 그래야 먹음직스럽게 예뻐지거든요. 네, 택시요. 아니요. 괜찮습니다. 어머, 선물이요? 제가 다 궁금해지네요. 그럼 곧 뵐게요. 네, 들어가세요……." 할머니와 통화를 끝낸 이모가 은우에게 곧장 말했다. "은우야, 할아버지 할머니가 우리 은우 오면 주려고 선물 만들어놓으셨대."

"정말요?" 기분이 좋아진 아이가 앉은 자리에서 엉덩이를 들썩였다. "무슨 선물인데요?"

"글쎄, 그건 이모도 잘 모르겠네? 가보면 알지 않을까? 그리고 은우가 좋아하는 피자빵도 할머니가 만들어주실 모양이야."

"와, 피자빵이다! 피자빵!" 은우의 표정이 그 어느 때보다 신나 보였다.

이모는 무슨 선물이기에 사돈어른이 '만들어놓았다'라는 표현을 썼는지 궁금했다. 그게 무엇인지 모르지만 아무쪼록 은우가 그 선물을 아주아주 마음에 들어 했으면 좋겠다는 생각이 들었다. 그래서 그 선물 때문에라도 오늘의 일들이 나쁜 기억으로 남지 않기를 바랐다. 여섯 살이니까. 어쩌면 여섯 살이니까 그럴 가능성도 있지 않을까. 왜냐하면 여섯 살은 장난감과 선물에, 그리고 초콜릿이나 젤리 같은 다디단 먹을거리에 미혹되기 좋은 나이니까. 그런 식으로 좋아하는 것들의 가짓수가 많아지다 보면 안 좋은 것 하나 정도는 별거 아닐 수 있지 않을까. 하지만 이모는 방금 했던 생각들을 곧바로 정정했다. 안 좋은 것은 반의 반 개라 해도 별거 아닐 수는 없었다. 나이와 상관없이 안 좋은 것은 모두에게 안 좋은 것이었고, 정도에 따라서는 백 개의 좋은 것보다 안 좋은 것 하나가 더 깊이 기억과 기분을 지배할 수도 있었다.

이모는 말없이 은우를 내려다봤다. 아이는 곰돌이 모양 젤리를 거의 다 먹어가는 중이었다. 이모는 문득, 일 년 뒤에 보게 될 은우의 모습이 궁금해졌다. 오늘을 지나쳐온 일 년 후의 은우는 어떻게 변해 있을지, 그리고 일 년 후에 은우가 기억하게 될 오늘은 어떤 색채에 어떤 질감일지. 어쩌면 '시작'으로 기억될지 모를 오늘이기에, 아니 어쩌면 '끝'으로 기억될지도 모를 오늘이기에 궁금하지 않을 수가 없었다.

이모는 점점 빨라지는 기차 밖 풍경을 멍하니 바라보다 두 눈을 감았다. 기차의 속도만큼 뭔가가 아득해져가는 기분이었다.

기차에서 내린 은우는 이모와 함께 택시에 올라탔다. 무섭기만 하던 첫인상과 달리 기차의 재미와 낭만을 알아버린 은우는 기차와 헤어지는 게 싫었다. 그 이별의 아쉬움을 달래고 싶었던 걸까.

아이가 이모를 향해 말했다. "이모, 집에 갈 때도 우리 기차 타고 가면 안 돼요?"

"어? 어……." 그러나 이모는 말을 얼버무렸다.

은우가 조르듯 재차 말했다. "나, 기차 또 타보고 싶은데…… 엄마 아빠랑도 타보고 싶고, 동생 태어나면 동생이랑도 타보고 싶은데……."

이모가 억지스러운 미소를 머금으며 대답했다. "그래, 그러자. 집에 갈 때도 타고, 엄마 아빠랑도 타고, 동생이랑도 타자."

"근데 이모, 엄마 아빠는 진짜로 내일 와요?" 차창으로 들이친 여름 햇빛 때문에 눈이 부신지 아이가 한쪽 눈을 찡긋거리며 이모를 쳐다봤다.

"응."

은우가 기억하는 열흘 전의 엄마 아빠가 떠올랐다. 깊은 밤이었고 아빠 핸드폰으로 한 통의 전화가 걸려왔다. 누가 무슨 일로 걸어온 전화였는지 구체적으로 알 수는 없었지만 아주 많이 슬픈 소식이라는 건 알 수 있었다. 누군가가 죽은 것 같았다. 그 소식을 옆에 있는 엄마에게 전하던 와중에 아빠가 펑펑 울기 시작했다. 그러자 곧바로 엄마가 따라 울었다. 죽은 사람이 엄마와 아빠 모두에게 소중한 사람이라는 게 느껴졌다. 엄마가 울고 있는 아빠를 향해 말했다. "어떻게 그런 일이 있을 수가 있지…… 어떻게……." 엄마의 넋두리에 울음을 삼킨 아빠가 입을 뗐다. "그 자식, 불쌍해서 어쩌냐……." 그러고는 아빠가 먼저 부랴부랴 검은색 양복을 꺼내 입었다. 아빠 목에 매어진 검은색 넥타이가 애도의 감정을 드러냈다. 뒤이어 엄마도 검은색 원피스를 찾아 입었다. 임신 육 개월에 접어든 엄마 배가 원피스 위로 볼록 튀어나왔다. 그때 은우는 알게 되었다. 검은색은 슬프고 안 좋은 색이라는 것과 누군가가 죽으면 남자는 검은색 넥타이를 매야 한다는 걸. 처음에 아빠는 자기 혼자 갔다 오겠다며 엄마에게 집에 있으라고 했다. 그날 밖에는 막바지 장맛비가 쏟아지고 있었다. "임신한 사람은 그런 데 가는 거 아니라잖아." 글썽거리던 엄마의 눈이 찌푸려졌다. "그런 데라니? 아니, 어떻게 안 가! 당신 친구이기 전에 내 친구이기도 한데 어떻게 안 가냐고!" "내 말뜻은, 그러니까……." "걔하고 우리 사이가 미신을 지켜야 할 만큼의 관계밖에 안 됐어?" 아무런 대꾸를 할 수 없었던 아빠는 가만히 고개를 떨굴 뿐이었다. 슬픔은 화가 되고, 화는 그대로 슬픔이 되어가던 밤이었다.

졸린 눈으로 엄마 아빠의 울음을 지켜보던 그날 밤, 은우는 믿고 지내온 누군가로부터 내팽개쳐진 듯한 마음이 들었다. 아니, 스스로가 투명해진 느낌이었다. 대체 어떤 죽음이기에 엄마 아빠는 뒤도 돌아보지 않고 나를 버리고 가버린 걸까. 깊은 밤이 새벽에 닿을 때까지 아이는 그런 의문으로 집에 혼자 남아 하염없이 엄마 아빠를 기다렸다. 그리고 어슴푸레한 새벽이 아침으로 바뀌고, 잡고 있던 엄마 아빠의 손을 인파에 놓쳐버린 거 아닌가 하는 두려움이 울음으로 이어질 즈음이었다. 이모가 집으로 찾아왔다. 그런데 이모도 울고 있었다. 어제의 엄마 아빠처럼 이모도 펑펑 울고 있었다. 어린 은우는 생각했다. 도대체 어젯밤, 아빠 핸드폰으로 도착한 죽음이란 어떤 죽음이었기에 이모까지 저리 슬프게 우는 걸까. 그래서 은우는 궁금해 이모에게 물었다. "이모, 왜 울어요? 어젯밤에 엄마 아빠도 이모처럼 많이 울었어요." "은우야, 이모랑 어디 좀 갈까?" "어디요?" "이모가 아는 프랑스 아저씨 집이 있는데 며칠만 거기에 가 있자." 이모는 자신이 우는 이유도, 어젯밤에 엄마 아빠를 울린 그 죽음의 실체에 대해서도 말해주지 않았다. 그렇게 열흘이 흘렀다. 아무래도 엄마 아빠가 종종 하러 간다던 그 세미나라는 것은 공부하고 연구한 것을 발표하거나 토론하는 게 아닌 모양이었다. 세미나는 우는 것이었다. 이모 말대로 엄마 아빠가 정말 세미나를 하러 간 거라면 말이다. 그런데 단순히 울기 위해 비행기를 타고 저 머나먼 미국까지 날아가기도 하는 걸까. 그날 은우의 의문은 깊은 밤만큼이나 깊어져만 갔다.

   택시가 낯익은 동네로 들어섰다. 할아버지와 할머니 집이 택시 차창 너머로 보였다. 너른 마당이 있는, 한옥으로 지어진 할아버지 할머니 집에는 은우가 좋아하는 감나무가 세 그루나 심겨 있었다. 늦가을만 되면 엄마가 빼놓지 않고 하는 일은 할아버지 할머니가 보내온 홍시를 냉동실에 꽁꽁 얼리는 것이었다. 엄마는 마트에서 파는 아이스크림은 못 먹게 해도 저 나무의 열매로 만든 홍시 셔벗만은 양껏 먹게 해주었다. 마음껏 허락된 맛이라 그랬을까. 얼린 홍시도 맛은 있었지만 역시 은우에게는 마트에서 파는 아이스크림이 조금 더 맛있었다.

택시의 방향이 바뀌자 감나무에 가려져 있던 지붕이 보였다. 저 지붕은 은우에게 특별했는데 저기가 바로 은우의 첫 번째 헌 이빨을 던진 곳이기 때문이었다. 한 달 전, 할머니의 생일 때였고 빠진 건 아래쪽 앞니였다.

은우가 손으로 지붕을 가리키며 이모에게 말했다. "이모, 저 지붕에다 던졌어요."

"뭘?"

"제 헌 이빨이요." 입을 벌린 은우가 집게손가락으로 유치가 빠진 자리를 가리켰다. "지붕에 던져두면 까치가 헌 이빨을 물어간대요. 그리고 나중에 새 이빨을 가져다준댔어요."

당시에 은우는 지붕이 있는 할아버지 할머니 집에서 이빨이 빠진 걸 천만다행이라고 생각했다. 그리고 내심 걱정했더랬다. 나중에 지붕이라곤 찾아볼 수 없는 내가 사는 아파트에서 이빨이 빠지면 그땐 어떻게 해야 하지? 그래서 은우는 이번에 할아버지 할머니 집에서 지내는 동안 또 이빨이 빠지면 좋겠다고 생각했다. 하지만 애석하게도 은우에게 흔들리는 젖니는 아직 없었다.

이모가 은우의 이빨 빠진 자리를 확인하고는 호들갑을 떨었다. "어머, 정말로 까치가 새 이빨 가져다주려나 보다. 이빨이 나고 있네?"

은우가 냉큼 자신의 손가락 끝으로 새 이빨을 만지작댔다. 만질수록 그 자리가 간질거렸다. 고개를 내밀기 시작한 이빨이 신기하기만 한 아이는 지붕이 있는 집은 좋은 거라고 생각하며 이모에게 이렇게 말했다. "나중에 이빨 또 빠지면 할아버지 할머니 집으로 오면 되겠다. 그죠?"

은우의 그 말에 이모는 말없이 고개만 끄덕였다.

택시가 흙먼지를 일으키며 돌아갔다. 택시에서 내리자마자 은우는 대문 앞으로 달려가 할아버지와 할머니부터 불렀다. 이모가 초인종을 눌러줘야 대문이 열릴 테지만 마음이 앞선 은우는 그새를 못 참고 몸을 종종거렸다. 기차와 택시를 타고 여기까지 오는 내내 아이는 할아버지 할머니가 만들어놓았다는 선물이 무엇인지 궁금해 미칠 지경이었다.

은우가 이모를 재촉했다. "이모, 빨리요, 빨리! 빨리 초인종 눌러주세요!"

한껏 들떠 있는 은우와 달리 이모의 얼굴에는 근심과 시름이 드리워지고 있었다. 이모가 깊은 한숨과 함께 초인종을 눌렀다. 기다렸다는 듯 대문이 열리고 할머니가 은우를 맞으러 나왔다. 일 년 전, 뇌경색으로 한쪽 다리가 불편해진 할아버지는 지팡이를 짚고 마당 어귀에 서 있었다. 할아버지가 어서 들어오라는 뜻으로 이모와 은우를 향해 손을 흔들었다. 거동이 불편한 할아버지 몫까지 생각해 어린 손자를 맞이하고 싶었던 걸까. 할머니가 은우 앞으로 다가와 쪼그려 앉더니 그대로 아이를 꽉 끌어안았다. 한 달 전, 할머니 생일에 왔었을 때는 이러지 않았었는데, 아무튼 오늘은 좀 이상하다고 은우는 생각했다.

할머니가 울먹이는 목소리로 손자에게 인사를 건넸다. "내 강아지 왔는가……." 그 말끝에 할머니가 훌쩍거리기 시작했다. 엄마 아빠에 이어 이모가 울더니 이제는 할머니까지 울었다.

은우의 눈이 할머니 어깨 너머로 향했다. 지팡이를 짚고 서 있는 할아버지가 보였다. 할머니만큼은 아니지만 할아버지도 우는 모양이었다. 고개를 외로 튼 할아버지가 몰래 눈가를 훔쳤다. 그런데 그런 할아버지 뒤로 뭔가가 보였다. 할머니 품에서 떨어져나온 은우가 신나게 마당으로 뛰어들어갔다. 마당 한쪽에 그네 두 개와 트램펄린이 설치돼 있었다. 한 달 전에는 못 보던 것이라 은우는 저게 바로 할아버지와 할머니가 만들어놓았다는 그 선물이라는 걸 깨달았다.

두 손으로 자신의 얼굴을 감싸 쥔 은우가 목소리를 높여 소리쳤다. "우와! 감동적이야!"

저것은 프랑스 아저씨가 오븐에 구워낸 피자빵과는 두께가 다른 설렘이었다. 부드러운 아이스크림이나 달콤한 초콜릿 그리고 형형색색의 곰돌이 젤리와도 크기가 다른 흥분이었다. 이렇게 행복해져도 되나 싶을 만큼 아이의 두근대는 심장은 온기로 가득 채워지고 있었다.

 트램펄린 가까이 다가간 은우는 곧장 신발을 벗었다. 빨리 저 위에서 뛰어노는 걸 보고 싶었던 할아버지가 지팡이를 내려놓은 손으로 은우를 번쩍 들어 올렸다. 할아버지의 도움으로 트램펄린 위로 올라간 은우는 몸을 공중으로 방방 띄웠다. 몸이 하늘로 치솟을 때마다 은우의 입에서는 까르르 웃음이 터져 나왔다. 키가 커지고 몸이 가벼워지는 기분은 굉장한 것이었다. 순간 은우에게는 빠진 이빨을 던질 지붕 때문이 아니더라도 할아버지 할머니 집에 와야 할 이유가 하나 더 생긴 것 같았다. 찰나적인 공중부양의 세계를 갖게 된 은우. 그런 은우를 할아버지는 그네에 앉아, 할머니와 이모는 대청마루에 걸터앉아 말없이 바라보고 있었다.

 은우는 몸이 튕겨 오르고 넘어질 때마다 즐거운 비명을 질러댔다. 아이의 웃음소리에 따라 할아버지와 할머니가 웃고 이모가 웃었다. 하지만 어른들의 웃음은 오래 이어지지 못하고 금방 사그라들었다. 사그라든 웃음 뒤에는 침울한 표정들이 웃음의 대가처럼 남겨지다가 다시 긴 침묵으로 이어지기를 반복했다.

 그리고 그 긴 침묵을 먼저 깨뜨린 쪽은 이모였다. "은우가 쓰던 침대랑 옷장은 내일 도착할 거예요." 이모가 왼편에 열려 있는 방문을 쳐다보며 은우 할머니에게 물었다. "은우가 쓸 방이 저긴가 보네요……."

할머니가 대답했다. "우리 명훈이가 어릴 적부터 쓰던 방인데, 내 아들의 아들이 쓰게 될 줄 누가 알았을까요. 세상도 참 무심하시지……."

텅 빈 방에는 창호지 문으로 투과된 은은한 여름 햇빛만이 한가득 들어차 있었다. 방에 남아 있는 건 가구가 놓였던 자국과 액자가 걸렸던 흔적들뿐이었다.

할머니의 대답이 다시 이어졌다. "경황이 없어서 가구며 물건만 치웠네요. 내년 봄에는 장판도 다시 깔아주고 도배도 새로 해줘야지……."

이모의 시선이 텅 빈 방에 머물렀다. 그러는 동안 이모의 머릿속에는 저 방에서 커나갈 은우의 숱한 내일들이 떠올랐다. 은우는 저 방에서 초등학생이 되고 중학생이 되겠지. 무수히 많은 고민의 밤과 성장의 밤을 지나 조금씩 어른이 되어가겠지. 웃고 우는 밤도, 수치의 밤도, 실패의 밤도 찾아올 테지. 그리고 저 방은 은우가 처음 마시게 될 술에 대한 기억이 되고, 호기심으로 피우게 될 첫 담배에 대한 기억이 되겠지. 은우의 첫 몽정과 첫 수음과 첫 꾸중을 지켜보게 될 방. 하루가 다르게 노쇠해져가는 할아버지와 할머니를 지켜보게 될 방. 결국 살아간다는 건 무언가를 하나씩 잃어간다는 걸 깨닫게 될 방.

그 혼자만의 방…….

할머니가 걸터앉은 자리에서 일어나며 이모에게 말했다. "저녁 잡숴야지요. 뭘 좋아하는지 몰라 은우 에미가 좋아하던 걸로 준비했어요."

뒤따라 일어난 이모가 대답했다. "저희 자매는 서로 닮은 구석이라곤 하나도 없었는데 유일하게 식성만은 닮았어요."

"그래요……." 한쪽 무릎을 부여잡고 대청마루로 올라선 은우 할머니가 부엌으로 들어갔다.

도와드리겠다며 이모가 부엌으로 따라 들어가려고 하자 할머니가 극구 손사래를 쳤다. "먼 길 오느라 애썼는데 그럴 수 없지요. 아서요, 아서."

"그래도 어떻게……." 난감해진 이모가 목덜미를 긁적였다.

"나 편하자고 그래요."

"네, 그럼……." 이모가 엉거주춤하다 마루에 다시 걸터앉았다.

피곤하지도 않은지 은우는 여전히 하늘로 치솟는 중이었다. 은우의 휘날리는 머리카락과 함박웃음이 땀에 젖어 반짝거렸다. 이래저래 은우에게 오늘은 선물의 날인 것 같았다.

감나무에 걸린 여름 햇빛이 사방으로 부서지고 있었다. 이모의 눈은 다시 은우가 쓰게 될 텅 빈 방으로 향했다. 방은 어린 은우 혼자 쓰기에 많이 넓은 것 같았다.

어색하고 조용한 식사가 시작되었다. 대청마루에 차려진 이른 저녁 밥상은 정갈하기 이를 데 없었다. 크지도 작지도 않은 상에는 맑게 끓인 북엇국을 비롯해, 꼬막무침과 두부조림과 고등어구이 그리고 손이 많이 가는 굴전에 더덕구이와 잡채까지 놓여 있었다. 모두 다 언니가 좋아하던 반찬들이라 이모는 밥을 먹는 내내 코끝이 시큰거렸다. 이모의 그런 마음을 달래주고 있는 것은 처마 밑에 걸린 물고기 모양의 풍경이었다. 바람이 불어올 때마다 은은하게 울려 퍼지는 풍경 소리가 지난 열흘간의 지친 이모를 위무해주고 있었다.

은우가 프랑스 아저씨 집에 머무르는 동안 이모는 매일 택시를 타고 이리저리 뛰어다녀야 했다. 파리로의 출국 날짜가 잡혀 있어서 이모는 올 겨를도 없이 남겨진 사람으로서의 의무를 해나갔다. 의식(儀式)을 치르고, 떠나버린 사람의 살아왔던 흔적을 지우고 정리하는 일들은 경험과 무관하게 힘겹기만 했다. 이모는 고등학생 때 교통사고로 아버지를 잃어봤고 삼 년 전에 암으로 어머니를 잃어본 적이 있었지만, 쓸모없어진 삶의 궤적을 지워나가는 일은 여전히 적응과는 먼 얘기였다. 행정 절차가 끝난 뒤에 밀려드는, 또 남겨지고 말았다는 사실을 마주하는 일이 특히 그러했다. 그래서 이모는 조카 은우의 처지가 꼭 자기 처지인 것만 같았다. 앙투안과의 결혼을 재고하고 한국에 남아야겠다는 생각까지 했을 정도로 이모는 자꾸만 은우가 눈에 밟혔다.

은우는 밥 생각이 없는지 북엇국에 만 밥을 몇 숟가락 뜨다 말았다. 마음 같아서는 다시 트램펄린과 그네를 타고 놀고 싶었지만, 밥그릇을 다 비워야 나가 놀게 해주겠다는 할머니의 말에 은우는 밥상 근처에 억지로 앉아 있는 중이었다. 밥은 먹기 싫고 놀고는 싶었는지 아이가 텅 빈 자기 방으로 들어가 형광색 캐리어를 열었다. 캐리어에서 터닝메카드와 거기에 딸린 카드를 종류별로 다 꺼내 들고 나와 다시 밥상 근처에 앉았다.

이를 지켜본 할머니가 부드러운 목소리로 은우에게 말했다. "할머니는 은우가 밥 다 먹고 놀았으면 좋겠는데, 어쩌지? 밥 남기면 될까 안 될까?"

옆에 앉은 이모가 은우를 두둔해주기 위해 이렇게 말했다. "아까 오는 길에 군것질을 많이 해서 그런가 봐요." 그러고는 아이가 남긴 밥을 이모가 가져다 먹었다.

은우가 입으로 효과음을 내며 터닝메카드를 가지고 노는 동안 어른들의 식사는 계속되었다. 반찬들이 조금씩 줄어들 때마다 마당에 드리워진 땅거미는 점점 짙어져갔다. 이모는 밥을 먹다가도 풍경이 흔들리면 잠깐 수저질을 멈추고 처마 밑을 올려다봤다. 미미하게 울려 퍼지는 풍경의 파장들이 이모의 심장을 가만히 어루만지고 지나갔다. 이모는 무해하기만 한 파동 소리를 들으면서 인간의 삶을 뒤흔드는 일도 저 풍경 소리만큼 은은한 것이라면, 그래서 그냥 지나쳐도 좋을 것들이라면 얼마나 좋을까, 하고 생각했다.

그런데 그런 것 따위는 없다는 듯, 잘 놀던 은우가 불쑥 어른들을 향해 물어왔다. "엄마 아빠는 언제 와요?"

순간 자동차 모양의 터닝메카드 하나가 딱딱한 카드와 맞물리더니 뒤집어 엎어졌다. 딸깍 소리를 내며 펼쳐진 자동차는 이상한 모양으로 변신을 했다. 잠깐 변신 자동차에 머물러 있던 할아버지의 눈이 할머니에게로 향했다. 할머니의 눈은 다시 이모에게로 향했고, 이모의 눈은 또다시 할아버지에게로 향했다. 교환된 어른들의 시선 뒤에는 황망한 침묵만이 남았다.

이때 식사를 다 마친 할아버지가 은우의 관심을 다른 데로 돌려보려는 듯 다급히 물었다. "우리 은우, 할아버지 집에 올 때 기차 타고 왔다며? 뭐가 제일 신나고 재밌었을까?"

은우가 변신하지 않은 터닝메카드 하나를 허공으로 질주시키며 대답했다. "음, 계속 계속 가는 거요."

아이의 말뜻을 이해하지 못한 할아버지가 도움을 구하기 위해 이모를 쳐다봤다.

이모가 얼른 보충 설명을 했다. "아, 기차가 멈추지 않고 계속 움직이는 게 좋았나 보더라고요."

은우가 이번엔 터닝메카드를 밥상 아래로 밀어 넣으며 말을 이었다. "기차는 포클레인보다 훨씬 커요. 그래서 이젠 포클레인이 하나도 안 무서워요." 아이가 밀어 넣은 터닝메카드가 맞은편에 앉아 있는 할아버지의 발을 맞고 후진했다. 다행히 환기가 된 듯 아이가 딴말을 했다. "할머니, 저 밥 말고 피자빵 먹고 싶어요. 할머니가 피자빵 만들어줄 거라고 아까 기차에서 이모가 그랬어요."

"오냐, 오냐, 만들어주마." 할머니가 안도의 한숨을 내쉬고 나더니 할아버지와 이모를 번갈아 쳐다봤다.

은우를 제외한 세 어른들의 식사가 마무리되어갔다. 밥상 위에는 어느새 감나무의 긴 그림자가 붉게 내려앉았고, 처마 밑 풍경을 스쳐가는 바람 속에는 서서히 밤의 온도가 스며들었다.

어슴푸레해진 늦은 오후의 명도가 밤에 물들기 시작하는 시간이었다.

귀뚜라미가 우는 밤은 고요하고 시원했다. 도시의 밤과는 다른, 농도가 짙은 밤이었다.

이모는 대청마루에 걸터앉아 깊어져가는 밤과 은우를 지켜보고 있었다. 지치지도 않는지 은우는 삼십 분째 트램펄린 위를 방방 뛰어노는 중이었다. 마당 곳곳에는 희끄무레한 장명

등 불빛이 밤을 떠받치듯 떠다니고 있었고, 처마 밑에 달린 풍경은 밤바람의 흔적을 수줍게 고백하고 있었다.

피자빵이 완성된 모양인지 부엌 쪽에서 피자빵 냄새가 났다. 은우 할머니가 접시를 들고 마루로 나왔다. 부드럽게 녹은 치즈 사이로 익은 파프리카와 익은 토마토 냄새가 올라왔다. 처음 만들어봤을 텐데도 은우 할머니의 피자빵은 모양이며 색깔이 제대로였다. 먹기 좋게 여덟 조각을 낸 피자빵에서는 은우를 향한 사돈어른의 배려와 정성이 느껴졌다.

은우 할머니가 피자빵 접시를 이모에게 건네며 말했다. "저렇게 신나 하는데……."

이모가 말없이 피자빵 접시를 받아 들었다. 접시를 받아 든 이모의 얼굴에 밤그늘이 드리워졌다.

피자빵은 치즈가 굳기 전에 먹어야 해서 이모는 곧장 접시를 은우에게 가져갔다. 신발을 벗은 이모가 사방으로 둘러쳐진 안전망 사이를 지나 트램펄린 안으로 들어갔다. 피자빵 배달 왔다는 말에 은우가 뛰는 것을 멈추고 자리에 앉았다.

은우가 손뼉을 치며 소리쳤다. "와, 피자빵이다!" 목욕시킨 지 얼마 되지 않았는데 은우의 이마와 목덜미는 그새 땀으로 흥건해져 있었다.

안전망 때문인지 안에서 본 트램펄린은 모기장을 쳐놓은 그물침대 같았다. 아늑한 분위기가 참 좋았다. 프랑스로 가지 않아도 된다면 이모는 은우와 밤새 얘기를 나누다 여기에서 잠이 들고 싶었다. 별이 쏟아지는 밤을 쳐다보며 내일을 이야기할 수 있는 밤이라니……. 그러나 그럴 수 없기에 이모 입에서는 밤 같은 한숨이 연거푸 새어 나왔다.

은우가 피자빵 조각을 포크로 찍어 후후 불어 먹었다. 치즈가 실처럼 가느다랗게 늘어났다. 맛이 어떠냐는 이모의 물음에 은우가 즐거운 표정으로 대답했다. "맛있어요. 프랑스 아저씨가 만들어준 빵하고 맛이 똑같아요."

엉덩이를 들썩이는 은우는 정말 기분이 좋아 보였다. 그래서 이모는 열흘 동안 미뤄둔 얘기를 은우에게 꺼내기로 했다. "근데 은우야, 이모는 이제 곧 가봐야 하는데, 어쩌지?"

"곧 언제요?"

"오늘 밤……."

어떻게 알았는지 은우가 프랑스 아저씨랑 결혼하러 가는 거냐고 했다. 이모가 어디서 들었냐니까 아이가 피자빵을 머금은 입으로 대답했다. "저번에 프랑스 아저씨가 피자빵 만들어주면서 그랬어요. 이모랑 프랑스로 가 결혼해 살 거라고요."

"응, 맞아. 프랑스에서 프랑스 아저씨랑 한국 음식 만들어 팔면서 살 거야." 일 년에 한 번씩은 은우 얼굴 보러 한국에 들어오겠다니까 아이가 가만히 고개를 끄덕였다. 이모가 덧붙

여 말했다. "다음에 프랑스 아저씨 만나면 이모부라고 불러야
해. 알았지?"

"네."

"그리고, 그리고 말인데……." 그러나 이모는 차마 말을 꺼
내지 못한 채 마른 입술만 지그시 깨물었다.

어찌나 허겁지겁 빨리도 먹어대는지 접시 위의 피자빵은
절반가량 줄어든 상태였다. 이모는 은우가 저 피자빵을 다 먹
을 때까지만 기다리기로 했다. 은우가 포크로 피자빵을 찍어
먹자 트램펄린이 잔잔하게 흔들렸다. 아이의 움직임이 만들
어낸 파동은 고스란히 이모의 앉은자리까지 전해졌다.

이모는 잠시 숨을 고르기 위해 트램펄린에 누웠다. 자세를
바꾼 잠깐의 움직임에 이모의 몸이 너울거렸다. 몸이 위아래
로 넘실거릴 때마다 이모는 나룻배를 타고 호수 위를 둥둥 떠
다니는 기분이 들었다.

이모가 혼잣말처럼 조용히 말했다. "별은 저렇게 아름다운
데……."

밤하늘엔 별빛이 쏟아지고 있었지만, 이모의 머릿속은 막
막한 어둠만이 겹겹이 쌓여갈 뿐이었다. 빨리 지나갔으면 좋
을 '의무의 시간'이었다.

밤인 데다 배부르게 피자빵을 먹고 나서인지 은우는 자꾸

만 눈꺼풀이 무거워졌다. 이모는 아까부터 밤하늘을 쳐다보며 알아들을 수 없는 노래를 부르고 있었다. 자장가는 아니었지만 은우의 귀에는 잠이 오게 하는 노래처럼 들렸다.

은우가 이모 옆에 바짝 붙어 누우며 말했다. "이모, 저 졸려요……." 미세하게 너울대는 트램펄린이 요람처럼 느껴져서 잠이 더 쏟아지려는 참이었다.

노래 부르기를 멈춘 이모가 말없이 자신의 한쪽 팔을 은우에게 내어주었다. 은우는 이모의 팔베개에 머리를 기대고는 모로 누웠다. 이모 몸에서는 여전히 엄마 냄새가 났다.

은우가 졸린 목소리로 이모에게 물었다. "근데 이모, 엄마 아빠는 언제 와요?"

"……." 이모는 아무런 대답이 없었다.

그러자 은우가 다시 물었다. "언제 오는데요. 진짜로 내일 와요?"

이모의 한참 늦은 대답이 돌아왔다. "응, 곧 올 거야……."

그사이 은우는 졸린 눈을 감았다 뜨기를 반복했다. 잠을 이겨보려는 노력에도 불구하고 아이의 목소리는 점점 힘을 잃어갔다. "곧 언제요…… 그럼 내일이 곧이에요?"

이모가 아주 작은 목소리로 대답했다. "내일이 곧일 수도 있고 아닐 수도 있고…… 세미나는 벌써 끝났는데 미국에 비가 와서 비행기가 날지 못한대. 그래서 좀 늦어지는 거래……."

"엄마 아빠가 검은색 옷 입고 나갔을 때도 비가 왔어요."

"응, 그랬지……." 이모 목소리가 떨리고 있었다.

은우가 무겁게 내려앉은 눈꺼풀을 올려보려고 애를 쓰며 간신히 말했다. "비 온 날, 엄마 아빠가 울었어요……."

"응, 그랬지……." 여전히 떨림이 느껴지는 이모의 목소리였다.

"이모는 알아요? 엄마 아빠가 왜 울었는지?"

"응, 알아……." 이모가 은우의 등을 토닥토닥해주고는 다시 말을 이었다. "같이 세미나를 떠나기로 한 친구가 많이 아팠다나 봐. 그 친구 위로해주느라 엄마 아빠가 좀 바빴대. 그래서……."

은우가 이모의 말을 끊고 서둘러 자기 말을 했다. 잠 때문에 자기가 하고 싶은 말을 다 하지 못할까 봐 그러는 것 같았다. "아, 그리고 이모, 저 곧 있으면 동생 생겨요…… 여동생이래요. 난 남동생이 좋은데……." 은우의 고개가 점점 옆으로 떨구어졌다.

이모가 가만히 물었다. "왜 남동생이 더 좋은데?"

"제 터닝메카드 자랑하고 싶어서요……." 아이가 배시시 웃었다.

"엄마 아빠, 되게 나빴다. 그지? 근데 여동생한테도 터닝메카드는 자랑할 수 있어……."

"정말요……."

"……." 이모는 이번에도 아무런 대답이 없었다.

은우의 잠꼬대 같은 말이 이어졌다. "홍시 셔벗 먹을 때쯤에 동생 만날 거라고 엄마가 그랬는데……." 설핏 잠든 아이의 입가에는 옅은 미소가 드리워졌다가 사라지기를 반복했다.

"응, 그랬지……."

"이모, 그럼 나는……." 잠을 이겨내지 못한 은우는 어느새 깊은 잠에 빠져들었다. 쌔근대는 아이의 숨소리에 따라 트램펄린이 잔잔한 호수처럼 너울댔다.

이모가 밤하늘의 별에다 대고 속삭이듯 말했다. "다들 진짜 나빴다…… 그지? 진짜로 나빴어……."

그때 밤바람이 지나갔는지 처마 밑 풍경이 오래도록 흔들렸다. 깊은 밤에 울려 퍼지는 풍경 소리는 밤의 깊이만큼이나 깊고 청아했다. '이모, 그럼 나는…….' 그런데 은우가 그 뒤에 하려던 말은 무엇이었을까. 이모는 알 것 같으면서도 모를 것도 같은 그 말을 상상하며 은우를 위한 노래를 가만히 읊조렸다.

그리고 노래를 멈추고는 또다시 말했다. "정말 다들 나빴다…… 나빴어……."

차마 말해지지 못한 여름의 말들이 잠든 은우의 귓가를 자장가처럼, 혹은 비밀처럼 맴돌았다. 말해졌지만 말해지지 못한 말들과, 말해지지 못했지만 말해지고 만 말들이 주저하듯 밤 속으로 숨어들던 날이었다.

여전히 밤이었다.
은우는 아무것도 없는 텅 빈 방에 혼자 누워 있었다. 아이의 머리맡에는 조도 낮은 스탠드가 켜져 있었고, 방 한쪽 구석에는 형광색 캐리어 두 개가 덩그러니 남아 있었다.
은우가 눈을 떴을 때 이모는 가고 없었다. 잠에서 깬 아이의 머릿속에는 꿈이었는지 진짜였는지 모를 이모와의 대화들이 스쳐 지나갔다. 은우가 잠이 듬뿍 담긴 눈으로 텅 빈 방을 멍하니 바라봤다. 그런데 은우는 방 한쪽 구석에, 크기와 형체를 가늠할 수 없는 어떤 두려움이 웅크리고 있다는 걸 느꼈다. 왠지 그것은 포클레인이나 기차보다도, 아니 비행기보다도 더 큰 두려움인 것만 같았다.
잠이 덜 깬 눈으로 텅 빈 방을 둘러보고 난 은우가 갑자기 훌쩍거리기 시작했다. 그리고 그 훌쩍거림은 금세 울음으로 바뀌었다. 아이 울음소리에 놀란 할아버지와 할머니가 방으로 뛰어들어왔다. 할머니가 왜 우는 거냐고 물어왔지만 할머니는 이미 그 이유를 알고 있다는 표정이었다. 그래서 은우는 울면서 이렇게 생각해야 했다. 여기에는 감나무가 있고, 헌 이빨을 던질 수 있는 지붕이 있다고. 하늘을 날게 해주는 나만의 트램펄린과 그네가 있고, 내 울음을 달래줄 할아버지와 할머니가 있다고. 그렇게 생각하고 나자 아이는 자꾸만 계속 울고 싶어졌다.

 울다 지친 은우가 할머니 품으로 파고들더니 두 늙은 어른이 알아들을 수 없는 말을 해댔다. "할머니, 나…… 나…… 검은색 넥타이…… 매야 해요……."

 할아버지와 할머니는 아이가 하는 말을 알아들을 수 없었다. 하지만 알았다고, 계속 알았다고만 했다.

 기차보다, 아니 비행기보다 더 무서운 게 무엇인지 알아버린 밤. 그 깨달음의 밤이 어린 울음과 함께 지나가고 있었다. 밤바람이 처마 밑 풍경을 끊임없이 노래하던 밤이었다.

○

방은 모든 것을 기억한다

한쪽 어깨에 가방을 멘 그가 메모지에 적힌 동과 호수를 확인했다. 왠지 이번만큼은 맞을 거란 확신이 들었다.

그가 오 층짜리 아파트를 올려다봤다. "404동 408호라……."

낡고 오래된 아파트는 한눈에 봐도 위태로워 보였다. 손으로 밀쳐내면 그대로 주저앉아버릴 것만 같았고, 굵은 고딕체로 쓰인 '장미'라는 글자는 희미해서 잘 보이지도 않았다. 역시 그에겐 낯선 동네 낯선 이름의 아파트였다.

"어쨌든 한번 올라가보자." 그는 단숨에 계단을 밟아 사 층까지 올라갔다. 지어진 지 오래된 아파트라 엘리베이터도 없었다.

그가 408호 현관문을 유심히 바라봤다. 검은색 아라베스크

문양이 찍힌 블루그레이빛이 도는 문이었다. 그는 조심스레 팔을 뻗어 문을 잡아당겼다. 문이 굳게 잠긴 걸 확인한 다음엔 초인종을 눌렀다. 아무런 응답이 없자 그는 됐다는 듯 고개를 끄덕이고는 다시 계단을 밟아 맨 아래층으로 내려왔다. 그런데 사방팔방 둘러봐도 으레 아파트 현관 입구에 있기 마련인 경비실이 보이지 않았다.

그는 아파트 단지를 한참 서성대다 의문 조로 말했다. "저긴가?" 외따로이 떨어진 이 층짜리 건물 하나가 402동 아파트 건물에 반쯤 가려진 채 서 있었다. "저긴가 보네."

그는 아파트 건물과 따로 떨어져 있는 경비실로 향했다. 먼 길을 걸어온 듯 그는 몹시 지쳐 보였다. 가방에 짓눌린 한쪽 어깨와 구부정한 등 때문에 더 그래 보였다.

경비실을 향해 터벅터벅 걸어가던 그가 다시 메모지를 펼쳐 살폈다. 메모지의 필체는 초등학생이 쓴 것처럼 삐뚤빼뚤했다. 'ㄹ'자는 유독 흘려 쓴 상태였고, 숫자 '8'은 동그라미 두 개를 붙여 쓴 모양새였다.

그가 자신의 양복 안주머니에서 이 메모지를 발견한 건 잔뜩 술에 취해 들어온 날이었다. 그날 아침 그는 쓰린 배를 움켜쥐며 잠에서 깨어났다. 깨질 듯한 두통이 느껴졌고 심한 갈증으로 입안은 바싹 메말라 있었다. 잠이 덜 깬 상태로 냉장고를 연 그는 생수를 꺼내어 벌컥벌컥 들이켰다. 찬물이 식도를 타고 온몸으로 퍼져나갔다. 물의 차가운 기운이 머리 쪽으로 올라오자 그는 번쩍 정신이 들었다. 그러면서 가장 먼저 떠오른 것은 어젯밤에 나간 술값이었다. 생수 한 병을 다 비우고 난 그는 침대에 널브러진 자신의 양복 상의를 더듬었다. 문제의 메모지는 안주머니에서 지갑을 꺼내려는 순간 같이 딸려 나왔다. 이게 뭐지? 하얀색 메모지는 딱지 모양으로 접혀 있었고, 딱지 모양의 꼬리 쪽에는 '절대 잃어버리지 말 것!'이라고 경고하듯 빨간색 글씨로 쓰여 있었다. "절대 잃어버리지 말라니……." 그는 내내 고개를 갸웃거리며 접힌 메모지를 얼른 풀어 펼쳤다. 메모지에는 이렇게 쓰여 있었다. 안에 쓰인 글씨 또한 빨간색이었다.

장미아파트 404동 408호. 열쇠는 경비실에.

"장미아파트, 장미아파트라……." 그는 몇 번이고 장미아파트를 입에 올려보았지만 처음 들어보는 아파트 이름이었다. 게다가 그 메모만으로는 어느 지역에 있는 아파트인지도 알 수 없었다. "근데 누가 적어준 메모지?" 그는 좀체 기억이 떠오르지 않았다. 기억이 없는 건 간밤에 마신 술 때문이라고 생각했다. 그래서 그는 전날 밤에 있었던 일들을 하나하나 되짚어나갔다. 하지만 어떻게 된 게 그 메모지에 관한 기억만은 전혀 떠오르지 않았다. 답답한 나머지 그는 스스로에게 물었다. "내가 받아 적었었나? 아니야." 그는 한 차례 고개를 가로저었다. "이건 내 필체가 아니라고. 그럼 술집 아가씨?" 그는 자신을 마음에 들어 하던 술집 아가씨를 떠올렸다. 아가씨가 자기 집에 한번 들러달라며 양복 안주머니에 몰래 찔러 넣어준 것일지도 모른다는 생각이 들었다. 그러나 그는 이내 또다시 고개를 가로저었다. "아니, 아니야. 그런 일은 없었어. 그럼 대체 뭐지······." 그는 그날 아침 내내 메모지에 대해 생각해봤지만 이렇다 할 해답을 찾지 못했다. 하는 수 없이 그는 메모지에 적힌 데를 한번 찾아가보기로 했다. 그래야만 그 메모지의 출처를 알 수 있을 것 같았다. 그는 먼저 인터넷으로 전국에 있는 장미아파트를 샅샅이 뒤졌다. '장미'라는 이름을 가진 아파트는 총 다섯 군데에 있었다. 처음에 찾아간 장미아파트는 재개발로 막 헐리던 참이었다. 두 번째 장미아파트는 초고층이었다. 초인종을 누르자 만삭의 여자가 얼굴을 내밀었다. "혹시 저를 아세요?"라고 묻자 그를 수상하게 여긴 임산부는 대답도 없이 문을 쾅 닫아버렸다. 세 번째 장미아파트에 도착했을 땐 무작정 경비실로 찾아갔다. 막무가내로 열쇠를 달라고 하자 경비원은 408호와 어떤 관계냐며 따져 물었다. 딱히 뭐라 설명할 수 없었던 그는 그냥 돌아서야만 했다.

그리고 이번이 네 번째. 그는 왠지 이번만큼은 메모지 속 주소가 맞을 거란 확신이 들었다. 그럼에도 경비실에 맡겨졌다는 열쇠를 찾으러 가는 그의 표정은 여전히 의문스럽기만 했다. "근데 요즘 세상에도 열쇠를 쓰는 집이 있나?"

뭐, 디지털 기기에 익숙지 않은 노인네들이 산다거나, 아날로그 감성을 좋아하는 사람이라면 그럴 수도 있었다. 하긴, 비밀번호 노출 위험성이 싫어서 열쇠를 고집하는 사람들도 있다고 들었으니 그렇게 이상하게 볼 일만은 또 아니었다. 그리고 저렇게 엘리베이터도 없는 낡고 오래된 아파트라면 번호키 도어락보다는 열쇠가 더 어울려 보이긴 했다.

괜한 긴장감에 그는 경비실 앞에서 가방을 고쳐 멨다. 늙은 경비원은 의자에 앉아 꾸벅꾸벅 졸고 있었다. 낮에 짜장면을 시켜 먹었는지 깨끗이 비워진 짜장면 그릇 하나가 밖에 나와 있었다. 헛기침을 한 번 하고 난 그가 조심스레 경비실 유리창을 두드렸다. 놀라 깬 경비원이 입가를 훔치며 고개를 쳐들었다.

그는 최대한 능청스레 경비원에게 말을 건넸다. "저, 404동 408호 열쇠 좀 주시겠습니까?" 그는 저번처럼 관계를 따져 물을까 봐 내심 조마조마했다.

그런데 경비원은 의외로 쉽게 열쇠를 내주는 거였다. 열쇠 고리에는 모양과 색깔이 다른 열쇠가 두 개 달려 있었다. 열쇠를 받아 들고 그냥 돌아서려던 그는 경비원을 물끄러미 쳐다봤다. 경비원이 "왜 그러시오?"라고 묻자 그가 경비원에게 되물었다.

"저기 혹시, 저를 아시나 해서⋯⋯." 그는 자기 얼굴을 자세히 봐달라는 듯 유리창 너머로 얼굴을 바짝 디밀었다.

"모르오만." 경비원이 고개를 가로저었다.

"근데 이렇게 무턱대고 열쇠를 내주시는 이유가 뭡니까?"

"어떤 분이 부탁했다 하대요. 머잖아 누가 찾아와 408호 열쇠를 달라고 할 거라면서⋯⋯." 경비원의 대답은 간접화법이었다.

"어떤 분이라뇨?" 그가 계속해서 물었다. 실마리가 잡혀갈 모양이었다. "408호와는 어떤 관계죠?"

경비원이 쓰고 있던 챙모자를 벗어 머리를 긁적였다. "글쎄올시다."

"그럼 인상착의라도⋯⋯ 혹시, 부탁한 사람이 여자분이었나요?" 잡힐 듯 잡히지 않는 실마리에 그는 애가 탔다.

"저도 전에 있던 경비 양반한테서 부탁받은 거라 아는 게 없소이다. 그리고 여기서 일한 지 얼마 안 돼놔서⋯⋯."

"아, 그래요⋯⋯ 실례 많았습니다." 그는 이마에 흐르는 땀을 손으로 닦아내며 일단 404동 408호로 향했다.

●

 그 앞에는 편의점에서 사온 컵라면 두 개와 꼬마 열무김치 그리고 생수 두 병이 놓여 있었다. 하나를 말끔히 먹어 치우고 난 그가 나머지 컵라면에 나무젓가락을 갖다 댔다. 컵라면 하나로는 턱없이 부족할 정도로 그는 배가 고팠었다.
 그가 잠에서 깬 건 새벽 한 시가 막 지날 무렵이었다. 아파트 단지를 비추던 외등 불빛이 베란다 창문으로 스며들어 사위는 어둡지도 환하지도 않았다. 몸을 뒤척이다 눈을 뜬 그는 어슴푸레한 공간을 멍하니 응시했다. 낯선 공기가 느껴졌고, 여기가 어디지? 하는 장소에 대한 혼란이 잠깐 스쳐 지나갔다. 그리고 반사적으로 자리에서 일어나 형광등 스위치를 찾아 불을 켰다. 너무 환한 형광등 불빛에 그의 눈이 불편하게 찌푸려졌다. 그는 그 부신 눈으로 낯선 아파트를 둘러보고 나서야 자신이 이 장미아파트에 발을 들여놓은 직후 잠에 곯아 떨어졌다는 사실을 떠올렸다. 그가 긴 하품을 쏟아내며 말했다. "아, 맞다. 장미아파트……." 잠에서 깨자마자 그의 뱃속에서는 요란한 소리가 났다. 그는 이 아파트를 찾아오는 동안 자신이 물 한 모금 제대로 마시지 못했다는 걸 그 꼬르륵 소리로 깨닫고는 곧장 밖으로 나갔다. 그리고 장미아파트 근처에 있는 편의점으로 달려가 컵라면 두 개를 사 들고 돌아왔다.

편의점에서 먹고 와도 좋을 컵라면을 굳이 사 들고 온 이유는 혼자서 라면 두 개를 게걸스레 먹는 모습을 낯선 타인들에게 보이고 싶지 않아서였다.

젓가락질 서너 번 만에 두 번째 컵라면도 바닥을 드러냈다. 그가 남은 라면 국물을 연거푸 들이켰다. 뜨겁고 매콤한 라면 국물 탓에 그의 이마와 콧잔등에는 금세 땀방울이 맺혔다. 입 속 매운 내를 진정시키기 위해 그가 생수 한 병을 단숨에 들이켰다. 허기는 물배까지 채우고 나서야 겨우 가라앉았다.

포만감에 기분이 좋아진 그가 자리에서 일어나 천천히 발걸음을 옮겼다. 움직이는 내내 그의 입에서는 트림이 올라왔다. 대충 집 안을 둘러봤지만, 이 아파트가 생경하게 느껴지는 건 안에 들어와서도 마찬가지였다.

아까 경비한테서 열쇠를 건네받은 그는 조심스레 현관문을 땄다. 열쇠고리에 모양과 색깔이 다른 열쇠가 두 개 달려 있었던 건 현관문에 열쇠 구멍이 두 개 있어서였다. 그렇게 그는 잠금장치를 두 번 풀고 장미아파트 404동 408호로 들어왔다. 그런데 아파트는 아무도 살지 않는 텅 빈 곳이었다. 물론 열쇠로 문을 따고 들어왔으니 누가 있을 거라고는 생각하지 않았지만, 이 정도로 텅텅 비어 있을 줄은 몰랐다. 열여덟 평 됨직한 아파트는 주방과 거실이 혼합된 구조였다. 방 두 개에 욕실하나, 그리고 앞뒤에 각각 베란다가 딸려 있었다. 바닥과 창틀에는 먼지 한 톨 보이지 않았다. 다만 벽지나 장판이 너무 오래돼서 청소 상태가 잘 드러나지 않는다는 게 문제라면 문제였다. 가구를 옮긴 적이 별로 없었던 모양인지 장판 곳곳에는 가구에 눌린 자국들이 깊게 패어 있었다. 벽지도 마찬가지여서 액자와 시계가 걸렸던 자리는 다 표가 났다. 게다가 벽과 천장과 바닥은 온통 낙서투성이였다. 낙서 사이사이에는 간간이 별자리—안드로메다, 페르세우스, 카시오페이아, 물병자리, 오리온, 북두칠성, 물고기자리 등등—가 그려져 있었고, 별과 별 사이를 잇는 선들은 자를 대고 그은 듯 반듯하게 이어져 있었다. 그는 그걸 보면서 이 집에는 별을 좋아하는 사람이 살았거나, 아니면 개구쟁이 아이들이 살았던 게 분명하다고 생각했다. 그는 그렇게 대충 집을 둘러보고는 거실 바닥에 털썩 주저앉았다. 시원한 바닥에 몸을 눕히자 미친 듯이 잠이 쏟아졌다. 어찌나 피곤했던지 그는 이 낯선 공간에 관한 건 한숨 자고 나서 생각해보기로 하고 그대로 눈을 감아버렸다.

연거푸 올라오던 트림이 가라앉자 그는 다시 거실 바닥에 양반다리를 하고 앉아 남아 있는 면발 부스러기를 마저 건져 먹었다. 그런데 뭘 본 건지 갑자기 그가 젓가락질을 멈추었다. 휘둥그레진 그의 눈이 이내 거실 바닥으로 향했.

그가 바닥에 쓰인 낙서 하나를 소리 내어 읽어나갔다. "나는 항상 외로웠다. K가……."

어린아이들의 장난기 어린 낙서라고 생각했는데 그게 아닌 모양이었다. 그는 라면 용기에 가려 보이지 않는 나머지 글자를 읽기 위해 용기를 한쪽으로 치웠다.

나는 항상 외로웠다. K가 그 여자를 만나면서부터 나의 외로움은 극에 달했다. 여자를 없애야겠다고 생각한 건 그런 이유에서였다. 살인 동기는 단지 그거였다.

'K'라는 이니셜과 '살인'이라는 글자에 그의 눈이 다시 휘둥그레졌다. 짧은 문장이었지만 알 수 없는 끌림이 느껴졌다. 그가 호기심이 밴 목소리로 말했다. "뭐야, 그냥 시시껄렁한 낙서가 아니었잖아? 살인 동기라니……." 곧바로 그는 그 옆에 쓰인 문장 하나를 또 읽어나갔다.

일단 집을 하나 빌려 여기에 있는 살림과 집물들을 옮겨놓을 생각이다. K에게는 집수리나 도배 따위의 핑계를 대면 된다. 뭐든 단순하게 생각하는 K는 나를 조금도 의심하지 않을 것이다. 그런 다음 K의 기억을 앗아낼 것이다. 여자와 함께 했던 이 공간은 K의 기억을 되돌릴 소지가 다분하다. 그리고 이 기록들 또한 그렇다.

"기억을 앗아낼 거라니……." 그는 고개를 갸웃거리며 거실 바닥 곳곳을 훑어보기 시작했다.

아주 짧은 문장부터 긴 문장까지, 낙서의 길이는 다양했다. 벽과 천장에 쓰인 것들도 그저 의미 없는 낙서가 아니었다. 그것들은 진중하다 못해 섬뜩하기까지 한, 이야기가 내재된 문장들이었다. 어느새 그는 자성에 이끌리듯 자기도 모르게 벽을 따라 몸을 움직이고 있었다.

거실과 방을 대충 둘러본 그가 이번엔 욕실로 들어갔다. 오래되고 낡은 욕조가 보였다. 욕조 몸통을 감싼 하얀색 타일에 그의 시선이 가 머물렀다.

이곳은 K의 담배 냄새가 진하게 밴 곳이다. 문을 열면 콧속을 파고드는 이 냄새. 그래서 K를 가장 가깝게 느낄 수 있는 곳이기도 하다. K는 좌변기에 앉을 때마다 담배를 태우곤 했다. 몸에 해롭다는 내 충고 따윈 아랑곳하지 않던 K. 그러던 어느 날 K가 담배를 끊겠다고 했다. K의 몸에 찌들어 밴 담배 냄새가 싫다던 여자의 말 한마디 때문이었다. 그리고 담배를 끊기로 한 날 K는 여자가 선물로 사준 화장품을 들고 집으로 들어왔다. K는 세안 후 화장품을 정성껏 발랐고, 가벼운 향이 K의 몸은 물론 온 집 안에까지 퍼져나갔다.

그가 코를 킁킁거렸다. 그러나 타일에 쓰인 대로 담배나 화장품 냄새가 날 리는 없었다. 이번엔 그의 눈이 한쪽에 금이 간 욕실 거울로 향했다. 거울에 그의 얼굴이 비쳤다. 그러나 그의 시선은 자신의 얼굴이 아닌 다른 쪽에 가 있었다. 거울 하단에 쓰인 짧은 문구 하나를 발견한 것이다. 그는 허리를 숙여 문장을 읽어나갔다. 거울에 반사된 글씨는 살짝 겹쳐 보였다.

    나는 K의 거울이다. 그리고 K는 나의 거울이다. K를 위해 존재하는 나. 나를 위해 존재하는 K.

"미친놈!" 그가 한쪽 입술을 삐죽대고는 냉소를 뿜었다.
    그는 그 문장을 읽는 순간 이 낙서의 주체인 '나'란 인간이 정말 미친놈일지 모른다는 생각이 들었다. 그리고 다시 욕실 밖으로 걸음을 옮기려던 그때였다. 갑자기 그의 입에서 외마디 비명이 터져 나왔다. 그 비명과 함께 그의 입가에 번져 있던 냉소가 고통으로 일그러졌다. 그의 찌푸려진 양미간이 파르르 떨렸다. 날카로운 뭔가가 발바닥을 찌른 느낌이었다.
    깨금발로 욕실에서 나오자마자 그가 거실 바닥에 털썩 주저앉았다. 발을 뒤집었더니 그의 하얀 양말에는 검붉은 피가 장미꽃 문양으로 번져들고 있었다. 그는 어금니를 악문 채 발바닥에 박힌 뭔가를 조심스레 빼냈다. 새끼발톱만 한 유리 조각이었다. 얼마나 깊숙이 박혔는지 벗겨낸 양말로 피를 닦아내고 또 닦아내도 찢긴 상처에서는 계속해서 피가 흘러나왔다.

짜증이 난 그가 신경질적인 목소리로 말했다. "아이씨, 재수 없어!"

유리 조각은 에메랄드빛이 감돌았는데, 무엇이 깨져서 생긴 파편인지는 그도 알 수 없었다.

●

K는 가끔 나를 지겨워했다. 자기 일에 뭐든 상관하려 든다는 게 그 이유였다. 나 때문에 많은 걸 자제해야만 했던 K. 내 간섭을 지겨워하면서도 한편 술을 마실 때나 담배를 피울 때나, 심지어 말을 할 때도 내 눈치를 살피곤 했던 K. 그러나 이제 나에게 그런 K는 없다. 오직 여자 말에 따라 움직이는 K만 남았을 뿐이다. 여자의 꼭두각시가 되어버린 K…….

K가 아프다는 전화 한 통에 여자는 택시를 타고 한달음에 달려왔다. 여자를 이 집으로 불러들이는 일은 아주 쉽고도 간단했다. 놀란 표정으로 현관에 서 있던 여자. 쌀쌀한 새벽바람에 여자의 뺨과 코는 새빨개져 있었다. 아무렇지도 않은 K를 본 순간, 여자는 왜 자기한테 거짓말을 했냐며 나에게

다그쳐 물었다. K가 몹시 보고 싶어 하는 것 같아 거짓말했다는 내 대답에 여자는 안도의 한숨을 내쉬었다. K는 여자에게 이왕 온 김에 자고 가라고 졸라댔다. 물론 나도 옆에서 거들었다. 그건 내가 바라는 바였으니 당연했다. 가지 말라고 졸라대는 K. K의 그런 치근덕거림을 은근히 즐기는 듯한 여자. 난 그 순간 여자에게 줄 황홀한 선물을 머릿속에 그리기 시작했다. 가지 말라는 K의 말을 여자가 한 번이라도 뿌리쳤더라면 나도 그렇게까지 하진 않았을 것이다.

물고기자리에 태어난 사람은 여성의 유혹에 쉽게 넘어간다고 한다. 상대의 진실 여부를 따질 겨를도 없이 사랑에 빠지고, 그 사랑을 위해 모든 걸 다 바친다는 것이다. 또한 연민의 정이 많아 사기를 당하는 수도 있다고 한다. 물고기자리에 태어난 K. 그리고 나. K가 여자에게 빠져든 건 물고기자리의 성향 탓인 게 분명하다. 단지 그거다.

문장과 문장을 따라가다 보니 시간은 벌써 새벽 세 시 반이었다. 좀 전에 그가 읽어내려간 것은 작은방 창문 바로 옆에 쓰인 문장이었다. 그리고 그 문장 아래에는 물고기자리가 함께 그려져 있었다. 이야기는 점점 흥미로운 지점으로 향해 가는 듯했다. 살인이라는 소재가 조금은 두렵고 부담스러웠지만 읽어나갈수록 궁금증이 커졌다. 그가 정체 모를 누군가의 기록을 자기도 모르게 따라가는 이유는 그 때문인지도 몰랐다. 한 여자의 죽음, 그리고 그 죽음의 과정과 결말에 관한 문장은 그를 옭아맨 지 오래였다. 그만큼 이야기의 힘은 대단했다.

그런데 낙서 아닌 낙서를 좇아가던 그는 문득 자신이 이 낯선 아파트에 와 있는 이유가 궁금해지기 시작했다. 그래서 그는 바지 주머니에서 그 문제의 메모지를 꺼내어 필체를 비교했다. 하지만 벽의 필체와 메모지의 필체는 완전히 달랐다. 그는 막 돋아나기 시작한 턱수염을 만지작대며 생각했다. 그럼 '메모지 주인'과 '나'라는 사람은 전혀 다른 인물이라는 건가? 그렇다면 '나'라는 사람과 'K'와 '여자'는 이 '메모지 주인'과 어떤 관계인 걸까? 게다가 아무 연관도 없는 나를 이 집에 끌어들인 이유는 뭘까? 혹시 억울하게 죽은 여자가 나를 이 아파트로 유인한 건 아닐까? 왜 미스터리극 같은 데서 보면 자신의 억울한 죽음을 알리기 위해 아무 상관 없는 사람의 꿈에 나타나지 않던가……. 생각이 거기에까지 미치자 갑자기 그는 등골이 오싹해졌다. 그럼에도 그의 생각은 계속 이어졌다. 그럼 뭐지? 내가 이 집 주소를 받아 적어놓고 기억을 못한다는 건가? 아니, 아니야. 그런 일은 없었어. 그리고 이건 내 필체가 아니라고. 그럼 다른 누군가가 내 안주머니에 손을 넣었다는 얘긴데……. 대체 누가? 언제? 왜?

답답한 나머지 그가 소리쳐 말했다. "일단 그 여자가 정말로 죽긴 죽었는지, 죽었다면 어떻게 죽임을 당했는지 알아내야겠어!"

그는 마음이 다급해졌다. 억울하게 죽은 여자를 위해서라도 집 안에 쓰인 문장들을 다 확인해봐야 했다.

여자가 사라진 후 K는 극도로 우울해지기 시작했다. 여자가 K 곁에 있었을 때보다 나는 더 힘들어졌다. 여자를 없앤다고 해서 K의 마음이 나에게 돌아올 거란 생각은 어리석은 것이었다. 때문에 K도 나도 더 괴로운 나날을 보내야만 했다. 이제 내가 마지막으로 K를 위해 해줄 수 있는 건 단 한 가지뿐이다. K도 이런 날 이해해줄 거라 믿는다.

단 한 가지뿐이라니, 그게 뭐지? 혹시 그게 기억을 앗아내는 건가? 그는 그 옆에 쓰인 문장을 계속 읽어나갔다.

K와 나는 동갑내기 친구이자 불알친구다. 우린 초등학교부터 대학교까지 같은 학교를 다녔다. 그것도 모자라 직장에서도, 심지어 이 집에서도 우린 함께였다. 이처럼 우린 서로 묶여 있어야 할 그 무엇이었다. 그런데 끈끈하기만 하던 우리 사이에 여자가 끼어들었다. 고속도로를 신나게 질주하는

차를 향해 그 여자가 달려든 꼴이었다. 그건 누가 봐도 죽음을 자초한 미련스러운 행위였다.

우유. 개미. 눈 오는 날. 주황색. 숫자 7. 검은색 털을 가진 고양이와 그 울음소리. 소주. 청국장. 포도. 시끄러운 음악……. K가 싫어하는 것들. 그리고 내가 싫어하는 것들. K와 나의 또 다른 공통분모. 하지만 '여자'만은 우리의 공통분모에 결코 포함시킬 수 없다.

그의 시선이 방바닥에서 천장으로 옮겨갔다. 무슨 생각으로 천장에까지 펜을 갖다 댔는지 모를 일이다. 의자만 밟고 올라가 쓴 거라면 그리 쉬운 작업은 아니었을 거란 생각이 들었다. 그래서 그런지 천장에 쓰인 글씨는 유독 불안정해 보였다. 천장을 올려다보고 서 있는 그의 입이 미련스레 벌어졌다. 그는 똑바로 읽을 수 있도록 몸을 틀어 위치를 잡고 눈을 가늘게 힘주어 떴다. 그의 눈동자가 행간을 따라 천천히 움직였다.

여자는 남자만 사는 집치고 깨끗하다고 했다. 식탁 위에 놓인 프리지어를 보며 자기를 위해 꽃까지 사다 놨냐며 좋아 어쩔 줄 몰라 했다. 여자는 K가 식탁을 꾸미는 동안 집 안 구석구석을 둘러보기 시작했다. 깨끗한 침대 시트와 커튼을 어루만졌고 K와 내 옷장을 열어보기도 했다. 그러고는 내 예상대로 여자는 욕실로 향했다. 여자는 욕실 세면대 위에 있는, 자신이 얼마 전에 K에게 선물한 화장품을 보고는 생긋 미소를 지었다. 여자는 K에게 왜 화장품이 하나도 줄지 않았냐며, 혹시 피부에 잘 맞지 않더냐며 걱정스러운 어조로 물었다. K는 우물쭈물 대답했다. "아껴 쓰느라고요." 여자의 웃는 모습에 나는 더욱 화가 치밀었다.

그의 표정은 한창 드라마에 몰두하던 와중에 '다음 회에 계속'이라는 자막이 떴을 때의 그것과 흡사했다. 내용은 여기까지였다. 그다음 얘기는 없었다. 아니, 찾을 수 없었다. 그러나 어딘가에 적혀 있을 게 분명했다. 그다음이 궁금했지만 찾게 될 때까지 기다릴 수밖에 없었다.

이야기가 중간에 끊겨버리자 그는 방에서 나와 욕실로 향했다. 다친 발바닥 때문에 그는 뒤꿈치를 들고 걸어야 했다. 그래서 걸을 때마다 그의 얼굴은 통증으로 한 번씩 일그러지곤 했다. 통증은 상처 주변의 살 속까지 파고드는 중이었다. 조만간 발바닥 전체가 퉁퉁 부어오를지도 모를 일이었다.

간신히 욕실에 발을 들여놓은 그가 변기 뚜껑을 올리고 바지를 내렸다. 그런데 그의 눈이 젖혀진 변기 뚜껑에 가 머물렀다. 하얀 바탕에 깨알 같은 검은색 글씨들이 도드라져 보였다.

오줌을 싸려다 말고 그가 말했다. "별 이상한 데다 다 써놨네."

나는 K가 샤워할 때마다 간혹 K의 몸을 훔쳐보곤 한다. 남자인 내가 봐도 K의 몸은 매력적이다. 우윳빛처럼 하얀 살갗. 운동으로 다져진 단단한 근육. 온몸을 감싼 하얀 거품이 물에 씻겨나갈 때 드러나는 그 부드러운 살결. 그럴 때마다 그에게 안기고픈 충동은 어김없이 일어난다. 그러나 나는 K를 완전히 내 품에 안을 수 없다. 대신, 수건으로 젖은 머리카락을 털어낼 때마다 날아드는 비말과 샴푸 향은 K를 안을 수 없는 나에게 큰 선물이다.

"쯧쯧쯧, 변태 새끼!" 그 문장을 다 읽고 나서야 그는 오줌을 시원하게 싸 갈겼다.

다친 발바닥 때문에 제대로 몸의 중심을 잡기가 어려워 오줌 몇 방울이 변기 바깥으로 떨어지고 말았다. 오줌이 손에도 묻는 바람에 그는 살짝 짜증이 났다.

그가 바지춤을 추스르고 세면대로 가 손을 씻었다. 손을 씻으며 세면대 뒤쪽을 살피는데 거기에도 깨알 같은 글자들이 보였다. 문장은 아래에까지 길게 늘어져 있었다.

단지 여자가 K에게 사준 그 화장품이 싫었을 뿐이었다. 그렇다. K가 샤워를 하거나 면도를 하고 나면 어김없이 발라대는 그 화장품이 역겨웠던 것이다. 그건 분명 실수였지만 내 의도가 밴 고의적인 실수였다. 세수를 하고 얼굴을 닦고 난 뒤였다. 내 눈은 자연스레 여자가 사준 화장품으로 향했다. 나도 모르는 사이 내 손은 손바닥에 스킨을 쏟아부었고 스킨은 내 의도대로 손가락 사이로 흘러넘쳤다. 물론 그 손으로 화장품을 들어 올리면 미끄러지리라는 것쯤은 충분히 짐작하고 있었다. 그러나 나는 그 손으로 로션을 들어 올렸고 예상대로 로션은 손에서 미끄러져 욕실 바닥으로 떨어졌다. 날카로운 소리를 내며 로션이 박살 나는 순간 나는 스킨도 바닥으로 밀쳐냈다. 외짝은 곤란했다. 산산조각이 난 유리에 백열등 불빛이 반사되었다. 깨진 유리 조각들은 무척 아름다웠다. 마치 에메랄드빛 별들이 반짝이고 있는 것만 같았다. 그 아름다운 별무리와 함께 욕실은 은은한 화장품 냄새로 가득 찼다.

그가 자신의 다친 발을 내려다보며 말했다. "그럼 아까 내가 밟은 게……."

그랬다. 에메랄드빛 유리 파편은 깨진 화장품에서 나온 것이었다. 오싹한 기분에 그는 손 씻는 걸 대충 끝내고는 욕실에서 나와 큰방으로 들어갔다.

 여자를 알게 되면서부터 K가 나에 대해 소원해진 건 사실이었다. 내 생일보다 여자의 생일을 먼저 기억했고, 나와 함께 있으면서도 머릿속엔 온통 그 여자 생각뿐이었다. 끼니때마다 전화를 해댔고, 잠자리에 들기 전에도 전화에다 대고 굿나잇 키스를 퍼부었다. 내가 들어갈 자리는 완전히 사라져버렸다. 굴러온 돌이 박힌 돌을 빼낸 격이었다. 난 굴러온 돌의 운명이 결국 어떻게 되는지 여자에게 보여주고 싶었다. 그리고 K에게도.

 K가 여자를 처음 만난 건 회사 근처 편의점이었다. 그날 퇴근길에는 쌀쌀한 가을바람이 불어왔다. 쌀쌀한 기온 탓인지 K는 몸이 으슬으슬거렸고, 몸을 녹이고 싶은 마음에 편의점으로 들어갔다. 감기 기운 때문일까. 그날따라 K는 평소 즐겨 마시지 않던 캔커피가, 그것도 따끈하게 데워진 캔커피가 마시고 싶어졌다. 그리고 편의점 테이블에 앉아 커피를 한 모금 마시려는 찰나였다. 한 여자가 몸을 웅크린 채 편의점으로 뛰어들어오더니 캔커피 하나를 샀다. K가 마시고 있는 것과 같은 브랜드의 커피였다. 따뜻한 캔커피로 자신의 뺨을 어루만지며 K 옆에 앉은 여자, 그리고 그날의 우연을

필연 따위로 몰아간 뒤에 K를 유혹한 여자······.

북두칠성을 가진 K.

그 문장 옆에는 여러 개의 북두칠성이 그려져 있었다.

첫 번째 시도는 실패로 돌아가고 말았다. 단순히 K의 여자라는 생각에 주저한 거였다. 뒤에서 여자의 목을 조르려던 순간 K가 내 머릿속을 헤집고 지나갔다. 갑자기, 여자가 사라지면 괴로운 건 K일지도 모르겠다는 생각이 들었다. 그래서 며칠만 더 두고 보기로 했다. K가 여자에게 시들해질 때까지. 하지만 시들해지는 시기는 좀체 찾아오지 않았다.

큰방 방바닥에 엎드려 문장을 읽어내려가던 그가 허리를 부여잡고 자리에서 일어났다. 그의 입에 물린 담배에서 회색 재가 뭉텅이로 떨어졌.
그는 담배를 연거푸 두 번 빨아 삼키며 확신하는 어조로 말했다. "여자는 목 졸려 죽은 게 분명해."
하지만 북두칠성을 가졌다는 게 무슨 뜻인지 그는 알 수 없었다. 다시 방바닥으로 향하는 그의 눈빛이 수사관 못지않게 예리하게 빛났다. 사건 해결에 필요한 물증을 찾고 있기라도 하듯 그의 표정과 자세는 점점 진중해지고 있었다.

이 방에서 K와 여자가 한데 뒹굴었다니, 믿을 수가 없다. 세상에서 이렇게 맛있는 카레는 처음 먹어봤다며 K에게서 눈을 떼지 못하던 여자. 내 짐작대로 프리지어를 사이에 두고 눈빛을 교환하기에 바빴던 그들. 그리고 저녁 식사를 마치고 와인으로 목을 축인 다음 자연스레 들어온 이 방. 나를 의식하지조차 않고 아무 거리낌 없이 몸을 섞어대던 그들. 경쾌한 신음 소리에, 잘 만들어낸 신음 소리에 빠져든 K. 여자가 저녁 식사에 초대되던 날 K는 그렇게 여자와 함께 밤을 보냈다. 나와 K가 함께 잠들곤 하던 이 방에서. 그리고 이 침대에서. 나만 홀로 남겨둔 채……

그는 필터까지 타들어간 담배를 벽에다 비벼 끄고는 방에서 나와 베란다로 나갔다. 오래되고 낡아 잘 열리지 않는 새시 문을 힘겹게 열어젖혔다. 새벽바람이 시원하게 불어들어왔다. 그는 팔짱을 끼고 긴 한숨을 토해냈다. 그의 얼굴에는 갈등과 고민과 망설임이 한데 섞여드는 중이었다. 문장을 따라가다 보니 그는 자신도 모르게 스스로에게 이렇게 묻고 있었다. 이 집에서 일어난 일을 캐내서 뭘 어쩌겠다는 거지? 내심 찜찜하면서도 그저 흥밋거리로 치부해버리기엔 너무 무거웠다. 그냥 발을 빼자니 여자가 가여웠다. 그래서 더 정신병자 같은 '나'란 작자의 실체가 궁금해지기도 했다. 이럴 수도 저럴 수도 없는 상황에 그의 고민만 깊어져갔다. 그러다 그는 생각했다. 확 신고해버릴까? 아니지. 섣불리 그랬다간 낭패 볼 수도 있어. 저 문장들이 그저 단순한 낙서에 불과할지도 모르는 일이잖아. 그냥 픽션이나 거짓말 같은 거……. 그러니까 우선 진위 여부부터 가리는 게 먼저야. 이때 그는 자신의 발바닥 통증을 떠올렸다. 유리 조각을 생각하면 낙서로 위장된 저 얘기들은 진짜가 분명했다. 다시 생각이 복잡해진 그가 자신의 머리카락을 마구 헝클어뜨렸다. 함정에 빠졌다는, 발을 잘못 들여놨다는 느낌을 지울 수가 없었다. 씨발, 이를 어쩐다……. 불안감에 그는 입술을 깨물었다. 이러다 괜히 나까지 의심받는 거 아니야? 그때 그의 눈이 건너편 아파트로 향했다. 방금 무슨 불빛이었지? 맞은편 아파트에서 잠깐 켜졌다 꺼진 불빛에 그의 온 신경이 곤두섰다. 분명 플래시 불빛이었는데? 누가 날 감시라도 하는 걸까? 혹시 그 메모지 주인이 저 건너편 아파트에서 날 지켜보고 있는 건 아닐까? 만약 그렇다면 메모지 주인이 분명해! 그는 새시 문을 닫고 거실 바닥에 웅크리고 앉았다. 다른 데를 보는 척하며 눈동자만 굴려 플래시 불빛이 새어 나왔던 건너편 아파트를 주시했다. 그리고 한참을 기다리고 또 기다렸다. 그러나 더 이상 불빛 따윈 나타나지 않았다. 어쩌면 자신이 착각했는지도 몰랐다. 단순히 차 전조등이 건너편 유리창에 반사됐던 것일 수도 있었다. 신경이 예민해지다 보니 별것이 다 의심이었다.

이내 안정을 찾은 그가 가방에서 담배를 꺼내 물었다. 라이터가 또 말썽인지 불이 잘 붙지 않았다. 네 번째 시도 끝에 겨우 불꽃이 올라왔다. 그는 쉼 없이 담배를 빨며 또 생각했다. 열쇠를 맡겼다던 그 사람, 혹시 그자가 그 메모지 주인은 아닐까? 그러나 그는 모르겠다는 듯 고개를 가로저었다. 모르겠어! 도통 뭐가 뭔지 하나도 모르겠다고! 괜한 불안감에 그는 담배 필터 부분을 잘근잘근 씹고 또 씹어댔다.

●

K가 여자의 죽음을 받아들이게 될 날이 올까. 조만간 나에 의해 망가질 그의 기억. 그리고 그 기억을 되찾게 되는 날, 이 방이 기억하고 있는 것들을 K가 나중에 발견하게 되더라도 이럴 수밖에 없었던 나를 이해해줄까…….

오늘은 저녁 식사에 여자를 초대하기로 한 날이다. K는 아침부터 온 집 안을 쓸고 닦았다. 커튼을 빨아 널었고 침대 시트를 깨끗한 걸로 교체했다. 거기다 K는 한 번도 사본 적 없는 꽃을 사다 꽂기까지 했다. 여자가 좋아하는 프리지어 향이 순식간에 식탁 주위를 맴돌았다. 향이 싫지는 않았지만 식탁 중앙에 놓인 프리지어를 사이에 두고 K와 여자의 시선이 오갈 걸 생각하면 벌써부터 울적해진다. 오늘 저녁 식사 메뉴는 카레라이스. 그것 또한 여자가 좋아하는 음식이었다. 대충 청소를 끝낸 K는 콧노래를 흥얼거리며 마트에서 분말 카레와 각종 채소와 닭가슴살을 사 가지고 왔다. 여자는 카레에 햄이나 고기를 넣는 것보다 닭가슴살을 넣는 걸 좋아한다고 했다. 식성이 비슷한 K와 나. 우리는 카레를 별로 좋아하지 않아서 한 번도 만들어보지 못했던 카레라이스. 하지만 K는 모두의 입맛에 맞게 잘 만들어낼 것이다. 뭐든 말만 하면 뚝딱 만들어내는 일류 요리사인 K. 나만을 위해 앞치마를 두르던 K를 앞으로 여자와 공유해야 한다고 생각하면 여자가 죽이고 싶도록 미워진다.

여자의 별자리는 물병자리다. 물병자리에 태어난 사람은 한 사람과 오랫동안 깊은 관계를 유지하지 못한다고 한다. 바람둥이일 가능성이 크다는 얘기다. 만약 그게 맞는 말이라면 여자가 먼저 K한테서 떨어져나갈지도 모르는 일이다. 그래, 조금만 참아보자. 스스로 떨어져나갈 때까지.

역시나 그 문장 옆에는 왕관 모양과 흡사한 물병자리가 그려져 있었다.

여자가 K에게 사줬던 것과 똑같은 화장품을 K에게 사주었다. 여자를 초대하기 이틀 전부터 K는 깨져버린 화장품에 대해 걱정했다. K는 다 써버렸다고 하면 거짓말이 들통날 게 뻔하다며 투덜댔다. 선물해준 게 보이지 않으면 여자가 서운해할지도 모른다는 말도 덧붙였다. 그래서 나는 여자가 사준 것과 똑같은 걸 K에게 사주기로 했다. 다행히 인터넷을 뒤진 끝에 똑같은 걸 찾을 수 있었다. 에메랄드빛 유리병에 담긴 그 화장품을 말이다. 이제 K는 내가 사준 화장품을 매일 쓰게 되었다. 화장품을 바를 때마다 여자가 아닌 나를 생각할지도 모르는 일이었다. 여자가 선물한 그 화장품을 진작에 깨뜨려버렸어야 했다.

어스름한 새벽이 밤의 시간 속으로 사라져갔다. 새벽이 물러간 자리에는 투명한 공기가 소리 없이 스며들었고, 바깥에 홀로 남겨진 외등은 희미한 불빛을 공허하게 떨구고 있었다.
그는 지금 거실 한가운데에 서 있었다. 방금 그가 읽어내려간 문장은 거실 천장에 쓰인 것들이었다. 그의 시선은 막 천장을 지나 벽을 타고 아래로 내려오던 참이었다. 조각난 문장들이 조금씩 맞춰지자 그는 그 문장 속 사람들이 궁금해지기 시작했다. '여자'는 어떤 외모와 어떤 분위기를 가졌는지, 'K'와 '나' 사이에는 실제로 무슨 일들이 일어났던 것인지. '여자'는 '나'라는 사람이 'K'에게 특별한 감정이 있다는 걸 알고 있었는지. 그리고 자기를 해치려 든다는 걸 정말 짐작조차 하지 못했는지. 그렇다면 이 집에 살았던 두 남자는 지금 어디로 가버린 것인지. 그리고 '나'라는 사람이 정말로 '여자'를 죽였다면 '나'는 여자의 사체를 어디에다 유기했는지. 또한 '여자'를 죽인 자가 '나'라는 걸 'K'는 알고 있었는지. 하지만 그는 이 문장들만으로는 그 어떤 것도 짐작할 수 없었다.

그런데 거실 벽에 붙박여 있던 그의 눈이 갑자기 휘둥그레졌다. '여자의 목을 옥죄었다'라는 문장이 발견돼서였다.

흥분한 나머지 그가 자기도 모르게 이렇게 소리쳤다. "찾았다, 찾았어!"

그는 거실 벽으로 가까이 다가갔다. 두근대는 심장을 진정시키고 난 그는 꽤 긴 문장을 단숨에 읽어내려갔다. 궁금했던 대목을 이제야 찾아낸 것이다.

K는 새벽녘에 걱정이 돼서 달려온 여자에게 큰방을 내주었다. 하지만 난 서로의 눈빛을 금방 읽을 수 있었다. 서로가 같은 방에서 밤을 함께 보내고 싶어 한다는 걸. 물론 그 중간

에 끼어들어 훼방을 놓은 건 나였다. 나는 여자를 큰방에, K를 작은방으로 밀어 넣었다. 내 의도대로 여자와 K는 각각 다른 방에서 잠을 청해야 했다. 그리고 그렇게 몇 시간이 흐른 뒤였다. 나는 조용히 일어나 여자가 자고 있는 방으로 들어갔다. 깊은숨을 들이쉬며 자고 있는 여자의 몸뚱이가 어렴풋이 보였다. 우리가 자던 침대와 한 몸이 되어버린 여자. 나는 여자가 누워 있는 침대로 조심스레 들어갔다. 침대의 흔들림에 여자가 잠시 뒤척이더니 이내 눈을 떴다. 내 짐작대로 여자는 나를 K로 착각하고 있었다. 나는 아무 말 없이 여자의 옷을 하나씩 벗겨나갔다. 여자는 반항 한 번 하지 않고 내 손에 자신의 몸을 맡겼다. 그건 당연했다. 여자에게 나는 K로 보였을 테니까. 여자는 K를, 아니 나를 몹시 기다리고 있었던 게 분명했다. 나는 즉시 여자의 몸에 올라탔다. 그리고 여자의 귀에다 대고 속삭였다. "너에게 줄 선물이 있어." 나는 여자의 귓불을 살짝 깨물었다. 여자가 기분 좋은 목소리로 물었다. "뭔데?" 내 입술은 여자의 목으로 천천히 내려왔다. 나는 혀와 입술로 여자의 목을 한차례 간지럽힌 후 대답했다. "기습적이면서도 매혹적인 섹스. 그리고 숨 막힐 정도의 쾌락." 나는 열심히 허리와 엉덩이를 움직이며 여자의 목에 천천히 그리고 아주 자연스럽게 손을 갖다 댔다. 힘이 실린 내 손은 주체 못 하고 여자의 목을 옥죄었다. "달리는 차로 뛰어들면 어떻게 되는지 이제 알겠지? 나쁜 년!" 이건 여자가 들었을 마지막 말이었다. 다음 날 아침, 비어 있는 침대를 보고 K가 물었을 때 나는 이렇게 답했다. 여자는 동틀 무렵 조용히 문을 열고 자기 집으로 돌아갔다고.

섹스 중에 저질러진 살인이라니……. 근데 여자는 정말 몰랐을까. 침대로 들어온 사람이 'K'가 아닌 '나'라는 걸? 자기 목을 조른 사람이 'K'가 아니라는 걸? 그는 진실을 모르고 죽어갔을 여자가 안타까웠다. 믿었던 사람한테 죽임을 당한 여자. 그 여자가 맞이한 죽음의 순간과 끝이 어땠을지 생각만으로도 끔찍했다. 그는 여자의 억울한 죽음과 그 진실을 밝혀내기 위해서라도 경찰에 신고해야겠다는 생각이 들었다. 어쩌면 메모지 주인도 그걸 바라고 있는 건지도 몰랐다. 그래, 맞아. 필시 메모지 주인도 이런 의도로 날 끌어들인 게 분명해. 자기는 직접 나설 수 없는 처지라 대신에 날 끌어들인 거라고. 그는 그렇게 생각하며 얼마 남지 않은 문장을 읽어내기 위해 다시 자리를 옮겼다.

콜라. 야구. 꽃게무침. 컬트무비. 파란색. 숫자 4. 흰색 털을 가진 강아지. 가시 많은 생선. 멜론. 맥주. 김치찌개. 잔잔한 음악……. K가 좋아하는 것들. 그리고 내가 좋아하는 것들.

K와 나의 공통분모.

내 생에 커다란 실수가 되고 말았다. 여자를 없애는 게 아니었다. 차라리 여자를 잘 타일러 K 곁을 그냥 떠나게 하는 게 나을 뻔했다. 술로 나날을 보내는 K를 도저히 지켜볼 자신이 없다. 사실 K의 망가진 모습을 보면서 과연 내가 사라져도 K가 저렇게 슬퍼해줄지 의문도 들었다. 내 목에 줄을 몇 번 감아봤지만 K를 생각하면 안 되는 일이었다. K 곁에 있어줄 사람은 나뿐이라는 걸 누구보다 내가 잘 알기에 그럴 순 없었다. 그래서 내가 K를 위해 뭘 해줄 수 있을지 곰곰이 생각해보기로 했다. 역시 그거밖에 없다.

이제는 탐정이라도 된 것처럼 그가 말했다. "그게 바로 K의 기억을 앗아내는 거란 말이지……."

근데 어떤 방법으로 기억을 앗아낸다는 걸까. 그는 그 '방법'을 찾아내기 위해 천장과 벽과 바닥을 샅샅이 살펴나갔다. 그러나 한 번씩 읽어내려간 것들만 보일 뿐 새로운 문장은 좀체 눈에 띄지 않았다. 그는 그냥 지나쳤을지도 모를 문장을 찾아내기 위해 다시 한번 집 안을 둘러보기 시작했다. 별자리를 따라 움직이는 그의 절룩 걸음이 수고롭게 이어지고 또 이어졌다.

●

　누락된 새로운 문장을 찾아다니느라 얼마나 애를 썼던지 그의 몸은 땀범벅이었다. 갈아입을 옷은 없었지만, 그는 아쉬운 대로 샤워라도 하고 싶었다. 몸에서 나는 땀내를 견딜 수가 없었다.

　웃통을 벗어젖힌 그가 가방에서 손수건을 꺼냈다. 손바닥만 한 수건이지만 몇 번 짜내기만 하면 이거 한 장으로도 얼마든지 몸에 묻은 물기를 닦아낼 수 있을 터였다.

　그가 욕실로 들어갔다. 발을 내디딜 때마다 느껴지는 발바닥 통증 때문에 그의 걸음걸이는 여전히 절룩댔다. 이제 그에게 발바닥 통증은 단순한 통증이 아니었다. 그러니까 그것은 진실의 방증이었고, 저 수많은 문장들이 거짓이 아니라는 물증이기도 했다. 그래서 그는 이 아파트에서 나가면 곧장 경찰서로 달려가 양복 안주머니에서 발견된 메모지부터 이 아파트로 오기까지의 전 과정을 소상히 털어놓을 작정이었다. 그리고 사건 해결에 도움이 될, 그만뒀다는 그 전 경비원도 찾아나설 생각이었다.

　발바닥 상처 때문인지 욕실 타일 바닥이 유독 차갑게 느껴졌다. 그는 아랫도리를 벗어 수건걸이에 걸었다. 팬티를 벗고 막 샤워를 하려는데 초인종이 울렸다. 순간 그는 가슴이 철렁 내려앉았다. 대충 바지를 껴입고 절룩대는 걸음걸이로 다시 욕실에서 나온 그가 현관문 가까이 다가갔다.

그리고 조금 긴장된 목소리로 물었다. "누, 누구세요?"

그러나 문밖에서는 대답이 없었다.

그가 떨리는 목소리로 다시 물었다. "누구시냐니까요?" 그러고는 귀를 기울였다.

다행히 문밖에서 대답이 돌아왔다. "빈 그릇 가지러 왔는데요."

"네?"

"빈 그릇이요."

"아, 네."

그는 방금 자신이 아침 겸 점심으로 짜장면을 시켜 먹었다는 사실을 까맣게 잊고 있었다. 비어 있는 짜장면 그릇이 거실 바닥에 놓여 있는 걸 보고 나서야 그가 문을 열었다. 배달돼 온 짜장면 그릇이 일회용인 줄 알았더니 그게 아니었던 모양이다.

그는 긴장이 풀린 목소리로 말했다. "죄송합니다. 밖에 내놓는다는 걸 깜빡했네요."

"매번 그러시네요."

"네?"

"아닙니다." 배달원이 멋쩍게 한 번 웃어 보이며 그가 건넨 빈 그릇을 받아 챙겼다.

이른 아침에 그는 '기억을 앗아내는 방법'을 찾기 위해 벽과 천장과 바닥을 꼼꼼히 살폈다. 하지만 끝내 찾을 수 없었다. 그러다 그는 지쳐 잠이 들었다. 깨어나보니 시간은 정오를 훌쩍 지나 있었다. 배가 출출하던 차에 마침 벽에는 중국 음식점 스티커가 붙어 있었다. 그는 인근 중국집에 전화를 걸어 짜장면 한 그릇도 배달이 되는지 물었고, 가능하다는 말에 짜장면을 곱빼기로 한 그릇 시켰다. 일요일이라 주문이 밀려 조금 늦을 거라고 했지만 짜장면은 생각보다 빨리 배달되었다.

짜장면 그릇을 건네주고 난 그가 다시 욕실로 들어갔다. 그는 아랫도리를 벗어 다시 수건걸이에 걸었다. 샤워기를 틀자 백옥같이 하얀 그의 맨살에 물줄기가 비처럼 쏟아져 내렸다. 씻겨내려간 땀내와 시원한 물줄기의 쾌감에 그의 입에서는 만족스러운 탄성이 계속 터져 나왔다.

샤워를 끝낸 그가 손바닥만 한 손수건으로 몸을 훔쳤다. 서너 번은 손수건을 짜내야만 온몸에 묻은 물기를 다 닦아낼 수 있을 듯했다. 그가 팔다리와 몸통을 닦고 난 손수건을 비틀어 짠 다음 대각선으로 접었다. 그리고 오른손을 어깨 뒤로 넘기고 왼손을 허리 쪽으로 넘겨 젖은 등을 열심히 닦았다. 잘 닦였는지 확인하기 위해 그가 한쪽에 금이 간 거울에 자신의 등을 비췄다. 일곱 개의 점이 박혀 있는 그의 등은 마치 여성의 피부처럼 매끄러워 보였다.
 그가 등까지 닦고 난 손수건을 다시 있는 힘껏 비틀어 짜 머리를 말렸다. 씻겨나간 땀내 때문인지 머리를 말리는 내내 그의 입에서는 콧노래가 흘러나왔다.
 대충 몸의 물기가 제거되자 그가 팬티를 입었다. 입던 팬티를 다시 입어야 해서 조금 찝찝했지만 어쩔 수 없었다. 완벽하게 닦아내지 못한 물기 탓인지 팬티가 허벅지에서 자꾸 말려 올라갔다.
 거기에 살짝 짜증이 난 그가 콧노래를 흥얼거리다 말고 욕을 싸질렀다. "씨발." 그러고는 무표정한 얼굴로 거울 속 자신을 빤히 쳐다봤다.

●

 샤워젤도 샴푸도 없이 한 샤워였지만 물기가 마르고 나니 그는 몸이 한결 가벼워진 것 같았다.
 그가 상쾌한 기분으로 가방을 멨다. 그런데 이대로 이 집을 나서면 안 되겠다는 생각이 들었다. 저 수많은 낙서, 아니 문장들은 살인사건 범인을 추적하는 데 있어 중요한 단서였다. 언제 누구에 의해 증거인멸이 일어날지 모르는 일이라 그는 가방에서 핸드폰을 꺼내 들었다. 그리고 핸드폰 카메라로 문장들을 모두 찍어두기 시작했다. 벽과 천장과 방바닥에 있는 깨알 같은 모든 기록들을.

  빠짐없이 다 찍었는지 확인하기 위해 그가 마지막으로 집 안 곳곳을 둘러보기 시작했다. 핸드폰에 찍힌 사진과 문장 하나하나를 대조해보는 그의 표정에선 뭔가 결연함이 느껴졌다.

  사진 찍기를 끝낸 그가 그제야 현관으로 걸어갔다. 절룩거리는 그의 걸음걸이는 여전히 불편해 보였다. 그가 조심조심 신발을 꿰어 신었다. 발바닥 통증 때문에 다친 쪽 발의 신발은 뒤꿈치를 접어 신어야 했다. 그런데 신발을 신고 현관문을 열어젖히려는 순간이었다. 그의 시선이 현관문에 머물렀다. 블루그레이빛을 띤 현관문에는 아라베스크 문양이 찍혀 있었다. 그런데 그 속에 숨어 있는 꽤 긴 문장이 용케 그의 눈에 띈 것이다. 언뜻 보면 검은색 문양과 섞여 잘 드러나지 않을 문장이었다.

  그가 꼭꼭 숨어 있는 글자를 손으로 한 번 쓸어내리며 말했다. "새끼, 여기에다 숨겨놨어!"

  흥분한 그의 눈동자가 문장의 행간을 따라 천천히 움직이기 시작했다. 불안하게 흔들리는 그의 눈은 그러나 그 어느 때보다 예리하게 빛나고 있었다.

  나는 K가 그 여자에 대한 기억을 모조리 잊어버리기를 바랐다. 하지만 날이 갈수록 K의 머릿속엔 여자에 대한 기억으로 가득 채워져갔다. 더 이상 그대로 방치해뒀다가는 K에게 무슨 일이 일어날 것만 같은 불길한 예감이 들었다. 그래서 결심했다. 여자에 대한 K의 기억을 내가 대신 지워버리기로 말이다. 나는 일단 온갖 방법을 강구해보기로 했다. 목숨을 해치지 않는 선에서 K의 기억을 지워버릴 것이다. 여자에 대한 기억만 지울 수 있다면 좋겠지만 그건 불가능했다. 기억에는 뚜렷한 경계선이란 게 없으니 말이다. 어쩌면 난 K의 기억을 손상시킨 뒤 그 결과에 관한 얘기는 쓸 수 없을지도 모른다. K의 기억이 얼마만큼 손상됐는지, 여자에 대해 기억은 하고 있는지, 그리고 나에 대해서는 얼마만큼 기억하고 있는지 알 수 없을지도 모른다. 내 기억 또한 조각나 있을 테니까. 단지 이 방만이 내가 모르는 것을, 내가 까맣게 잊어버린 것들을 모두 기억하고 있을 것이다. 그러니까 잊지 말자. 이 모든 문장들은 나를 잊지 않기 위한, 조금 위험할 수도 있는 나와 K의 기록이라는 것을…….

이게 마지막 문장인 것 같은데 안타깝게도 기억을 앗아내는 방법은 끝내 알아낼 수 없었다.

화가 치민 그가 말했다. "이 새끼, 여자를 죽인 것도 모자라 K도 손댄 게 분명해. 빨리 신고해야겠어. 변태 새끼! 살인마,

악마 새끼!"

그는 방금 읽은 문장도 카메라로 찍어두고는 서둘러 현관문을 열었다. 바지 주머니에서 열쇠를 꺼냈다. 열쇠와 함께 빠져나온 하얀 메모지가 바닥으로 떨어졌다. 그러나 그는 알아채지 못했다. 그는 두 개의 열쇠 구멍에 열쇠를 밀어 넣고 현관문을 잠갔다. 이때 '408'이라고 박힌 호수판 바로 아래에 눈에 잘 띄지 않는 문장이 보였다.

여기는 장미아파트 404동 408호다. 열쇠는 경비실에 맡겨 놓을 거라는 걸 기억하자. 그리고 내 양복 안주머니 속 메모지가 내 집 주소를 기억하고 있다는 사실과, 다친 손 때문에 이 문장과 메모지의 메모는 모두 왼손으로 썼음을 기억하자.

—K

초등학생이 쓴 것처럼 삐뚤빼뚤하게 쓰인 글자였다. 'ㄹ'자는 유독 흘려 쓴 상태였고, 숫자 '8'은 동그라미 두 개를 붙여 쓴 모양새였다. 이 문장 또한 검은색 아라베스크 문양에 가려 잘 드러나지 않았다. 그래서 그는 미처 발견하지 못하고 돌아서고 말았다.

그는 열쇠를 가방에 쑤셔 넣고 절룩대는 걸음으로 계단을 천천히 밟아내려갔다. 바닥에 떨어진 메모지에 그의 신발 자국이 희미하게 찍혔다.

아파트 단지를 벗어난 그는 경찰서를 향해 걸어갔다. 발바닥 상처 때문인지 그의 걸음새는 더디기만 했다. 그래도 그는 열심히 걷고 또 걸었다. 다친 쪽 발을 내디딜 때마다 일그러지는 그의 이마에는 땀방울이 맺혔고, 굵어진 땀방울은 그의 턱 끝으로 모이다가 방울져 떨어졌다. 살인적인 폭염이 시작되려는 모양이었다.

아스팔트 바닥 위로 피어오른 아지랑이가 현기증처럼 보였다. 점점 멀어져가는 그의 모습이 아지랑이 너머로 흐물흐물 흘러내리고 있었다. 그래서일까. 그것은 마치 아지랑이가 그려낸 뭉크의 〈절규〉 같았다.

해설

이해할 수 없는 힘에 대하여

허희(문학평론가)

불가항력적인 요소

사실관계부터 정리하자. 2007년 단편소설 「혀」로 등단한 이래, 김희진은 장편소설 집필에 주력해왔다. 『고양이 호텔』(2010), 『옷의 시간들』(2011), 『양파의 습관』(2012), 『두 방문객』(2019), 『얼마나 이상하든』(2021), 『다른 여름』(2022)이 그 결실이다. 다른 작가와 공동으로 낸 앤솔러지를 제외하면 그녀가 출간한 (단편)소설집은 『욕조』(2012)뿐이다. 그러니까 『오후에게 묻다』는 김희진이 첫 번째 소설집을 낸 이후, 십삼 년 만에 독자에게 선보이는 두 번째 소설집이라는 사실에서 특이점을 발견할 수 있다. 이 책에는 총 여덟 편의 작품이 실려 있다. 미발표작인 「늦은 밤」을 차치하면, 2014년부터 2021년까지 발표한 단편들이라 현재의 시점에서도 그렇고 소설집 안에서도 시차가 적잖게 난다.

집필 공백으로 남은 2016년부터 2018년까지를 기점으로 하여 전후 소설을 나눠볼 수 있다. 전자에는 「오후에게 묻다」(2014), 「같은 일요일」(2014), 「거슬림」(2015)이, 후자에는 「어떤 외출」(2019), 「그들의 고전주의」(2019), 「방은 모든 것을 기억한다」(2020), 「헤어지는 중」(2021)이 해당된다. 이러한 사실 관계를 정리하는 까닭은 이것이 『오후에게 묻다』에 다가가는 유용한 독법을 제공하리라 여기기 때문이다. 첫 번째는 작품의 계열화를 위해서다. 「오후에게 묻다」로 시작해 「방은 모든 것을 기억한다」로 끝나는 이 책의 배치-내적 흐름을 존중하는 한편으로, 평론가이자 연구자로서 나는 집필-발표 시점이라는 외적 표지를 중시 여길 수밖에 없다. 대다수 작가는 특정 시기 유사한 문제의식을 작품에 담아내니까.

이는 의도적인 경우도 있지만, 무의식적으로 이루어지는 사례가 더 많다. 작가가 의식적으로 구현한 텍스트를 읽는 데 그치지 않고, 작가도 완전히 장악하지 못한 텍스트의 주름을 탐색할 때, 독자의 사유와 감성을 풍요롭게 하는 독서에 도달하기 마련이다. 『욕조』에 실린 단편 「읽어 주지 않는 책」에서 비슷한 구절을 찾을 수 있다. "내 손안에 쥐어진 이야기라고는 하지만 내 의도와는 다르게 진행되거나 결말지어질 때가 있다. 내 인생이지만 내가 어찌할 수 없는 부분이 있듯이, 의도하지 않은 방향으로 내 모든 일들이 휘어지고 말듯이, 실제든 허구든 그 안에는 모두 불가항력적인 요소가 있기 마련인 것 같았다." 전적으로 동의하는 문장이다. 책이든 인생이든 읽기의 관건은 거기에 내포된 "불가항력적인 요소"를 놓치지 않는 데 있다.

환상적이고 연극적인

이제 사실 관계를 정리하는 두 번째 이유를 밝힐 차례다. 그것은 작품의 역사화와 결부된다. 중견 작가로서 김희진의 새로운 소설은 그간 그녀가 써온 작품과 연결 짓는 검토가 요구되기 때문이다. 『욕조』를 세상에 내놓을 무렵 김희진은 "가혹한 상상의 언어로 말을 거는 예외적 존재로서의 작가"(강유정)라는 평을 받았다. 바로 뒤에 이어지는, "그 격렬함 이면에는 엄마의 겨드랑이 속을 파고드는 연약한 아이가 숨어 있다"는 코멘트도 마찬가지다. 여섯 살 은우가 경험하는 상실의 느낌을 처연하게 형상화한 「늙은 밤」이 정확하게 여기에 부합한다. 물론 이와 같은 작품의 계열화와 역사화에만 초점을 맞춰

『오후에게 묻다』를 읽을 필요는 없다. 다만 간과하지 말자는 것이다.

그리하여 이 글은 위에서 제기한 작품의 계열화와 역사화를 부분적으로 언급하되, 정밀하게 분석하는 데까지는 목적을 두지 않는다. 그것은 볼륨 있는 논문의 책무이지 짧은 해설이 감당할 역할이 아니다. 더불어 작품 한 편씩 충실하게 줄거리를 요약하고, 나름의 해석을 추가하는 고전적 해설 방식도 취하지 않을 작정이다. 그러한 유의 해설과 김희진 소설집은 어울리지 않는다. 그녀 역시 거론하지 않았나. 전술한 대로 나는 텍스트의 주름에 새겨진 "불가항력적인 요소"를 들여다보는 작업에 관심을 쏟는다. 그에 관하여 엄격한 형식적 틀을 고수하기보다는 자유로운 대화를 나누듯 이 글을 쓰려고 한다. 사실상 "불가항력적인 요소"로 가득 찬 『오후에게 묻다』에 가까이 다가갈 수 있는 방안은 느슨한 친밀함밖에 없다고 믿으니까.

언어를 탈취해 입 밖을 떠도는 혀의 이야기를 다룬 데뷔작에서 명징하게 드러나듯이, 김희진이 전개하는 소설 세계는 환상적이면서 연극적이다. 소설이란 마땅히 독특한 상상력의 진경을 보여주어야 한다는 창작론에 그녀가 충실하다는 뜻이다. 「오후에게 묻다」도 이를 밀어붙인다. 영문도 모른 채 갑자기 수갑이 채워져 길거리에 남겨진 남자가 겪는 수난이라니.

잠시 외출했다가 연달아 봉변당하는 그의 하루는 그 자체로 '부조리'라고 칭할 만하다. 합리적인 인생관을 견지하려는 인간과 비합리적인 것으로 채워진 세계가 빚어내는 충돌. 그러므로 삶에서 어떤 의의를 포착하려는 노력 따윈 무의미하다. 카뮈에 따르면 할 수 있는 최선의 안은 부조리를 적극적으로 끌어안아 오히려 반항하는 사도가 되는 것일 텐데, 어떤가 하면 이 작품의 남자가 어설프게나마 그렇게 한다.

이 일을 겪기 전 이미 그는 "나를 보고 있으면 인생은 알다가도 모를 일이며, 종국엔 운명으로 흘러들어가는 게 인간의 숙명이자 절차라는 생각이 들었다"라는 깨달음을 얻은 바 있다. 그 뒤 다시 한번 불가해한 사건을 겪으면서 남자는 묻는다. "왜 나한테 이러는 거지?" "어스름한 어둠을 몰고 내 앞에 서 있는 오후란 녀석"에게 질문을 던졌고, 심지어 그 대답처럼 천둥이 때맞춰 "콰광!" 하고 쳤다는 것 또한 부조리하다. 단순한 우연의 연속이 아니라, 오늘 그가 맞닥뜨린 모든 것이 욥이 감내해야 했던 신의 시험과 같은 것이었다면? 남자는 번역가이지만 "콰광!"은 번역해낼 수 있는 인간의 언어가 아니므로 부조리는 끝나지 않는다. 그래서 남자는 부조리한 상황에서 본인이 할 수 있는 일—빗물을 받아 마시는 행동을 기어코 찾아내는 것이다.

부조리의 면면

휴일마다 공항에 하릴없이 방문하는 남자의 이야기를 조명한 「같은 일요일」을 보라. 아버지가 남긴 빚으로 인한 고난, 여동생 가족을 경제적으로 부양해야 한다는 중압감에 시달리면서도 그는 이렇게 말한다. "그래도 나는 다음 주 일요일에도 검정 슈트 차림을 한 다음, 한 권의 소설책이 담긴 캐리어를 끌고 이 공항으로 돌아올 것이다. 두근거리는 일요일이 있어서, 내 얘기를 들어줄 어머니가 있어서 아직은 다행이었다. 그러니까 나는 아직 괜찮았고, 우리는 아직 지치지 않았다." 남자는 끝없이 바위를 굴리는 형벌을 기꺼이 받아들임으로써 도리어 신에게 저항하는 시지프가 아닌가. 카뮈는 「시지프 신화」에서 무의미를 의미화하는 것으로 부조리를 각성한 자의 해답을 제시했지만, 그렇다고 해서 부조리가 근본적으로 사라지는 것은 아니다.

이 소설집에서 김희진이 서사화하는 삶이란 도무지 이치에 맞지 않는 현상이 비일비재하게 발생하는 장이다. 「거슬림」의 남자(태인)는 어떤가. 그는 호감을 가진 신발가게 여자(인주)를 남몰래 돕겠다고 동네 주민의 신발을 훔친다. 이성을 향한 선의를 타인의 기물 절도로 실행에 옮기는 남자는 분명 굴절된 인식의 소유자다. 그렇지만 굴절된 인식이 곧 부조리는 아니다. 부조리는 그의 범죄를 목격한 아이에게 닥칠 것이다. 제어할 수 없는 형태로 분출하는 악의로서의 부조리는 「그들의 고전주의」에서도 나타난다. 위계 권력이 작동하는 공장은 나쁜 의미에서 소위 '동물의 왕국'이나 다를 바 없다. 서로 간의 시기는 기본값이고, 상위자에게 몸을 내어줌으로써 원하는 것을 얻는 교환이 성행한다. 이것이야말로 주인공 남자도 예외가 아닌, '그들의 고전주의' 행태이다.

결말부에서 그는 자기를 모욕한 무리에게 복수를 감행하고 도망친다. 한여름 대낮에 그는 「오후에게 묻다」의 남자가 오후에 그랬던 것처럼 태양에게 묻는다. "근데 어디로 가지?" 이는 흡사 뜨거운 햇살 아래 아랍인을 총으로 쏜 뫼르소(카뮈, 『이방인』)를 떠올리게 하는 대목이다. 인간의 충동과 외부 대상—자연물의 유비는 지극히 실존주의적 태도인 것이다. 자연물이 소여로 그냥 거기에 있는 것처럼, 나의 탄생 자체도 선택에 의한 결과가 아니라는 공통항 속에서, 내던져진 존재인 우리와 세상의 불화는 예정되어 있다. 이를 극명하게 보여주는 소설이 「어떤 외출」이다. 이 작품의 주인공은 십 년 동안 은둔형 외톨이로 지냈다. 왜 그랬는지 자신도 정확히 알지 못한다. 설명할 수 없으므로 부조리한 것이다. 중요한 점은 그가 "방의 인력"을 벗어나 집 밖으로 걸음을 뗐다는 사실이다. 남자가 외출을 결심한 계기가 무엇이든 간에 스스로의 방향을 직접 결정한다는 것이 핵심이다.

 그리하여 이 작품은 소설집에 수록된 모든 소설 가운데 제일 희망적이라고 볼 수 있다. 자기의 출구를 봉쇄한 이가 다시 그것을 풀어내는 이야기이기에 그렇다. 그러나 "불가항력적인 요소"를 통찰하는 김희진은 삶의 긍정을 쉽게 용인하지 않는다. 가령「방은 모든 것을 기억한다」의 그는 기억을 잃고 패턴화된 행동만 되풀이한다. 남자(K)는 단기 기억상실증으로 인해 장기 기억을 메모와 문신으로 대체하는 영화 〈메멘토〉의 레너드와 닮았다. 이 소설은 방에 (교란된) 단서를 적어둔다는 차이점만 있을 따름이다. 기억을 잃었다는 것뿐 아니라, 기록으로서의 기억을 일부러 왜곡한다는 면에서 교집합을 이루는데, 이들은 스스로 파놓은 아포리아에 빠져드는 삶을 반복하기에 부조리하다. 살아 있는 한 계속될 수밖에 없는 악무한. 그 초상이 "뭉크의 〈절규〉"이다.

사랑에 관한 배움

 가장 최근에 발표한「헤어지는 중」은 연애소설(결별도 연애의 일부다)의 외피를 두르고 있다. "그에게서는 언제나 비누 냄새가 난다"(강신재,「젊은 느티나무」)를 오마주 혹은 패러디한 첫 문장 "그와의 첫 만남을 떠올릴 때면 그의 몸에서 풍겨 나오던 비누 향이 생각났다"부터가 그러하다. 그런데 후반부에 이르면 이 작품은 SF의 속성을 드러내면서, 그와의 연애사가 실은 예행연습-인공지능 로봇 회사가 만든 "완벽한 시뮬레이션"에 지나지 않았음을 폭로한다. 놀라운 엔딩은 아닐지언정 씁쓸한 결말임에는 틀림없다. 이별이 언짢다는 것이 아니라, 고도화된 테크놀로지를 활용하여 "인생에도 연습이 가능해진 시대"를 상상하는 일이 개운찮은 것이다. 이것은 과연 능률적이고 만족도도 높을까?

  소설의 '나'에 따르면 그렇지 않은 것 같다. 그녀가 친구에게 "내 이상형과 사는데도 자꾸 삐걱댄다는 거지. 권태롭고 외롭고 지겨웠어. 정말 그놈의 결혼이라는 거, 해야 하는 거니 말아야 하는 거니?"라고 말해서만은 아니다. 그-인공지능 로봇과의 상호작용을 통해 배울 수 있는 것이 실제로 아무것도 없는 탓이다. 이것은 그의 성능 문제와 무관하다. 인생의 어떤 교훈은 오직 실전을 통해서만 얻을 수 있다. 나의 의지대로 세팅될 수 없는 상대와의 관계에서 최선을 다해 막막한 앞날을 조금씩 열어젖힌다는, 이토록 비능률적인 자세를 지속하는 것이야말로 연애와 결혼의 본질인 까닭이다. 치트키가 있는 게임에서 최선을 다해 플레이하는 유저는 없다. 이 작품의 그녀도 그랬을 것이다.

사랑에 관한 배움은 당신이 아니면 안 된다는 절박함, 내가 현실을 통제할 수 없다는 무력함에서 아프게 체득된다. 도무지 이성적으로 해명할 수 없기에 그것은 부조리한 동시에, 특별한 삶의 가치를 창안한다. 타자와의 복잡다단한 얽힘을 받아들이고, 예측할 수 없는 미래를 향해 자신을 던져넣는 모험을 과연 기꺼이 할 수 있을까. 두 번째 소설집의 최신작에서 도출된 물음에 대한 응답이 세 번째 소설집의 시작이기를 바라면서, 나는 김희진이 그려내는 낯선 사랑의 서사를 새삼 기대한다. 2014년부터 2021년까지 발표한 단편들에 국한하여 보건대, 그녀도 실존의 잠재성을 여러 갈래로 실험하는 모양새다. '미래는 결정되어 있는가?'라는 주제를 중심으로 쓴 소설집 『숨』에서 단편마다 테드 창이 상이한 결론을 내렸듯이.

해설이라고 하나, 애초에 길지 않은 글쓰기-에세이를 염두에 두었다. 그러기에 전작과 공명하는 김희진 소설의 주조음이라 할 만한 "불가항력적인 요소"를 삶의 부조리와 교차시켜 읽어내는 일은 불가피하며 미진할 수밖에 없다. 그럼에도 불구하고 한 가지 자신하는 바는 이 글이 독자의 자율적 작품 읽기를 침해하지 않으리라는 것이다. 김희진 소설에 겹쳐 있는 텍스트의 주름은 밝혀지지 않은 부분이 훨씬 더 많기 때문이다. 예컨대 『오후에게 묻다』의 주인공에 속하는 인물들이 대부분 남성이라는 것, 계절적 배경이 주로 여름이라는 것을 눈여겨보고 전체적인 함의를 파악하는 독해는 당신의 몫이다. 이에 더하여 구속과 해방, 우연과 인과라는 이 소설집의 또 다른 모티프에 대해서 나는 아무것도 다루지 않았으니까. 자, 앞으로 돌아가 작품을 다시 읽을 시간이다.

작가의 말

 단편소설을 묶어내는 일은 시간의 궤적을 돌아보게 한다.
 이 소설들을 아주 느린 방식으로 발표하는 동안 정권이 세 번, 아니 네 번 바뀌었다.
 그사이
 누군가는 죽었고, 누군가는 태어났다.
 어떤 이는 자라고 성장했지만, 어떤 이는 늙고 병들어갔다.
 그리고 어떤 것은 생겨나고 변해갔으며, 또 어떤 것은 사라지다 못해 완전히 잊히기도 했다.
 무언가를 만들어내는 것은 무언가가 사라지는 것이었다.
 무언가가 사라지는 것은 무언가가 만들어지는 과정이기도 했다.

소멸의 역설이자 생성의 역설이었다.

늘 제자리걸음이라고 생각해왔다.
그런데 뒤돌아보니 저만치에 찍혀 있는 여덟 개의 발자국이 보인다.
그래도 여덟 걸음은 뗀 것이다.
다른 속도로 걸어왔지만, 이제는 몸에 배어 익숙해져버린 이 속도를 조금 사랑해보려고 한다.
이 속도마저 소중하다는 걸 깨달아버렸기 때문이다.

한없이 느린 이 속도에 동행해준 분들께 감사드린다.
느리게 걷다 보면 지치지 않을 거라는 희망과, 남이 보지 못한 걸 볼 수도 있을 거라는 가능성을 믿는다.
그리고 느린 속도도 속도임을, 느린 움직임도 움직임임을 확신한다. 늦을 테지만, 그 느림의 방식으로도 가닿을 수 있는 곳이 있음을 말이다.
언젠가는.

2025년 새봄, 여전히 느린 어느 하루
김희진

수록 작품 발표 지면

「오후에게 묻다」, 『현대문학』 2014년 8월호
「헤어지는 중」, 『낯익은 괴물들』 테마소설집 2021년
「어떤 외출」, 『문학무크: 소설』 2019년 상반기
「거슬림」, 『문장웹진』 2015년 1월호
「같은 일요일」, 『좋은 소설』 2014년 여름호
「그들의 고전주의」, 『문학들』 2019년 겨울호
「늙은 밤」, 미발표작
「방은 모든 것을 기억한다」, 『문예연구』 2020년 겨울호

오후에게 묻다

1판 1쇄 발행 2025년 4월 21일

지은이 김희진
펴낸이 윤혜준 | 편집장 구본근 | 본문 디자인 권성희

펴낸곳 도서출판 폭스코너
출판등록 제2018-000115호(2015년 3월 11일)
주소 서울특별시 마포구 대흥로6길 23 3층 (우 04162)
전화 02-3291-3397 | 팩스 02-3291-3338
이메일 foxcorner15@naver.com
인스타그램 @foxcorner15

종이 일문지업(주) | 인쇄·제본 수이북스

ⓒ 김희진, 2025

ISBN 979-11-93034-24-8 03810

- 이 책은 서울특별시, 서울문화재단 '2023년 창작집 발간 지원사업'의 지원을 받아 발간되었습니다.
- 이 책의 전부 또는 일부 내용을 재사용하려면 저작권자와 도서출판 폭스코너의 사전 동의를 받아야 합니다.
- 잘못된 책은 구입하신 서점에서 바꾸어드립니다.
- 책값은 뒤표지에 표시되어 있습니다.